KB232711

◆ 여 성 편 ◆

연변동서방문화연구회 편찬

인물조선족항일투쟁사

제 3 권

연변동서방문화연구회 편찬

인물조선족항일투쟁사

제 3 권

림선옥 · 리광인 著

세계 반파쇼 승리 60돌에 즈음하여 일본침략자들과 싸
우다 쓰러진 항일선열들에게 삼가 이 책을 드린다!

서 문

김 병 민

(연변대학 총장, 교수, 박사)

2001년 봄인가 제자 류연산 씨의 장편기행문 『혈연의 강들』 재판본에 서문이라고 써준 바가 있다. 이태만에 또 제자 리광인 씨의 청탁을 받고 『인물 조선족항일투쟁사』(전 4권) 서문을 쓰게 되니 감개가 무량하다. 그것도 역사학부 출신도 아닌 조문학부 졸업생이 성과작들을 내게 되니 더욱 그런가 보다.

내가 리광인 씨와 인연을 맺게 된 것은 20여 년으로 거슬러 올라간다. '문화대혁명' 후 대학시험제도가 회복될 때 나는 연변 대학 조문학부의 선생이었다. 1978년 10월에 조문학부 78년 급 (대학시험제도 회복 후의 두 번째 기) 학생들이 입학한 후 나는 이들의 담임교원을 맡게 되었다. 그때 반급에는 리광인이라는 학 생이 있었는데 나와 불과 몇 해 연하였다. 헌데 어딘가 얼굴에 그늘이 질 때가 한두 번이 아니었다. 알고 보니 그는 1976년 가 을에 뜻하지 않은 '억울한 사건'으로 무르익던 입당은 고사하고 공청단조직에서까지 쫓겨나고 거듭되는 비판, 투쟁 끝에 한시기 유치장신세까지 져야 했었다. 대학에 입학한 후 여러모로 '신소' 했으나 해당 부문에서는 알은체도 하지 않았다. 알고 보니 기막 힌 일이었다. 앞길이 창창한 20대 젊은이에 대한 무단적인 결론은 나를 분노케 하였다. 그래서 나는 그 시절 대학 공청단위원회 서기로 뛰던 로동문 선생을 찾았고 공청단 연변주위(延邊州委)를 찾았다. 드디어 리광인 씨는 억울한 누명을 벗게 되고 명예를 회복하게 되었다. 늦게야 공청단원마크를 다시 달게 된 리광인 씨는 나를 찾아 거듭 감사를 표시하였는데 20여 년이 지난 오늘까지도 내내 잊지 못해하고 있다.

나와 리광인 씨의 유다른 인연이라 하겠다. 그 뒤 내가 받은 강한 인상이라면 리광인 씨는 조선족항일역사소설을 쓰겠다며 역사공부에 손을 댔다가 너무 깊숙이 빠져버렸다는 것이다. 작자의 허구에 의한 역사소설이 아니라 진실한 역사를 쓰겠다는 것이 리광인 씨의 소신이었다. 그러던 그는 과연 대학 재학시절에 벌써 항일인물과 이야기를 써서 척척 신문, 잡지와 책들에 발표하기 시작하더니 대학을 졸업한 후에는 연변 일보사 기자로 뛰다가 아예 연변역사연구소로 넘어가 조선족투쟁사연구에 몸을 잠군 것이었다.

그로부터 10년 세월이 흐른 1992년, 대학 졸업 10돌 때 보니 리광인 씨는 중국국내는 물론 멀리 일본과 조선까지 드나들며 국제학술세미나와 교류에 뛰어들었고 발표한 논문과 역사소재 글은 무려 100여만 자에 달해 동기동료와 선후배들 가운데서 탄탄한 실력을 과시하고 있었다. 하여 원 연변대학 조문학부 주임 현룡순 선생은 1994년에 연변대학 조문학부가 걸어온 45성상을 한 부의 결작 『겨레의 넋을 지켜』(42만여 자)로 펴내며 조문학부 제25기생(즉 78년 급)을 서술할 때 성과가 뛰어난 몇몇 학생들을 언급하면서 리광인 씨는 "조선족역사연구에 달라붙어 숱한 항일이야기를 써낸" 학생이라고 지적한 바가 있다. 한데서 리광인 씨는 중급직함도 동년배들 이르게 받았고 역사연구 분야의 인정을 받고 있었다. 그러던 리광인 씨가 사단법인 조선민족역사연구소를 꾸리겠다고 직장에 적을 두고 나오더니 거의 10년 간 소식이 끊기었다. 이를 두고 리광인 씨를 알고 있는 교수, 학자님들이나 동료들은 아쉬움을 금치 못하였다. 그래도 명색이 담임교원이라는 나도 아쉽기가 그지없었다.

그러던 2003년 10월 17일, 연변민간문예가협회 제7차 대표대회가 연길호텔에서 성황리에 열리었는데 이 대표대회 주석단손님으로 초대된 나는 우연하게도 협회부비서장으로 뛰는 리광인 씨를 만나게 되었다. 그는 또 사단법인 중국조선민족사학회의 부비서장이기도 했다. 오랜만의 상봉이었다. 리광인 씨는 이번에 한국서 여러 권의 조선족역사저서를 펼치게 된다면서 먼저 출판하게 되는 인물편인 『인물 조선족항일투쟁사』(도합 4권)서문을 부탁하는 것이었다. 그와 이야기를 나누면서 나는 비로소 리광인 씨가 '잠적'한 10년 사이 거의 10권에 달하는 저서를 집필하였다는 것을 알게 되었다. 대학졸업 20년 중 전 10년에 이미 조선족역사글 100여만 자를 정리, 발표했다면 '하해'(下海)한 후 10년간에는 전 10년의 100여만 자를 훨씬 능가한 알찬 성과를 거두게 되었는데 나는 그의 헌신적 노력에 탄복하지 않을 수 없었다.

『인물 조선족항일투쟁사』는 남성 편 상하권, 여성 편, 소년아동 편 도합 4권으로 무어졌는데 여기에 오른 항일열사는 무려 130~140명에 달한다. 내가 알건대 지난 80년대 이후 20년간 중국경내에서 정리, 발표된 겨레항일 열사전기가 180명 좌우에 달하는데 이번에 출판되는 전 4권까지면 항일열사전기 발표는 도합 240여 명이다. 그중 140명 전기가 리광인 씨 혼자의 힘으로 이루어졌다.

후세에 이름도 없이 쓰러질 뻔했던 조선족항일열사 140명을 단신으로 살리고 햇빛을 보게 하였다는 것은 그야말로 기적이 아닐 수 없다. 나는 뒤미처 이를 알고 내심의 기쁨을 금할 수가 없다. 지금은 중년에 들어선 리광인 씨와 같은 이런 제자들이 조선족역사연구를 망라한 여러 분야의 중임을 떠메고 나간다는 것이 또 얼마나 다행인지 모르겠다.

지금 중국조선족역사연구는 모진 진통을 겪고 있다. 새 일대 연구일꾼들이 고갈되고 있다면 조선족역사에 관심을 두는 이들이 갈수록 적어지고 있다. 이러한 때 『인물 조선족 항일투쟁사』(전 4권)가 출판 된 다는 것은 기꺼운 일이 아닐 수 없다.

민족의 정신은 민족의 역사 속에서 숨쉬고 그것은 역사를 새롭게 창조하려는 지성인들에 의하여 이어지고 있다. 민족의식의 함양과 고양에 있어서 역사교육보다 더 유력한 것은 없을 것이다. 나는 이 책들의 출판을 진심으로 축하하면서 격변기의 진통을 겪고 있는 조선족역사연구에 생기와 활력을 부여하기를 희망한다. 한편 리광인 씨가 조선족역사연구에서 보다 큰 성과를 거두기를 기대하면서 자라나는 우리 후배들이 이런 책들을 읽으면서 건실히 성장하기를 간절히 바라마지 않는다.

차 례

훈춘애국부녀회 회장

(1886-1927)

20세기 초엽 일제를 무장으로 항격하는 성스런 독립투쟁이 동북 각지에서 거세차게 번져갈 때 여성들도 이 거창한 투쟁의 일익을 담당하여 나섰다. 그 가운데서도 훈춘애국부인회 회장 김숙경 여사가 특히 그러했다. 그는 20세기 초엽 동북의 저명한 여반일투사이며 여성 사회 활동가였다.

1

김숙경 여사는 1886년에 조선 함경북도 경원군(오늘의 새별군) 량하면의 한 빈한한 농가에서 태어났다. 애명을 귀인여라고 했다 지만 째지게 가난하다 보니 철모르는 시절에 벌써 집 안팎일에서 한몫을 담당하지 않을 수 없었다. 저들 또래들이 책보를 안고 서당으로 갈 때면 그는 먼발치에서 지켜보며 눈물을 훔치곤 하였다.

모진 세파에도 세월은 흘러 여사는 어느덧 11살이 되었다. 여사의 장래를 걱정하던 부모님은 이해 여사보다 한살 위인 이웃집 천금(훗날의 저명한 독립투사 황병길의 애명)이와 약혼시켜 주었다.

생활은 운명을 조롱하기라도 하듯 내리막 재주만 피웠다. 여사가 약혼하던 해 친정집은 살길을 찾아 러시아 연해주 땅으로 가지 않을 수 없었다. 여사가 따라 나서자 부모님들은 남의 집 사람으로 되었으니 그리 알고 있으라고 타일렀다.

멀어져가는 친정집의 행렬을 이윽토록 바래는 여사의 가슴은 무너지는 것만 같았다.

친정집이 이사 간 후 여사는 외할머니의 집에 홀로 떨어졌다. 여사는 집 안팎일을 이악스레 해치우는 것으로 외로운 마음을 달래다가도 자기 사람이 있다는 것으로 때론 위안을 받기도 하였다. 소녀의 어진 마음에도 살포시 머리 드는 그 무엇이 있었다.

13살 나던 해(1898년) 여사는 첫날 옷—베저고리에 베치마 입고 길할 천으로 앞을 가리고 결혼하였다. 천을 내리고 큰상을 받을 때 여사는 병풍의 호랑이를 보고 그만 울음을 터뜨렸다. 친정집 식솔들에 대한 그리움, 다른 사람과 살게 된다는 서글픔은 울음에 색채를 더해 주었다. 어쩔 바를 모르던 새 사람 천금이는 그래도 남자노라고 더 울면 병풍의 산 범이 달아나와 잡아먹는다고 무서운 소리를 쳐댔다. 그 서슬에 여사는 더 울지 못하였다.

혼사를 치른 후 나어린 부부는 남의 사랑방을 빌어서 새살림을 꾸리었다. 그러던 남편이 돈벌러 간다며 러시아 등지로 나돌았는데 시아버지가 몽둥이찜질을 해도 대수로워 하지 않았다. 15살까지는 그래도 집으로 오기도 하고 러시아 말도 꽤나 하더니 16살부터는 얼씬하지도 않았다. 시아버지가 연해주 땅을 일주하며 찾아도 그림자도 보이지 않았다. 여사가 19살을 잡았을 때 지금의 화룡현 투도구 부근으로 갔다는 것을 뒤늦게야 알았다.

이해(1902년) 2월에 여사는 불원천리하고 남편을 찾아 떠났다. 천신만고 끝에 투도구에 이르렀으나 말이 통하지 않았다. 다행히 남편의 이름자를 안데서 남편이 양아들질 하는 중국집을 겨우 찾아냈다. 이국땅에서 만나게 된 남편은 뜻밖이라는 듯 아내의 손을 꼭 쥐고 어떻게 찾아 왔냐고 성급히 물었다. 여사는 설움이 북받쳐 아무 말도 하지 못하였다. 그들은 주인집에서 내준 방에서 새살림을 시작하였다.

헌데 이해 여름에 러시아군대, 일본군대가 쳐들어온다는 뒤숭숭한 소문이 들려왔다. 소문이 파다하자 남편은 안절부절 못하더니 어디론가 사라지고 말았다. 하루가 지나고 이틀이 지나고 보름이 지나도 종무소식이었다. 여사는 중국집에서 해준 옷을 벗어놓고 꾸러미를 든 채 고향땅 경원군 량하면으로 돌아가는 수밖에 없었다. 고향으로 간 후 여사는 독수공방으로 시아버지를 모시면서 근면하게 살아갔다.

이러구러 세월은 흘러 여사는 20대의 고개에 올랐다. 그러던 이해(1905년) 어느 날 말발굽소리가 요란하더니 세 필의 말이 여사의 집 앞에 와서 멈추어 섰다.

찰나 여사는 가슴이 섬직해 났다. 밖에 나간 남편이 무슨 일인가 저질은 것만 같았다. 헌데 말에서 내린 사람은 뜻밖에도 오매불망 그리던 남편이 아닌가, 러시아 옷차림을 하고 동료들과 함께 들어서는 남편이 전에 없이 돋보이었다. 알고 보니 남편은 러시아에 간 뒤 조선인 반일지사들과 손잡고 연변 땅과 연해주 땅을 드나들며 반일투쟁을 줄기차게 벌리고 있었다. 그만큼 일제침략자들은 남편 황병길을 붙잡으려고 피눈이 되어 날뛰었다.

했으나 시름을 놓았다. 반일에 뜻을 둔 남편을 뒤늦게야 안 자기가 부끄럽기만 했다. 이러한 일이라면 하늘 끝까지라도 따르며 섬겨도 원이 없을 것 같았다.

남편의 그 번 행차 후 여사는 태기가 있더니 구토가 심하였다. 몇 달이 지나자 경찰서에서 번질나게 달려들며 남편의 행방을 대라고 못살게 굴었다. 하루는 까닭 없이 데려다가 때리며 야단을 부렸다. 이듬해 1906년에 여사가 첫아기를 낳은 후에도 소구유에 엎드려놓고 치고 박으며 사정을 두지 않았다. 시아버지는 너무 맞아서 허리를 펴지 못하였다. 집안에서 토지집조와 가산을 탕진하면서 여사와 그의 시아버지를 빼냈을 때 갓난아기는 절명하고 집안은 쾡하기만 했다. 여사는 땅을 치며 목 놓아 울다가 두 주먹을 부르쥐었다. 일제 놈들을 갈가리 찢어놓지 못하는 것이 한스러웠다.

2

이해(1906년) 어느 날 밤중에 낯모를 세 사나이가 찾아왔다. 이야기를 나누고 보니 남편이 파견한 동지들이었다. 그들은 여사와 시아버지를 부축하며 두만강을 건너섰다. 러시아 연해주 땅에 들어서니 마차가 기다리고 있었다. 그래서 닿은 곳이 바닷가의 연추란 고장이었다.

연추란 러시아 이름으로 노오끼옙스크로서 1864년에 벌써 조선이주민에 의해 개척되기 시작하였다. 후에 조선 사람들이 밀려들면서 주선이 마을이 형성되고 호적방비를 위한 자위대 사포영까지 조직되었다. 여사의 남편은 이런 고장에서 안중근, 리범윤 등 동지와 뜻을 같이하면서 의병대조직에 박차를 가하고 있었다.

여사는 무릉도원에 들어선 것만 같았다. 종일 웃음이 가실 줄 몰랐다. 연추 땅을 조선의 고향과 비기면 확연히 다른 새 세상이었다. 남편은 말끝마다 "숙경 씨"라고 부르며 끔찍이도 아껴주었다. 남편이 살벌한 세상에 나선 몇 해 사이 언제 한번 이런 사랑 있었던가, 여사는 뜨거운 사랑을 베푸는 남편이 그지없이 고마웠다. 이듬해(1907년) 포동포동한 딸애—정선이가 태어나자 집 안은 보다 화기로 차 넘쳤다. 여사는 남편의 고무하에 한글을 열심히 배운데서 우리말로 된 신문과 책을 마음대로 읽고 쓸 수 있었다. 한문도 적지 않게 배워냈다.

1907년에 홍범도가 조선서 의병을 일으켜 무장으로 일제 놈들을 항거해 나섰다. 이 소식에 접한 연해주의 조선인반일지사들은 부글부글 끓었다. 1908년에 리범윤, 안중근 등이 지도하는 의병대—산포대(山炮隊)가 조직되고 두만강도하작전이 활발해졌다. 이에 따라 독립투쟁의 근거지를 새로 건설할 문제가 절박한 과업으로 나섰다. 황병길은 1910년 음력 2월에 오병묵 등 20여 명 반일지사들과 함께 가족을 이끌고 중국 훈춘 땅 연통라자의 서골에 들어갔다.

그때 연통라자 서골은 나무로 꽉 찬 한적한 고장이었다. 서골 10킬로미터 안팎의 연통라자 후루베, 마천자 등지에 혹간 1세대, 2세대의 만족이 살고 있었을 뿐 조선 사람이라곤 없었다. 황병길과 그의 일행은 나무를 베어 집을 짓고 황무지를 일구면서 분주히 돌아쳤다. 그리곤 지체 없이 어디론가 떠나가 군 하였다.

한 달 후 둘째 딸 정신이 태어났다. 때는 만물이 바야흐로 소생하는 봄철이라지만 식량난이 극심하였다. 여사는 밭에 일하러 나갔다가 너무도 배고파 밭머리 햇풀을 뜯어 먹을 수밖에 없었다. 갓난애가 젖 없어 울며 바동거릴 때면 가슴이 쓰라렸지만 자기들의 농사가 조선독립을 위한 한길과 이어졌다고 할 때 크나큰 위안과 고무를 받았다. 아무리 어려워도 연해주와 연변의 여러 지방들에서 자주 찾아오는 독립지사들의 식사를 게을리 하지 않았다.

연통라자 서골로 오기 전에 남편은 안중근 등과 함께 의병대를 이끌고 조선의 경흥, 회령, 부령, 종성, 온성 등지에서 신출귀몰하며 일제침략자들과 피어린 전투를 벌였다. 그러다가 회령전투에서 큰 좌절을 당하고 연해주로 물러갔다. 1909년 새해 첫날에 연추 부근의 카리란 마을에서 남편이 안중근 등 11명과 함께 단지혈맹(斷脂血盟)을 뭇고 왼손무명지의 첫째 관절을 잘라 피로써 반일 독립을 결의해 나섰다는 것을 후에야 알게 되었다. 안중근이 1909년 10월 26일 동방의 모스크바로 불린 하얼빈 역두에서 조선침략의 원흉 이등박문을 격사한 후 여사는 남편과 더불어 이해 첫날 단지혈맹 시 사용한 조막 도끼와 목데기, 손가락마디, 12명이 혈서로 물들인 태극기 등을 정히 보관하면서 반일의 뜻을 굳히었다.

연통라자 서골에 온 후 여사의 생활에는 급격한 변화가 일어났다. 남편이 민중계몽운동을 벌리고자 동지들과 손잡고 현 내 각지에 가서 서당을 학교로 고치면서 사립학교 설립에 몰두하자 물심양면으로 받들어 나섰다. 한편 서골과 하다문 등지를 돌며 학교 교육의 좋은 점을 애써 선양하였다. 하여 짧디 짧은 몇 년 사이 연통라자 서골과 하다문, 신풍, 마천자, 전선촌 등지에 10여 개의 조선인 사립학교가 설립되었는데 여사의 숨은 노력이 컸다.

그때 남편의 발기하에 기다란 외태와 늙은이 상투 베기 운동이 현 내 각지에서 맹렬히 일어났다. 송사가 기가 찼다. 늙은이들은 남편을 "대대손손이 욕할 새끼"라고 욕설을 퍼부으면서 상투를 쥐고 땅 치며 넋두리를 했다. 그러면 여사는 노인들을 찾아 "조상이 물려준 상투라 해서 끝까지 맬 필요가 없지 않을까요, 시대를 따라야지요. 남들은 비행기를 만들고 대포를 만들며 달리고 있는데 우리 민족이 상투를 매고 벌벌 기어서야 말이 안 되지요.”
하고 이야기를 나누면서 설복시키곤 하였다.

연통라자 서골에 자리 잡은 몇 해 사이 여사는 딸 정선, 정신 밑으로 또 셋째 딸 정일이와 막내아들 정해를 보았다. 아이 기르기, 살림꾸리기, 남편의 일 돕기—여사는 해종일 뱅글뱅글 돌았지만 손에서 책만은 놓지 않았다. 그는 신문과 여러 가지 책들을 애써 읽으면서 견식을 넓히고 반일독립의식을 키웠다. 또한 무궁화 세 그루를 애지중지하며 여름에는 시냇가에서, 겨울에는 집 안에서 정히 키웠다. 여름과 가을사이 무궁화 꽃이 피어날 때면 나라의 독립과 민족의 해방을 기리면서 애틋한 감정을 기탁하였다.

3

1919년 3월 1일 서울에서 3·1운동이 폭발한 뒤 중국 땅 용정에서도 천지를 진감한 독립만세소리(3월 13일)가 터져 올랐다. 이 소식이 훈춘에 전해지자 훈춘의 반일독립지사 황병길 등도 3월 20일에 현성의 서문 밖 광장에서 2000여 명이 참가한 반일독립집회와 시위를 가지었다. 서골 등지의 부녀들을 휘동하여 이 집회에 참가한 여사는 집회사회자인 남편의 격앙된 연설을 들으며 숫구치는 감정을 억제하지 못하였다. 그는 태극기를 흔들며 독립만세를 기운껏 불렀다. 집회 후 여사는 동지들과 함께 사타자, 구사평, 투도구(하다문향 경내) 등지를 다니며 반일 설득력이 있는 반일 연설을 하면서 광범한 조선인 군중들을 투쟁에로 궐기시켰다. 하여 3월 28일부터 4월1일에 이르는 사이 상술한 지구들에서 여성들을 망라한 수천 명에 달하는 군중들이 떨쳐나섰는데 구사평에 서 있는 반일집회 참가자만 해도 4000여 명에 달했다.

3월과 4월의 반일집회와 시위에서 김숙경 여사는 조직된 군중의 위력을 보아냈다. 특히 여성들의 궐기에서 받은 계시가 컸다. 조선 국내에서 애국부인회 활동이 활발히 벌어지고 있는데 우리 훈춘에서 통일된 조직체를 내올 수 없을까, 이 생각을 3월 31일에 설립된 훈춘대한국민의회의 지도자 리명순, 황병길한테 털어놓았더니 즉각 준비사업에 착수하라는 지시를 받았다.

1919년 9월 29일, 현안의 여성대표 200여 명이 훈춘현성 동문내 박봉식의 집에 모여 『훈춘애국부인회』설립대회를 성대히 가지었다. 대회에서 김숙경 여사를 회장으로, 주신덕을 부회장으로, 권정숙을 총무로, 오신애를 회계로, 김순희, 황영은을 서기로 하는 지도부를 내왔는데 조직취지는 여성들의 힘을 합쳐 독립무장투쟁을 지지성원하고 여성교육과 여권확립을 도모하며 군인부상자들을 구호, 간호하는 것이었다.

애국부인회가 결성된 후 여사는 의연금모집활동에 큰 힘을 기울이었다. 그가 앞장서 독립군부대들이 우릴 위해 고생한다며 선전을 앞세우자 회원들이 분분히 일어나 은비녀, 은가락지, 옷감들을 내놓았다. 어떤 회원들은 자기의 긴 머리채를 잘라 돈을 마련하기까지 하였다. 결과 6000루블의 거액이 짧은 기간 내에 모아질 수 있었다.

의연금 모집과 함께 독립군 후원을 본격적으로 내밀었다. 그들은 회원들의 힘으로 군인용 철띠, 버선, 각반, 장갑 등을 만드는 한편 흰 광목을 사다가 참나무껍질과 같이 삶아서 군복색이 나게 하였다. 밤이면 서골의 몇 집에 보초를 세우고 문에 보를 친 다음 손재봉틀을 돌리며 부지런히 군복을 지어냈다.

당년 연통라자 서골은 수십 세대의 인가가 들어앉은 고장으로서 모두가 훗날의 국민회 계통 사람들이었다. 하기에 황병길 계통의 독립군부대 100여 명이 늘 주둔하며 여사의 집 앞에 펼쳐진 조련장에서 군사훈련을 다그쳤다. 저저마다 군복을 가뜬히 차려입고 철띠 두 개씩 두르고 각반까지 치니 그 기상이 하늘을 찌를 듯 하였다.

여사의 역할은 이에만 그치지 않았다. 그는 부인회의 회원들을 조직하여 돼지 20여 마리, 닭 100여 마리를 사양하여 독립군의 식생활에 돌리었으며 부대의 옷 깁기와 빨래 등을 도맡아 나섰다.

여사는 또 남녀평등을 극구 제창하였다. 그러면서 남녀평등이라 하여 먹거나 입는 등에서의 평등이 아니라 권리에서의 평등이라고 덧붙었다. 권리가 없으면 죽은 목숨과 같다, 권리가 있어야 사람값에 간다, 권리를 쟁취하자면 남편을 존경하고 시부모를 존대하며 아이들 앞에서 쌍스런 말을 하지 말아야 한다, 아버지들은 밖으로 돌기에 학교교육, 가정교육을 춰 세우자면 어머니들이 중심이 되어야 한다. 이런 것들이 여사의 주되는 주장이었다.

그만큼 남녀평등 연설은 사람들의 심금을 울리었다. 당년 여사의 연설을 직접 들은 적이 있는 춘화진의 한 노인은 이렇게 말했다.

"그이는 말이 변설이었소, 우리 마을에 와서 일본 놈들의 죄악을 말하고는 '수레는 두 바퀴가 다 돌아야지 한 바퀴만 돌아서는 못갑니다. 남녀평등도 같은 도리입니다. 여자들도 남자들과 같이 손잡고 싸워야만 일제를 몰아내고 조선을 독립시킬 수 있습니다'라고 말했다오."

여사는 남녀평등과 더불어 야학교운영에도 발 벗고 나섰다. 학교교육을 받지 못한 여성과 아동들은 야학교에서 글을 익히며 계급의식을 틔웠는데 서골의 여성들 중·조선 글을 모르는 사람이 하나도 없었다고 한다.

여사는 보통 키에 늘 흰 저고리, 흰 치마를 입고 다녔다. 겨울에는 흰 버선에 러시아 네귀 수건이 늘어났는데 태도가 온순하고 겸손하며 말씨가 곱고 유순하였다. 이러한 여사기에 온 마을이 존경하고 따랐으며 집집이 화목하고 온 동네의 말씨와 태도가 여사를 닮아갔다.

여사의 사람됨은 남편과 자식들을 대하는 데서도 나타났다. 남편이 여사를 숙경 씨라고 부르면 집의 딸들은 신기하듯 어리광을 부렸다.

"어머니, 우리도 이름 불러 안 되나요?"

"안된다. 너희들은 벌이 안 되기에 대등한 관계로 부를 수 없단다."

여사는 이렇게 차근차근 일깨워주었다. 어머니가 말끝마다 남편을 "황 선생"이라고 부르자 딸애들은 호기심이 나서 물었다.

"아버지는 선생이 아닌데 왜 선생이라고 불러요?"

"존경해서 그런단다. 아버지는 존경을 받을만한 분이지!"

여사의 말씨는 여전했다. 하기에 그의 세 딸들은 자라면서 '간나'란 말 한마디 듣지 못했고 성내는 어머니를 보지 못했다. 딸애들이 여느 집 애들이 부모들과 "양, 양" 거리는 것을 부러워 할 때면 그래서는 못쓴다고 타이르며 어른들과 꼭 존경어를 쓰게 했다. 어려서부터 이런 어머니의 교양 밑에서 자랐기에 자매간에도 말이 온화했으며 어른이 된 후에도 말씨가 곱고 목소리를 높여보지 못했다. 더구나 남들과 다투는 것을 볼 수 없었다. 교양의 힘은 이토록 컸다.

당년 연통라자 서골에서 한 고개 넘어가면 산골짜기가 있는데 거기엔 두 채의 집이 자리 잡고 있었다. 이 집이 바로 저명한 독립운동가 리동휘와 그의 처남 오병묵의 집이었다. 리동휘와 황병길은 뜻을 같이하는 동지이고 막역한 지기로서 네 것 내 것이 없었다. 여사는 가끔 이 산골로 다니며 현 안의 반일 동태를 요약하여 알려드리고 리동휘의 지시를 남편에게 전하기도 하였다. 식생활 등에서도 여러모로 받들어 나섰다.

여사는 집 안팎일이 바쁜 가운데서도 부인회의 사업을 한시도 늦추지 않았다. 처처에서 비범한 조직능력과 활동능력을 과시한데서 부인회의 활동은 눈부시게 진척되어 갔다.

1920년 음력 4월 중순의 어느 날, 웬 개가 앞발로 정주문을 허벼댔다. 급기야 문을 열고 보니 언제나 남편을 따라 나서던 집의 셰퍼드였다. 셰퍼드가 문을 비벼대면 남편이 왔다는 암호이다. 그러면 여사는 한밤중에라도 일어나 문에 보를 대고 밥을 지어드렸다. 헌데 오늘 셰퍼드가 혼자 와서 낑낑거리며 목을 암시하는 것을 보면 필시 상서롭지 못한 일이 생긴 모양이었다. 아니나 다를까 개의 목을 만져보니 병이 위독하다는 남편의 편지가 나졌다. 편지에는 지금 마적달 뒷골의 아무 집에 있으니 급히 와달라는 사연이 적혀있었다. 여사는 속이 철렁하였다. 그는 집을 동네에 부탁한 다음 지기 한 사람 데리고 지체 없이 각기 말에 뛰어올랐다. 목적지 마적달 뒷골의 한 집에 가니 남편의 온몸은 불덩이 같았다.

"숙경 씨 왔구만!"

남편은 아내를 보자 나지막하게 말하며 무척 반기었다.

"황 선생, 어째서 이렇게 됐어요?"

여사는 막 울음이 터질 것만 같았다. 알고 보니 남편은 토문자 일대에 나갔다가 연해주 주둔 일본군의 불의습격을 당해 밤도와 50킬로미터 산길을 달려오던 중 내내 봄비를 맞고 급성촉한에 걸렸었다.

남편은 자기의 목숨이 경각을 다투고 있다는 것을 알고 아내의 두 손을 모아 쥐었다.

"숙경 씨, 아무래도 틀린 것 같소. 숙경 씨는 시아버지를 모실라, 아이들을 기를라, 회장을 할라 고생을 많이 했소."

"뭘요, 모두가 제가 할일이지요."

"아니요, 고생하는 건 고생한다고 해야지, 헌데 족바리(왜놈을 가리킴)들을 조선 땅에서 몰아내지 못했으니 먼저 가는 이 마음 괴롭기 그지 없구만, 애들을 잘 키워서 나라 위해 힘쓰게 해주오."

그러면서 3호짜리 모제르총 한 자루를 내놓으면서 어린 정애가 한 10년이 지나면 쓸 수 있겠으니 그 전엔 절대 내놓지 말라고 신신당부하였다. 그것도 마지막 숨을 몰아쉬면서 말이다.

여사는 모제르총을 품에 간직하며 머리를 끄덕였다. 눈물은 두 볼을 흥건히 적시며 흘러내렸다. 이해 남편은 36살의 한창 나이었다.

4

남편 황병길의 사망으로 하여 여사는 일순 앞이 캄캄해 났지만 맥을 버리지는 않았다. 그는 농사일을 하는 한편 하다문 쌍신(그때는 신풍학교), 춘화, 리수구 등지를 찾아다니면서 애국부인회 활동을 정력적으로 벌였다. 활동의 주체가 반일계몽이었다. 학교와 마을들에서 연설할 때면 가정교육이 첫째고 그 다음 학교교육이라면서 모두가 공부를 잘하고 계급의식을 높여 일제를 몰아내기 위해 싸워야 한다고 강조하였다.

남편이 불행히 사망된 후 여사는 남편이 남긴 3호짜리 모제르총과 태극기 보따리 등 유물을 목숨처럼 아끼었다. 어중이떠중이들이 느닷없이 다려들어 3호를 내놓으라고 핍박하다가 아래 마을 나무에 달아매고 때렸지만 허사였다. 여사는 죽을지언정 말하지 않았다. 맹랑한 자들은 집까지 샅샅이 뒤졌지만 나질 리가 만무하였다.

1920년 10월, 일본제국주의는 근 2만 명에 달하는 정규부대를 연변 등지의 조선인 집거구에 파견하여 전대미문의 피비린 대살육을 감행하였다. 토벌대 놈들은 연통라자에도 달려들었다. 이해 음력 9월 4일 여사는 만일을 염려하여 남편의 유물을 딴 데 옮기자고 꺼내놓았다가 토벌대 놈들과 맞띄었다. 이 위급한 찰나 여사는 남편의 유물을 제꺽 집 안의 돼지물통에 넣었다. 유지(기름종이)로 싼데서 젖을 리가 만무했다. 뒤미처 집 안에 들어선 놈들은 아무것도 뒤지지 못하자 황병길이 죽지 않았다면서 무덤까지 파헤쳤다.

이날 놈들은 여기저기서 붙잡은 10여 명의 남자들을 연통라자의 한 학교(지어놓고 문을 열지 못한 빈 학교)에 넣고 불을 달자고 서둘렀다. 이 위급한 시각에 여사가 놈들 앞에 척 나섰다.

“저 사람들은 무고한 군중들이다. ‘죄’가 있다면 나에게 있으니 전부 내놓아라.”

적들은 과연 여사를 제외한 전부 사람들을 내놓았다. 최현숙이라고 하는 30대의 한 사나이가 내닫다가 총에 맞아 죽었을 뿐이다.

여사는 마적달 아래의 한 마을에 끌리어 갔다. 그까지 36명이었다. 놈들은 그들더러 자기로 구덩이를 파게 하고 구덩이 앞에 세워놓았다. 기관총의 검은 총구가 그들을 겨누는 순간 위쪽에서 말발굽소리가 나더니 한 장교가 소리치며 달려왔다. 이 장교가 현지의 우두머리와 뭐라고 지껄이자 웬일인지 36명 사람들을 모두 풀어놓았다. 허나 시달림을 받을 대로 받은 여사는 지탱할 힘조차 없었다. 부근의 중국인들이 이 소문을 듣고 달려왔다. 여사와 그의 남편의 위인을 잘 알고 있는 그들은 여사를 데려다가 미음과 닭즙을 대접 한다, 약을 달인다 하며 분주히 돌아쳤다. 차도가 보이자 그네들은 여사를 마차에 싣고 밀가루음식을 가득 실은 채 서골까지 모시고 갔다.

옹근 17일만이다. 집에서는 진작 잘못된 줄로 알다가 뜻밖에 여사를 맞이하니 꿈만 같았다. 시아버지는 낙루하고 딸 정선이와 정일, 아들 정애 셋이 울며불며 어머니를 붙들고 놓질 않았다.

여사는 세 자식들한테 인자한 중국인들을 소개하고 절을 올리게 하였다. 그네들이 아니었으면 여사가 살아서 서골로 돌아온다는 것은 불가능한 일이었다. 그날 저녁 동네 여인들이 와서 같이 자면서 여사와 여사의 식솔들을 위로해 주었다.

그때 맏딸 정선이는 하다문신풍학교를 졸업하고 용정의 명신여고에 가서 공부하고 있었다. 정선이가 인물도 잘 나고 공부도 월등하자 영국 사람인 이 학교 여교장은 영국에 보내어 박사공부를 시키겠다면서 전부의 비용을 자기가 담당한다고 말하였다. 후에 정선이가 집에 갔다가 이 사실을 여쭈자 숙경 여사는 딸을 만류하였다.

"정선아, 망국노 신세에 박사가 다 뭐냐, 위박사면 뭘 하겠니. 먼저 일제 놈들을 내쫓아야 한다. 아버지가 채하지 못한 뜻을 이어받고 아버지의 원수를 갚아야 한다."

정선이는 영국유학을 단념하였다. 그는 어머니의 뜻에 좇아 서골, 남별리 등지의 어린이 40여 명을 모아 놓고 글을 가르치면서 반일사상을 고취하였다. 1924년경에 용정은진중학교 졸업생이며 대황구 혁명자인 김규봉과 결혼하고 대황구의 3·1학교에 가서 교원사업을 하였다. 반일 정서가 푹 밴 이 학교의 교원들은 모두가 반일지사들이었다.

경신년대토벌 후 사립학교가 폐교되자 여사는 셋째 딸 정일이의 공부를 맡아 나섰다. 어머니의 꾸준한 가르침 밑에서 정일이는 우리글을 읽고 쓸 수 있었으며 학교 다니는 아이들과 못지않았다.

여사는 바로 이러한 사람이었다. 그는 남편의 뜻을 이어받아 세 딸과 외동아들을 반일의 한길에 내세우리라 작심하였다. 그러던 이 가정에 불행히 닥치었다. 1927년 음력 7월 27일경, 김숙경 여사는 식물중독에 걸려 그만 인사불성이 되었다. 후에 정신을 차려도 말할 수 없었다. 급작스레 닥친 불행이라 집에 남은 정일이와 정해(둘째 딸 정신이는 이미 출가했음) 그리고 할아버지는 어쩔 바를 모르다가 동네 분들을 부르며 치료방도를 댔지만 효력이 없었다. 여사는 최후를 예감하고 3호짜리 모제르총이 어디에 있다고 말하였지만 자식들은 알아들을 수 없었다. 여사는 4일 간이나 말 못하며 모진 고통에 모대기다가 42세를 일기로 조용히 숨을 거두었다.

너무나 급작스레 닥친 불행이었다. 허둥지둥 달려온 큰딸 정선이와 둘째딸 정신 그리고 정일이와 정해―그들은 어머니 곁에서 울고

울었지만 여사께서 깨어날 리 만무하였다. 할아버지는 곁에서 낙루하실 뿐이었다. 동네 분들은 여사를 남편의 곁에 고이 모셔 주었다. 연통라자의 한 산기슭에 두 개의 봉분이 가지런히 나타났다.

아버지에 이어 어머니를 잃은 후 4남매는 비통 속에서 일어섰다. 외지로 출가한 둘째 딸 황정신은 어머니가 사망된 후 친정집에 가서 할아버지를 모시며 그 후의 훈춘현 연통라자 항일유격근거지에서 눈부신 투쟁을 벌였다. 1934년 음력설 날 근거지에 달려든 적 토벌대 놈들과 싸우다가 비장한 최후를 마쳤다. 외동아들 황정해는 항일유격근거지에서 아동단 단장으로 활약하다가 동북항일연군 패장으로 되었으며 1941년 항일연군 제1로군 위증민 부사령원의 경위임무를 집행하다가 24살을 일기로 영광스럽게 희생되었다.

셋째 딸 황정일(1913년 생)은 1929년경에 결혼한 후 1930년도에 항일투쟁에 본격적으로 뛰어들었고 대황구항일근거지와 연통라자항일근거지에서 부녀사업에 종사하였다. 1935년에 동녕현에 가서 활동하던 중 적들에게 체포되었다. 이 기간 역사로 하여 그는 1945년 광복 후 훈춘진에서 복장업에 종사했으나 줄곧 영향을 받다가 1973년도에 퇴직 휴양하였다. 1987년 1월에 역사문제가 풀리고 항일 노간부 대우를 받았다. 1988년 3월에 퇴직휴양간부 대우를 받다가 그 뒤 연간에 병으로 사망하였다.

여사의 시아버지 황오섭은 아들, 며느리의 반일투쟁을 지지 성원하다가 1928년에 병으로 세상을 떴으며 아들, 며느리의 곁에 묻히었다.

이렇게 여사와 남편 황병길, 시아버지 황오섭은 연통라자의 한 산기슭에 주인 없이 쓸쓸히 묻히었다. 묘지는 여사의 셋째 딸이 알 뿐인데 그나마 사망되니 찾을 바가 없다. 아직까지 필자는 묘지를 아는 사람을 찾지 못하였다. 듣는 바에 의하면 황병길이 묘소는 최근 연간에 한국으로 의장되었다고 하는데 그 구체 사실을 필자는 모르고 있다.

《부 록》

　　지난날 나라를 찾기 위하여 일제와의 싸움에 나선 독립지사들을 상기하면 저절로 머리가 수그러진다. 그때마다 뚜렷이 떠오르는 이는 황병길, 김숙경 부부간이다. 유감스럽게도 이따금 지상에서 보이는 이들 부부간은 한국의 자료범위를 별로 벗어나지 못하는 풍만치 못한 인물들이다. 그러할 때 필자는 이들 부부의 자식 4남매 중의 셋째 딸 황정일이 훈춘에 계신다는 것을 알게 되었다. 그래서 해당 자료들을 익숙히 터득한 뒤 훈춘으로 달아갔다.

　　때는 지금으로부터 15년 전인 1988년 12월 4일이다. 오전 9시 푼하여 황정일 항일노선배의 집을 찾으니 황정일 여사가 반가이 맞아주었다. 집은 새로 지은 2층집 1층에 자리 잡고 있었는데 여사의 안색은 그다지 맑지가 못하였다. 도리대로 말하면 1935년에 동녕현에서 적에게 체포된 이른바 역사문제도 그 전해인 1987년 1월에 풀리어 항일 노간부 대우를 받았고 지난 3월에는 이직휴양 간부 대우도 받게 되였으니 안색이 맑아야 했었다. 알고 보니 여사께서는 여러 가지 잔병이 겹치어 그러하셨다. 항일의 피어린 나날 산속에서 시달린 미열노 미열이고 76살 고령이니 그럴 만도 하였다. 필자가 송구스러워 하자 여사께서는 괜찮다면서 필자를 머나먼 지난날에로 끌고 가시었다. 시간은 정각 오전 10시를 가리키고 있었다. 그로부터 오후 3시 반까지 장장 다섯 시간 반 동안 필자는 흘러간 역사의 나날에 푹 취하였다.

그래도 할머니의 이야기는 멈출 줄 몰랐다. 이튿날 오전 8시 반부터 오후 4시까지 필자는 또 할머니의 이야기에 귀를 기울이었다. 만약 여사님께서 병환에 시달리지 않으셨다면 며칠이고 더 들었을 것이다. 여사는 진작 피로를 느끼셨겠지만 안색은 보다 명랑해지셨다. 그도 그럴 것이 역사 취재를 오는 분은 가담가담 있어도 이렇게 시름 놓고 장시간 속셈을 다 터놓은 적은 없었다는 데야. 아버지, 어머니를 떳떳이 내세우는 일에 나서지 못할 일이 뭐냐는 여사님이었다.

하나 여사의 신상이 우려되어 아쉬운 대로 후일로 미루고 취재를 접지 않을 수 없었다. 그래도 수확이 엄청나게 컸다. 장장 이틀간의 품을 들여 필자는 김숙경 여사와 남편 황병길을 둘러싸고 많고 많은 이야기를 듣게 되었다. 그 대부분이 생소한 것이어서 우리의 두 반일독립지사는 제한된 역사자료에 의한 빈약한 인간이 아니라 피도 있고 살도 있는, 살아 숨쉬는 인간으로 필자에게 안겨들었다.

지금 황정일 여사는 이 세상에 계시지 않는다. 그 번 처음이자 마지막인 취재에서 필자는 여사께서 건재 하는 기간 부모님을 꼭 인물전기로 써서 발표하여 보여드리겠다고 약속하였는데 필자는 그 약속을 지켜 드리지 못하였다. 이번에는 단편적인 전기나마 펴내는 책에 수록할 수 있는 것이 얼마나 다행인지 모르겠다. 여사께서 구천에서라도 환히 웃어주신다면 얼마나 좋으련만 필자는 속이 내려가지 않는다.

앞으로 기회가 있으면 필자는 김숙경 여사 부부와 그들 4남매의 피어린 항일을 둘러싸고 단독 책으로 묶어 여사와 그의 부모님께 올리려고 마음 다잡는다.

반일여투사 남자현

(1872-1933)

남자현은 지난 세기 20년대와 30년대 초에 동북 지방에서 일본제국주의와 용감히 싸워 온 여성 반일투사이다.

의병운동에 투신

남자현은 1872년 경상북도 영양군 석보면 지경동에서 통정대부 남정한의 딸로 태어났다. 명문가족 태생이기는 하나 애국심에 찬 부모의 교양으로 하여 그는 어려서부터 품행이 단정하고 애국심이 강했고 총명하였다. 19살 되던 해에 그는 김영주와 결혼하였다.

그가 결혼한 지 4년이 되던 해인 1894년에 조선에는 동학농민운동이 일어났고 이어 청일전쟁이 폭발하였다. 1895년에 일본공사 미우라고도 등에 의해 명성황후 민비가 참살되고 을미개혁의 일환으로 단발령이 반포되었다. 이 사건은 조선 사람들의 민족적 의분과 반대를 일으켜 전국적인 의병투쟁으로 발전하였다. 남자현의 남편 김영주도 의병에 참가하여 싸우다가 불행히 전사하였다. 결혼한 지 5년 만에 남편을 잃은 그의 슬픔은 이루다 말할 수 없었다. 그해에 그는 유복자를 낳았는데 삼대독자로 태어난 아이의 이름을 김성삼이라고 지어주었다. 그때 남자현은 23살이었다.

1905년, 일본의 강압에 의해 체결된 『을사조약』은 조선을 일본의 보호국으로 전락시켰다. 그 후 일본은 조선황제 고종을 내려앉히고 조선에 통감부를 설치하였으며 조선정부의 외교권을 박탈하고 군대를 해산시켰다. 이런 망국의 변두리에서 민족심이 있는 조선 사람들은 죽어가는 나라의 운명을 만회하기 위하여 일떠나 싸웠다. 남자현의 아버지 남정한은 제집 사랑채에 의병영소를 설치하여 의병운동을 벌였다. 이때 남자현도 의병대에 참가하여 의병모집, 자금모집, 정보수집, 후방교란 등 어려운 일들을 맡아보며 활약하였다.

서로군정의 여대원으로

1919년, 일본은 일한합병을 실현하여 조선을 저들의 식민지로 만들었다. 조선민족은 망국노의 비운을 더는 참을 수 없었다. 원한은 하늘에 사무쳤다. 1919년 3월 1일, 조선에서 전 민족적 봉기를 일으켰다. 남자현도 『3·1봉기』에 참가하여 싸웠다. 그때 남자현은 47살이었다. 그는 『3·1봉기』가 이루지 못하게 되자 구국의 뜻을 품고 그해 3월 9일에 정든 고향을 떠나 만주에로 망명하였다.

남자현이 만주로 망명한 그 시기 남만 지방에는 이미 리동녕, 리상룡, 리시영, 김동삼 등 독립운동지도자들이 경학사, 신흥강습소, 부민단, 한족회, 서로군정서 등 여러 단체들이 조직되어있었다. 남자현은 류하현 삼원포에 이르러 서로군정서에 참가하여 새로운 투쟁을 시작하였다.

군사조직인 서로군정서에 여대원으로는 남자현 한 사람뿐이었다. 그는 남만과 서간도 각지를 돌아다니며 반일구국선전고동사업을 하였으며 독립군전사의 자금모집에 바삐 보내었다. 그는 또 여러 지방에 22개소의 교회(그중 여성교회 10개 소)를 세우고 민족의식을 불러일으켰으며 문맹퇴치사업에도 참가하였다.

1920년 독립군이 봉오동, 청산리 등지에서 일본군과 대결할 때 그는 여성들을 조직 동원하여 전선을 지원하였으며 생명의 위협을 무릅쓰고 청산리전투의 일선에 나가 상병원을 간호하고 치료해주기도 하였다. 그의 지극한 관심에 감동된 독립군전사들은 그를 '독립군 어머니'라 하였다.

강포를 두려워하지 않고

1920년 경신년대 '토벌'을 거쳐 독립운동 각 단체에서는 일본제국주의를 타승하자면 분산된 단체들을 통합하여야 한다는 것을 깨닫게 되었다. 이때 리규동, 편강렬, 량기탁 등이 주도하여 재만독립운동단체의 통일을 발기하였다. 남자현은 이에 적극 호응하여 통합운동에 큰 힘을 들이었다.

1925년, 남자현은 일본제국주의자에게 더 큰 충격을 주기 위해 백광운, 리성산 등과 밀의한 끝에 조선통독 사이도미노루를 사살하기로 결정하고 조선 서울에 가 잠복하였다. 그는 혜산동 28번지 고씨댁에 거처를 잡고 거사하였으나 성사하지 못하고 삼엄한 군경의 경계망을 뚫고 다시 만주로 돌아왔다.

1928년 1월 17일, 길림에 있는 최명식의 집에서 안창호, 김동

삼, 오동진, 최명식 등 200여명의 만주 지방 독립운동 거두들이
모여 통합과 금후 운동방침을 토의하는데 중국경관과 일본경관이
돌연적으로 회장을 포위하고 안창호 등 주요한 인물 47명을 체포
하였다. 남자현은 군벌관헌에게 강력한 항의를 제가하면서 감옥에
까지 따라가 동지들의 옥살이 시중을 들어주었으며 석방운동을
벌였다. 이 감옥에 조선순사 한 사람이 있었다. 남자현은 그 순사
네 집에 가서 밤을 새우며 반일구국사상을 설교하였다. 여러 사
람들의 노력으로 안창호 등 47명은 20일 후에 석방되었다.

　1931년 '9·18사변' 후 서간도 지방에 있던 독립운동지도자들
이 북만으로 이동하였다. 이해 10월에 민족유일당촉진회 회장 겸
국민의회 의장인 김동삼 등이 하얼빈에서 배신자의 밀고로 하여
일경에게 체포되었다. 이 소식을 들은 남자현은 김동삼의 구출운
동에 나섰다. 그는 김동산의 친척으로 가장하고 일본영사관 경찰
서로 드나들며 김동삼과 리원일을 어느 날 어느 길로 조선 신의
주감옥에 옮겨간다는 비밀을 알아내어 조직에 알려주었다.

그가 남긴 유언

　1933년 3월 1일, 일제침략자들은 신경(지금의 장춘)에서 저들
의 괴뢰정권인 만주국 건국 첫돌을 성대히 기념한다는 정보가 반
일조직에 알려졌다. 남자현은 이것이 놈들의 간담을 서늘케 할
수 있는 좋은 기회라고 생각하였다. 그는 이날 행사를 이용하여
관동군 사령관 겸 만주국주재 일본대사인 다게우신기를 격사할
것을 동지들과 밀의한 후 중국인 할머니로 가장하고 폭탄과 권총
을 몸에 지니고 2월 27일에 하얼빈에서 떠났다. 그런데 어느 놈

이 뒤를 따랐는지 하얼빈교의 정양가에서 일본경찰에게 체포되었다. 그는 하얼빈영사관 경찰서에 감금되어 5개 월 동안의 혹형과 고문을 받았으나 굴함 없이 투쟁하였다. 8월 6일부터 그는 일제의 만행에 대항하는 최후의 수단으로 단식투쟁을 단행하였다. 10여 일이 지났다. 놈들의 혹형에 지친데다 단식까지 한 남자현은 거의 사경에 이르렀다. 영사관에서는 하는 수없이 그를 보석이란 미명으로 출옥시키기로 하였다.

감옥에서 나오는 날이었다. 그토록 지친 남자현은 어데서 용기가 솟구쳤는지 자기를 끌어내러 감방에 들어 온 일본순사 놈에게 달려들어 마구 뜯어놓고 까꾸러뜨렸다.

이해 8월 22일에 남자현은 자기의 운명이 임박해 온다는 것을 지각하고 임시 안치되어 있던 여관에서 외아들인 김성삼을 자기 옆에 불러다 앉히고 말하였다.

"조선독립은 조선 사람의 정신에 의해 이루어져야 한다. 조선 사람은 조선 사람의 정신을 잃지 말고 싸워야 한다."

남자현 여사는 흐려가는 정신을 가다듬으며 몸에 간직했던 돈을 꺼내어 아들의 손에 넘겨주며 마지막 부탁을 남기었다. "이 돈에서 조선이 독립되면 축하금으로 200원을 보내고 손자의 학자금으로 40원을 주고 친정집 중손에게 8원 80전을 주어라 …" 그리고는 다른 말을 더 남기지 못하고 스르르 눈을 감았다. 그는 이렇게 62살을 일기로 파란 많은 혁명생애를 마치었다. 그의 유해는 지금 하얼빈시 남가의 외국인 묘지에 안장되어 있다. 조선이 해방된 후 김성삼은 어머니의 유언대로 축하금을 보내었다.

(한준광)

첫 여 당지부서기

(1908-1931)

1

홍혜순은 1908년에 화룡현 몽기동(오늘의 용정시 개산툰진 광소촌)의 한 청빈한 의사의 집에서 맏딸로 태어났다.

여덟 살이 되자 혜순이는 집 근처에 있는 현립 2교에 입학하였다. 해맑은 얼굴에 웃을 때면 볼우물이 곱게 지는 그는 어릴 때부터 공부를 잘하였다. 12살에 4년제 현립 2교를 졸업하고 본 고장에 있는 보통학교 1학년에서 계속 공부하였다.

그러던 어느 해 7월 보통학교를 다니던 손아래 동생이 병으로 죽고 10월에는 또 3년 철이나 신염으로 시름시름 앓던 아버지가 세상을 떴다. 액운이 연달아 들이닥치다 보니 집에는 할아버지와 어머니, 셋째동생밖에 남지 않았다. 가정살림을 떠인 어머니는 매일 팽이처럼 돌며 바삐 보냈지만 셈평은 도시 펴일 줄 몰랐다. 나어린 혜순의 가슴속에서는 부익부 빈익빈의 불공평한 사회에 대한 불만의 싹이 마음속에서 트기 시작하였다. 마을의 혁명적 청년들과 접촉하는 가운데서 그는 마르크스와 레닌이 어떤 분인가를 알았고 러시아 『10월 혁명』을 알았다. 그는 낮이면 보통학교에 나가 글을 익히고 밤이면 자기 집 안방에서 늘 밤새도록 진보적 서적들을 읽었다. 특히 그에게 깊은 인상을 준 분은 홍군에 참가하였고 위대한 러시아 '10월 혁명'에서 영용히 희생된 삼촌이었다. "삼촌이 걸은 길을 걷자!" 이는 혜순의 드팀없는 신조였다.

18살 되던 해에 보통학교를 졸업한 혜순이는 평강벌의 '군중수령'이라고 불린 조기 조선인 공산주의자 소성규와 자유약혼을 하였다. 봉건적인 혼인제도의 쇠사슬을 치부신 혜순이와 소성규의 자유약혼은 몽기동을 들썩 뒤흔들어놓았다.

2

1925년 홍혜순은 용정사립대성중학교에 입학하였다. 당시 대성중학교는 혁명적 청년들이 많이 모여 있던 곳이었다. 홍혜순은 이 학교에서 혁명 활동에 적극 참가하였으며 혁명사상을 적극 받아들었다. 발랄하게 발전하는 혁명정세의 수요로 하여 홍혜순은 학교를 그만두고 화룡현 룡두산에 가서 지하혁명사업에 종사하게 되었다. 이때로부터 홍혜순은 소성규와 함께 청춘의 빛과 열을 고스란히 항일의 성전에 바쳤다.

홍혜순은 룡두산 일대에서 계몽사업을 벌렸다. 당시 봉건사상에 물 젖은 사람들은 여자들이 공부하는 걸 한사코 반대하였다.

"공부를 해야지요. 공부를 해야 자유를 찾을 수 있고 지식이 있어야 사회문제를 해결할 수 있어요. 수레가 외바퀴로 구을 수 없지 않아요. 사회문제도 마찬가지예요. 남성들의 힘만으로는 모자라지요 …"

그는 마을에서 신망이 높은 연장자들을 찾아 많이 이야기함으로써 그들의 역할을 효과적으로 발휘시켰다.

그의 노력은 헛되지 않았다. 여성 야학생은 수십 명으로 늘어나고 사립학교가 활기를 띠었다.

홍혜순은 학생들에게 혁명사상을 고취하는 한편 룡두산, 약수동, 장인강, 투도구를 망라한 평강 일대의 산과 들을 주름잡으며 항쟁의 불길을 한 곳 한 곳 지폈으며 그 지대의 인민대중을 1929년 말, 1930년도의 반일학생시위투쟁과 1930년의 5·30폭동에 궐기시켰다.

일제와 그 주구들은 혁명의 열화를 꺼버리려고 날뛰었다. 놈들은 도처에서 혁명자를 검거 투옥하였다. 동만 5·30폭동의 주요 지도자의 한 사람이었던 남편 소성규도 용정에서 불행히 체포되어 서울 서대문형무소로 압송되었다.

홍혜순은 마음속의 기둥을 잃은 것만 같았으나 비애에만 잠겨 있을 수 없었다. 그는 일제와 그 주구에 대한 적개심을 안고 투쟁의 진두에 나섰다.

1930년 6월 14일, 룡두산에 첫 당지부가 설립되었다. 이날 중공당원으로 된 홍혜순은 당지부서기로 되었다.

그해 7월 10일과 11일, 평강구 약수동에서는 평강구 당위를 내오기 위한 평강구 제1차당대표대회가 열리었다. 룡두산을 대표하여 회의에 참석한 홍혜순은 중공평강구위 부녀위원 겸 평강구혁명호조회 책임자로 선출되었다. 평강구 제1차당대표대회에 참가하고 돌아 온 홍혜순은 회의정신과 회의에서 채택된 평강구 10대투쟁강령을 시달하면서 조직을 적극 발전시켰다.

그는 놈들의 거듭되는 검거에 대처하기 위하여 동지들을 데리고 룡두산 기슭의 으슥한 곳에 땅굴을 팠다. 겉은 묘지처럼 둥글게 해놓고 그 밑으로 통로를 뺐으며 안쪽에 등사기를 두었다. 그리고는 삐라를 쓰고 직접 살포하기도 하였다.

동지들과 부녀회 회원들은 밤낮 없이 혁명사업에 전력하는 홍혜순을 몹시 받들고 아꼈다. 어떤 분은 그의 건강을 염려하여 쌀을 조금씩 얻어주었고 어떤 분은 그의 딸 경자에게 먹을 것을 얻어다주기도 하였다. 홍혜순은 인민대중 속에 깊이 뿌리를 내리고 혁명의 씨앗을 뿌려나갔다.

3

홍혜순을 눈에 든 가시처럼 여긴 놈들은 끝내 상금까지 내걸고 홍혜순을 잡으려 하였다. 동지들은 그의 안전을 염려하여 은근히 손에 땀을 쥐었으나 홍혜순은 대수로워 하지 않았다.

룡두산 마을의 한 지주 놈은 자기 첩을 늘 홍혜순의 집으로 보냈다. 홍혜순의 어머니는 심정이 불안해났다.

"어머니, 너무 근심마세요."

홍혜순의 어머니는 그 여인이 오면 친절하게 대해 주었고 그의 바느질도 도와주었다. 첩으로 있는 처지를 동정까지 하는지라 지주의 첩은 홍혜순이가 집에 있다는 것을 알면서도 지주에게 알리지 않았다.

1930년 여름의 어느 날 저녁이었다. 투도구 영사분관 경찰 놈들과 중국 육군대 놈들은 홍혜순이 룡산학교에서 회의를 하고 있다는 주구의 밀고를 받고 도적고양이처럼 갑자기 룡두산 마을에 기어들었다. 그때 학교에서는 소선대강연회가 한창이었고 홍혜순의 친정집에서는 부녀회모임이 한창이었다. 홍혜순이네가 헌 탄자로 불빛을 막고 회의하였기 때문에 놈들은 홍혜순의 친정집을 지나 곧추 학교를 에워쌌다. 기관총소리가 자지러지게 울렸다. 강연하고 있던 5명의 소선대원이 피못에 쓰러졌다.

뜻밖의 총소리에 사태를 짐작한 홍혜순은 인차 모임에 참가한 부녀들을 해산시켰다. 맨 나중에야 그는 딸애를 업고 친정집 부근의 조이밭에 숨어들었다.

이날 저녁 홍혜순을 붙잡지 못한 놈들은 그의 시아버지와 셋째 시삼촌 그리고 그 마을의 청년 몇을 끌어갔다.

홍혜순의 처지는 그야말로 위태로웠다. 그는 놈들의 눈을 피하여 낮에는 강가에 나가 버드나무 가지를 줍는 척했고 밤이면 마을에 들어와 활동했다. 그는 강가에서 동지들을 만나 회보를 들었고 지시도 주었다. 기나긴 그해 여름을 홍혜순은 거의 강가에서 보냈다.

초가을의 어느 날 어둑새벽 밖에서 나돌던 홍혜순은 친정집 문을 열고 들어섰다. 어머니는 밖에서 세월을 보내는 딸을 측은히 여기며 달여 놓은 수수엿을 내놓았다.

엿 사발을 받아든 홍혜순은 자기를 아껴주고 받들어주는 어머니가 그지없이 고마웠다. 자나 깨나 딸의 안전을 두고 고심하는 어머니가 가엾어 홍혜순의 눈에는 이슬이 맺혔다. 어머니도 옷고름으로 눈굽을 찍었다.

갑자기 놈들이 고아대는 소리와 개 짖는 소리가 들려왔다. 홍혜순이가 마을에 왔다는 밀고를 받고 놈들이 들이닥쳤던 것이다. 홍혜순은 얼른 뒷문을 차고 나갔다.

허나 때는 늦었다. 마을은 물샐틈없이 포위되었었다. 지체할 수 없는 홍혜순은 놈들을 피해가면서 마을 맨 뒤에 있는 림 노인네 집으로 뛰어 들어갔다. 마당에서 조이삭을 자르고 있던 림 노인은 위험이 닥쳤다는 것을 의식하고 홍혜순을 제꺽 집 안에 데리고 들어가 노친이 입던 낡은 저고리와 광목치마를 바꿔 입히고 헌 머리수건을 쥐어주었다. 그리곤 자기가 쓰던 칼을 주면서 조이삭을 자르라고 하였다.

얼마 후 한 무리의 놈들이 들이닥쳤다.

우두머리인 듯한 놈이 홍혜순을 뚫어지게 보면서 림 노인에게 물었다.

"이년은 누구냐?"

"예, 집의 노친인데 머저리우다."

"머저리라구?"

우두머리 놈은 의심스럽다는 듯이 안노인을 툭툭 차보았다. 그러자 '안 노인'은 반벙어리소리를 내면서 무서워 후들후들 떠는 상을 하였다. 홍혜순이가 어찌나 신통히 머저리 역을 놀았던지 놈들은 그의 입을 벌려보지도 않고 집 안을 발칵 뒤집고는 가버렸다. 홍혜순은 워낙 덧니가 났었는데 놈들은 수색할 때마다 여성들의 턱을 들고 보았었다.

4

홍혜순은 조직의 지시에 좇아 활동거점을 장인강 일대로 옮겼다. 그는 떠돌이 엿 장사꾼, 마늘 장사꾼, 물감 장사꾼 등으로 가장하고 삐라를 뿌렸고 또 군중을 조직했다.

홍혜순이 나타난 고장에는 투쟁이 백열화되었다. 추수투쟁의 물결은 평강구 도처에서 타올랐다. 이에 따라 홍혜순을 붙잡지 못한 놈들은 더 혈안이 되어 발광적으로 날뛰었다.

하루는 놈들이 느닷없이 룡두산 마을에 달려들었다. 곧추 홍혜순의 집에 이른 놈들은 다짜고짜로 홍혜순의 어머니와 시어머니를 붙들어 고춧물을 먹이고는 배에 널판자를 올려놓고 발로 마구 짓밟았다. 놈들은 또 조짚을 넣은 방에다 그의 할아버지를 끌어다놓고는 홍혜순이가 간 곳을 대지 않으면 불을 달겠다고 호통쳤다. 하지만 누구도 입을 열지 않았다. 놈들은 한바탕 행패질 하고는 돌아가는 수밖에 없었다.

투도구영사분관에서는 홍혜순의 행방을 탐문하도록 사복경찰 두 놈에게 사진을 주어 개산툰 몽기동에 보내기까지 하였으나 아무런 단서도 얻지 못했다.

함박눈이 펑펑 쏟아지던 1930년 음력 10월경의 어느 날 홍혜순의 어머니는 약 3리가량 떨어진 삼호동네 홍혜순의 외갓집으로부터 딸이 지금 외가 큰아버지의 집에 와서 기다린다는 소식을 들었다.

"혜순이 왔다지!"

홍혜순의 어머니는 기뻐서 어쩔 줄 모르며 돌이 지난 외손녀 소경자를 들쳐 업고 부랴부랴 길을 떠났다.

어느덧 눈 덮인 들길을 지나 삼호동네에 이르렀다. 벌써부터 기다리고 있던 홍혜순이가 넘어질듯 달려 나왔다.

"어머니, 고생이 많으셨어요. 죄송해요. 경자야, 외할머니하고 잘 있었니? 아이구 퍽도 컸구나!"

어머니에게서 딸을 받아 안은 홍혜순은 눈물이 흐르는 볼을 딸애의 뺨에 대고 비비며 누가 앗아가기라도 할 듯 품에 꼭 껴안았다.

드디어 떠날 시간이 되었다. 한번 떠나면 생사를 기약할 수 없는 길인지라 홍혜순의 가슴은 또 한번 석별의 정으로 녹고 있었다. 그는 어머니와 외갓집 큰아버지에게 뜨거운 인사와 부탁을 드리고는 딸을 안고 말했다.

"경자, 엄마가 가도 울지 말고 할머니 말씀을 잘 들어야 한다. 너는 혁명자의 딸이란다."

이것은 아직 말뜻을 가려들을 줄 모르는 딸에게 하는 말이라기보다 짓찢기는 자기의 마음을 달래는 말이었을 것이다. 그는 떨어지지 않으려고 발버둥치는 딸애를 어머니의 품에 맡기고는 뒤도 돌아보지 않고 길을 재촉했다.

며칠 후 홍혜순은 자기가 지은 2절로 된 노래 한 수를 집에 보냈다.

이 노래는 한 입 두 입 건너 룡두산에서 널리 불렸다.

나어린 몸 남겨두고
아버지는 철창에로
눈보라치는 벌판에서
어머니도 영리별
철모르는 어린 유녀
찾아갈 곳 어데일까

이 배고파 우는 눈물
누가누가 씻으려나
그날마다 그때마다
엄마 아빠 그리워
이리저리 찾으면서
엄마 아빠 부르누나

5

1930년도 저물어가던 음력 11월 29일 새벽, 투도구 주둔 중국 육군대 몇 놈이 문을 차고 들어섰다. 홍혜순의 어머니는 그들에게서 딸이 체포되었다는 소식을 듣고 투도구 육군부대병원으로 허둥지둥 찾아갔다. 여동생 인순이도 따라나섰다.

사연은 이러했다. 그 전날 밤 홍혜순네가 장인강 류수구의 어느 산에서 회의를 하다가 중국 육군대 놈들의 습격을 받았다. 다행히 산에 있는 숯굴 속에 피신하기는 하였으나 이튿날 새벽에 끝내 놈들에게 발각되었다. 놈들은 숯굴 어귀에 몰려서서 "투항하면 살려준다"고 고래고래 소리 질렀다.

허나 최후를 각오한 홍혜순은 죽을지언정 굴하지 않았다. 놈들은 결국 기관총 사격을 해댔다.

홍혜순은 여러 발의 적탄을 맞고 쓰러졌다. 그자들은 주민들의 이불 세 채를 빼앗아 홍혜순을 수레에 싣고 그날로 투도구류군부대병원에 실어갔다. 어머니는 홍혜순의 두 손을 꼭 쥐고 눈물을 하염없이 흘렸다.

홍혜순의 두 눈에는 원한의 불길이 이글거렸다.

"이놈들아, 우리가 자기 땅에서 혁명을 하는데 네놈들은 남의 땅에서 무슨 지랄이냐?!"

그는 유창한 일본어로 일본침략자들을 호되게 규탄하였다. 그리고 또 한어로 육군대 놈들에게 자기 동포에게 총을 겨누지 말고 일제침략자에게 총부리를 돌리라고 준절히 꾸짖었다.

이윽고 치명적 중상에다 지나친 출혈로 하여 홍혜순은 숨을 거두었다.

홍혜순의 심장이 고동을 멈춘 후 룡두산 마을의 청년들은 놈들의 감시도 아랑곳하지 않고 열사의 유체를 담가로 그의 집에 옮겨갔다. 철부지 경자는 어머니 시체에 엎디어 애처롭게 울어댔다.

"산채로 붙잡자던 년이 죽었으니 죽은 년이라도 사진을 찍어야겠다."

놈들은 홍혜순의 시체를 방구석에 세워놓고 그의 덧니가 보이도록 입을 벌려놓은 다음 사진을 찍었다.

평강벌의 이름난 여성당지부서기 홍혜순은 23세의 꽃나이에 이렇게 혁명을 위해 목숨을 바쳤다.

굴함 없는 여인

(1910-1932)

1932년 봄의 어느 날, 약수동 동구 밖 시냇가에서 한 여인이 빨래를 하고 있었다.

"어떻소? 사람이 참해 보이지!"

"글쎄 말이요, 어쩌면 저리도 착한 새기를 데려왔소?!"

그의 뒷모습은 바라보는 마을 사람들은 서로 주고받으며 치하를 아끼지 않았다. 사람들은 짧은 곤색 치마에 흰 저고리를 입은 키 작은 이 여인이 마을의 적위대 부대장(후에 대장) 손태익의 후실도 금방 들어선 것만 알았지 그가 조직의 지시를 받고 용정으로부터 온 우리 지하당원이라는 것은 누구도 몰랐다.

김순희는 1910년에 안도현 소사하에서 태어났다. 당지서 소학교 공부를 마친 그는 용정으로 가서 다시 사립동흥중학교에 입학하였다. 재학 시기에 그는 공청단평강구위 서기 안정로를 알게 되었다. 안정로는 자주 용정에 드나들었는데 순희는 그들을 통하여 약수동이 중공평강구위와 중공화룡현위의 소재지이며 동북에서 첫 소비에트가 선 고장이란 것을 알게 되었다. 또한 약수동적위대 부대장 손태익의 9살 되는 아들과 7살 되는 딸애가 어머니를 잃고 아버지의 슬하에서 자라며 모성애를 바란다는 것을 알았다.

약수동이 김순희를 수요했으며 두 어린이가 어머니를 바라고 있었다. 김순희는 안정로의 뜻을 알아차리고 머리를 끄떡였다. 그는 1932년 2월과 3월에 두 차례에 걸쳐 비밀리에 약수동에 가서 손태익을 만나보았고 약수동의 투쟁형편을 다소 헤아리게 되었다. 그때 김순희는 이미 중공당원이었다.

1932년 4월 김순희를 약수동 적위대 부대장 손태익과 정식 결혼하고 이곳에 자리를 잡았다. 그때 그는 적위대 대원이었고 또 약수동부녀회 책임과 약수동 반곡(返谷)위원회 주요 책임을 맡았다.

김순희는 남편의 사업을 성심껏 도우면서 남편 전처의 두 어린 자식을 친자식처럼 극진히 사랑하였다. 아이들은 그를 "엄마! 엄마!"하며 몹시 따랐다.

어느 날 김순희는 남편과 함께 연 5일간이나 밖에 나가 활동해야 했다. 지하활동으로 어린 자식들을 제대로 돌볼 수 없는 그들 부부였다. 그러던 하루, 문이 삐꺽 열리며 순희가 집에 들어섰다.

"엄마 왔구나!"

어린 오누이는 환성을 지르며 김순희에게 매달렸다.

"오냐, 엄마 왔다. 그 동안 어찌 고생했니? 엄마는 너희들이 보구퍼 죽을 뻔 했다."

어느덧 눈물이 핑그르르 돈 김순희는 오누이를 와락 껴안고 자기 볼로 아이들 볼을 비비며 가슴 아파하는 것이었다.

이토록 좋은 어머니였으나 자기의 신분과 조직의 일에 대해선 꼼물만치도 입 밖에 내지 않았다. 하기에 손태익의 두 자식들까지도 어른으로 자라난 후에도 계모가 어디 사람이며 약수동에 오기 전에 무얼 했던가를 모르고 있었다.

김순희는 약수동 부녀들을 항일에로 이끌었으며 혁명조직의 후

원공작도 잘했다. 일찍부터 항일의 불길이 타올랐던 고장이라 오가는 혁명자들이 끝이 없었다. 그때마다 순희는 정태준네 가정과 함께 동지들을 열성껏 접대했다. 하기에 동지들은 약수동에 가면 제집에 온 것과 같다고 늘 말 하군 한다.

약수동적위대는 늘 산으로 들어갔다. 그러면 순희가 남은 동지들과 함께 지주와의 투쟁을 벌였으며 마을의 부녀들을 동원하여 식량과 의복 등 필수품들을 모아서는 적위대에 공급하였다. 특히는 소선대 지도사업에 힘을 아끼지 않았다.

하루는 순희가 소선대 중대장 김득봉(열사)이를 데리고 소문없이 풀밭으로 기어갔다. 때는 밤이었다. 순희는 민첩하게 전주를 타고 올라가 전선줄을 끊는 시늉을 해보았다. 몇 차례 거듭하자 득봉이도 제법 해 젖힐 수 있었다. 그 후엔 득봉이가 소선대원들을 데리고 전선을 끊는 임무를 수행하였다. 한편 순희는 소선대원들에게 막대기 속에다 비밀쪽지를 감추어 나르게 하거나 꼴단속에 삐라를 넣어가지고 다니게 하는 등 여러 가지 방법들을 가르친 데서 통신연락 때마다 소선대원들을 한번도 실수하지 않았다. 순희가 소선대 시절에 하던 솜씨를 약수동 소선대원들이 그대로 물려받았다.

이해 가을 어느 날, 김순희는 마을 가까이에 있는 콩밭으로 가을하러 갔다. 말이 콩밭이지 기음도 제대로 매지 못하여 볼품이 없었다. 그런데도 순희가 임신한 몸으로 힘겹게 앉아 콩을 꺾는데 두 오누이가 달아 와 엄마 일손을 거들어주었다. 순희는 기특하다며 그들의 머리를 어루만져 주면서도 웬 일인지 자주 머리를 들어 남산 쪽을 바라보는 것이었다.

그때 손태익이 콩밭에 나타났다. 그들이 한참 수군거리더니 손태익은 그길로 오던 방향으로 떠나갔다. 김순희도 하던 일을 그만두고 아이들을 집에 데려다 두고는 어디론가 나가는 것이었다.

사연은 이러했다. 이해 가을 추수투쟁의 불길은 재차 전 현 범위에서 타올랐는데 약수동 혁명조직에서는 이해에 지주에게 소작료를 한 알도 바치지 않기로 결의 지었다. 이 정신이 순희 등을 통하여 집집마다에 알려졌는데 득봉이 아버지가 그만 소작료를 바치었었다. 순희는 득봉이를 통해서 이미 바친 소작료를 도로 찾아오게 하였다. 이에 등이 단 투도구 대지주 서병원이 약수동으로 찾아들었던 것이다.

때는 10월이었다. 점심때가 돼서 보초 서던 득봉이가 손태익에게 알리자 손태익이 다시 아내한테 알리였던 것이다. 그렇지 않아도 서병원 지주가 나타나리라고 짐작하고 오늘도 대기하고 있던 중이었다.

순희는 인차 서병원의 마름인 조학수네 집으로 갔다. 조학수는 서 지주가 온 일이 없다고 둘러댔다. 조학수는 순희의 말을 마이동풍으로 여기고 있었다. 말로만 될 일이 아니었다. 마을 반곡위원회 주요 책임인 순희는 동지들한테 집을 수색하라고 지시하였다. 헌데 웬 영문인지 지주의 그림자도 보이지 않았다. 순희는 지주의 본성으로 보아 꼭 어디엔가 숨어있다고 하면서 다시 수색하게 하였다. 서 지주는 과연 독 안에서 발견되었다.

"당신은 왜 왔소?"

순희가 서병원의 목덜미를 틀어잡고 소리치자 지주 놈은 부들부들 떨었다.

"조카 집에 놀러 왔습니다."

"놀러 왔다는 사람이 쥐새끼처럼 독 안에는 왜 숨었소?"

"저, 저 무서워서요."

"죄가 없으면 무서울 일이 있소? 소작료 때문에 왔지?"

"예, 예, 그렇습니다."

"농민들이 자기 손수 지은 것인데 놀고 있던 당신에게 한 알도 주지 못하겠소."

"예?"

서 지주는 떼꾼해졌다. 하면서도 네가 얼마나 대담하기에 큰소리를 치냐고 노려보았다.

"동무들 저 사람을 이 마을에서 당장 쫓아내시오!"

당해도 호된 봉변, 서 지주는 이를 바드득 갈며 소선대원들에게 쫓기어 갔다.

진작 약수동을 눈에든 가시처럼 여겨오던 적들이었다. 투도구 영사분관과 경찰서에서는 한 달도 못되는 사이에 연속 세 차례의 대토벌을 감행하였다.

1932년 음력 10월 22일 아침, 수십 명의 일본군수비대와 경찰 놈들이 이리떼마냥 약수동에 덮쳐들었다. 놈들은 우리 혁명조직에서 진작 조치를 댄데서 아무것도 발견하지 못하고 대황구 쪽으로 밀려갔다.

이날 장인강에 가서 회의를 하고 돌아오던 약수동적위대 대장 황용정은 서쪽 대황구 영마루에서 일제토벌대와 맞띠어 무참히 살해당했다.

약수동적위대에서는 대장이 희생되자 부대장 손태익을 대장으로, 정태경을 부대장으로 내세우고 계속 투쟁을 이어갔다.

그로부터 10여 일이 지난 음력 11월 4일 이른 새벽, 근 200여 명이나 되는 왜놈수비대, 경찰, 자위단 놈들이 갑자기 약수동을 3

면으로 포위해 들어왔다. 놈들이 어둠을 타서 세린하 쪽으로 에돌아 기여든 탓으로 마을에서 몇 리 떨어져 있는 도끼지팡(진화)의 첫 보초선에서도 발견하지 못하였다. 마을부근의 조개산 보초선에서 놈들을 발견했을 때는 이미 포위에 든 뒤였다. 당조직에서는 혁명역량을 보존하기 위하여 간부, 구유격대, 적위대, 소선대원들을 즉시 피신시켰다. 하나 만삭이 된 김순희는 조직에 부담을 주지 않으려고 마을에 그냥 남았다. 당금 해산할 아내를 뒤에 두고 떠나야 하는 남편 손태익은 마음이 칼로 에이는 듯 괴로웠다.

보초선의 신호도 오르기 전에 토벌대는 이미 약수동 마을 어귀에 들어섰다. 잇따라 마을에 덮쳐든 토벌대 놈들은 혈안이 되어 날뛰었다. 놈들은 주구를 앞세우고 집집마다 수색하였다. 주구의 밀고로 박상활, 황용정, 김동산, 전춘복 등 10여 집에 불을 달았다. 집 안에서 이 참상을 내다보던 김순희가 갑자기 구둣발소리가 들려옴으로 제꺽 물동이를 팔에 끼고 나서려는데 어느새 정주문으로 총창이 쑥 들어왔다.

“어디로 가?”

“물 길러가요.”

“흥, 물 길러 간다구? 잔말 말고 따라와!”

순희는 태연히 문을 나서며 아이들과 말하였다.

“애들아, 우리는 다시 만나볼 것 같지 못하다. 이불을 가지고 정명화(손태익 전처의 언니)네 집으로 찾아가거라!”

벌써 예감이 드는 순희였다. 적들이 거동에서 순희는 약수동이 큰 봉변을 겪어야 함을 느낀 터였다.

토벌대 놈들은 순희 보고 마을의 몇몇 아낙네들과 함께 점심을 지으라고 호령하였다. 그 사이 적들은 마을에서 보초를 섰거나 앓아서 미처 피신하지 못한 적위대 부대장 정태경, 리덕길, 소선대 대장 김득봉, 젊은이들을 피하게 하고 마을에 남았던 정태준 노인 등을 붙잡아 정태준 노인네 뜰에 끌고 왔다.

김순희는 놈들이 자기의 신분을 알고 있다고 직감하였다. 정명화 언니는 순희더러 동떨어져 있는 적위대원 허룡남네 집으로 피하라고 눈짓하였다. 순희의 일거일동을 은근히 살피던 토벌군은 순희의 뒤를 따라가다가 그를 붙잡아 들였다.

"어디로 가는 거야?!"

그리곤 당장에서 심문을 들이댔다.

"이년 네가 김순희냐?"

김순희는 일이 심상치 않다고 짐작하고 떳떳이 나섰다.

"그렇다! 내가 김순희다!"

"응!"

두목인 듯한 놈은 고개를 끄떡이더니 바투 들이댔다.

"빨갱이들은 어디로 갔느냐?"

"모른다!"

"네 서방은 어디로 갔느냐?"

"모른다!"

"식량은 어디다 감췄느냐?"

"모른다!"

"아니 그래 정말 모르느냐?"

"정말 난 아무것도 모른다!"

그러자 놈들은 물매를 안겼다. 그래도 그의 집에서 '모른다!'는 말밖에 나오지 않으니 놈들은 모난 참대젓가락을 손가락 사이에 끼워 넣고 마구 비틀어댔다. 하지만 순희는 이빨을 악물고 견디었다. 놈들은 악형을 들이대다가 나중에는 그도 정태준 노인네 집 마당으로 끌고 갔다. 거기에는 마을 사람들도 적지 않게 끌려 와있었다. 순희는 자기를 바라보는 사람들의 정다운 눈길과 슬픔에 겨운 눈길에서 더욱 큰 힘을 얻었다.

놈들은 총 박죽으로 순희의 배를 쿡쿡 찌르며 빈정거렸다.

"배 속에 있는 건 뭐냐?"

"몰라서 묻느냐? 잘나면 영웅이구 못나면 대문전거리를 쏘다니는 너희들 같은 놈일 거다." 순희는 맞받아 쏘아주었다.

야수 같은 놈들은 순희의 만삭이 된 배에 널빤지를 올려놓고 두 끝을 내리눌렀다. 순희는 까무러쳤다가 다시 정신을 차렸다. 세상에 태어나지도 못한 생명마저 불행을 당해야 하니 험악한 세상에 생명이 태어날 자유마저도 없었다. 어머니로서의 심정은 칼로 에이는 듯 아팠다. 그러나 순희는 이를 악물었다. 조직의 비밀을 누설할 수는 없었다. 추호도 드팀없이 참고 견디는 길만이 남았다. 놈들은 또 고춧물을 순희 입 안에 쏟아 넣었다.

"아, 이걸 어쩌나! 참 기막힌 세상이구나!"

군중들은 나직이 불평을 토로하였다.

"이년 말하지 않을 테냐? 네 혓바닥이 못 견디나 이 피대가 못 배기나 어디 봐라!"

허나 놈들은 오산하였다. 뭇매질도 김순희를 어쩌지 못하였다. 나중에 순희는 놈들이 더 어쩔 수 없게 자기의 혀를 물어 끊어 놈들의 낯바대기에 내뱉었다. 마지막까지 혁명의 비밀을 누설하지 않기로 한 김순희의 비장한 결의였다.

나중에 이 살인귀들은 더는 어쩔 수 없게 되자 속수무책으로 순희를 널빤지에 동여매어 순희의 백부인 정태준 노인네 집 안에 들여다 놓았다.

"순희야!"

소문을 듣고 뒤미처 달려온 정명화였다. 그가 동여맨 바를 풀자니 순희는 입술을 바르르 떨면서 그러지 말라고 눈짓했다. 언니는 어쩔 줄을 몰라 애타게 땅을 치며 통곡할 뿐이었다. 언니가 놈들에게 끌려 밖으로 나오니 그의 앞에는 반죽음이 된 백부 정태준 노인이 서있었다. 조카를 본 노인의 눈에서 눈물이 비 오듯 흘러내렸다. 놈들은 노인을 구둣발로 차서 집 안에 처넣었다. 다른 6명 동지들이 집 안에 끌려들어갔다. 그리곤 조짚을 날라다 집 안에 넣었다.

최후의 순간이다. 정태준 노인이 욕설을 퍼부었다.

"개 같은 놈들아, 쏠 테면 쏴라! 네놈들이 망할 날이 멀지 않았다!"

놈들은 집 안에 대고 기관총 소사를 시작하였다.

"일본제국주의를 타도하자!"

"중국공산당 만세!"

집안에서는 비장한 구호소리가 연달아 울려나왔다. 놈들은 한바탕 총을 쏜 뒤 추녀 밑에 불을 질렀다…

당의 파견을 받고 약수동부녀회 책임, 반곡위원회 주요 책임자로 사업했던 김순희! 김순희는 희생될 때 22살 꽃나이였다. 그로부터 며칠 후에 있은 제3차 토벌에서 순희의 남편 손태익도 소양구골안에서 싸우다가 부상당한 채 마을로 끌려와서 학살당하였다…

《부 록》

　필자가 약수동을 수차 답사하면서 알아본 데 의하면 김순희 열사의 열사증은 1957년 4월 17일에 냈고 남편 손태익의 열사증은 1957년 5월 9일에 냈다. 필자가 지난 80년대와 90년대 초 약수동과 그 일대를 조사할 때 당년 김순희가 희생될 때 겨우 9살이었던 손태익 전처의 아들 손성찬은 용정시 세린하향 원 손가지팡 뒷골안 마을에 살고 있었고 김순희 열사의 묘소는 원 손가지팡 뒷산 아래에 자리 잡고 있었다.

혁명가의 어머니

(?-1932)

20세기 30년대 화룡현 개산툰 옥동포(지금의 용정시 개산툰진 후동골) 마을에는 일가식솔 모두를 성스런 항일투쟁에 내세우고 후근부 역할을 하다가 쓰러진 한 혁명의 어머니—최인진 여성이 있었다.

최인진은 워낙 조선 함경북도 명천군 사람이다. 나라의 이름난 명승지—칠보산을 끼고 있는데다가 동해바닷가에 위치하여 의례 살기 좋은 고장이어야 했을 것이다. 허나 날따라 뻗쳐오는 일제 놈들의 침략의 마수는 삼천리강산을 마구 짓뭉개 놓았다. 그 시절에 최인진이는 자기보다도 어린 전일이라는 남자와 가정을 이루었지만 쪽발이들은 한 하늘을 떠이고 살 수 없는 원수 놈들이었다. 그래서 두만강을 건너 옮겨 앉은 곳이 조선 종성대안의 후동골 옥동포이다. 그때가 언제인지는 알 수가 없지만 그의 아들 전혁이 1911년생이고 옥동포에서 태어났고 후동지구의 개척이나 다름없다는 것으로 보아 후동 일대에 이주한 지가 퍽 오랜 것으로 나타난다.

최인진의 남편 전일은 온 만주에 이름이 짜한 열렬한 반일지사로서 리동휘의 동지였다. 1918년 6월 26일에 리동휘가 러시아 연해주 하바롭스크에서 조선 최초의 마레주의정당-『한인사회당』을 창당했을 때 전일은 이 당의 첫 선전부장으로 되어 독립운동가로부터 공산주의자에로의 전변을 보여주었다. 이런 남편의 영향으로 최인진은 반일이란 투쟁의 길을 택하고 서슴없이 뛰어들었다.

1919년에 조선 땅에서 거족적인 독립만세운동-3·1운동이 폭발한 뒤 두만강북안의 용정에서도 3·13반일시위가 맹렬히 터져올랐다. 남편 전일이 개산툰 일대의 조직자로 되어 수천 명 군중들을 반일만세시위에로 이끌 때 인진이는 후동골과 그 일대의 수많은 부녀들을 불러일으켜 이 투쟁에 합류하였다.

1921년에 남편 전일이는 용정에서 조선서 망명해온 최익룡이를 도와 사립동흥중학교를 세우는데 크게 기여하는 한편 익룡 등과 함께 동흥중학교에다 지하혁명조직을 건립하며 마르크스-레닌주의를 전파하기 시작하였다. 그러던 어느 날 그는 최익룡 등과 함께 간도일본 총영사관놈들에게 체포되어 조선의 청진감옥에 투옥되었다. 한데서 9살내기 아들 전혁이와 7살내기 딸애 신은이는 어려서부터 아버지를 거의 모르고 자랐다.

그런 어느 날 최인진은 사랑스런 오누이를 무릎 가에 앉히고 애들 아버지에 대한 이야기를 들려주면서 너희들은 커서 꼭 아버지의 뒤를 이어가야 한다고 의미심장하게 말하였다.

그 무렵에 최인진의 남편은 출옥 7일인가 앞두고 파옥투쟁을 지도하였다. 그는 맨 나중에 감옥담장에서 뛰어내리다가 뒤따른 놈들에게 칼에 찍히고 다시 3년간이나 옥살이를 했다고 한다.

어려운 나날이었다. 최인진은 가정의 중임을 한 어깨에 떠메고 오누이를 극진히 키우는 한편 시아버지를 잘 모시었다. 그의 시아버지 또한 한학에 조예가 깊으시고 산수도 잘 보신다고 원근에

‘전도사’로 널리 알려진 분인데 노상 “해동성국”으로 불리는 찬란한 아침의 나라-조선의 반만 년의 역사와 을지문덕, 리순신 장군과 홍범도의 전설적인 이야기를 손자, 손녀들에게 들려주면서 애들 교양에 무척 왼심을 써 인진이는 그지없이 고마웠다.

인진은 가내뿐 아니라 동네 이웃들도 힘자라는 대로 도와 나섰다. 집에는 석마가 있어 곡식 찧으러 오는 사람은 꼭꼭 쌀 되박을 남겨놓는다. 그러면 인진이는 그런 쌀을 남겼다가 쌀 없는 집에 나누어주곤 하였다. 옷과 덮을 것도 서슴없이 내주는 성미다. 그래야 직성이 풀린단다.

어느덧 오누이가 학교 갈 나이가 되었다. 이들이 때때옷을 입고 책보를 안고 삼동포사립학교로 달려갈 때 인진이는 동구 밖에까지 나가 이슥토록 지켜보았다. 이 자리에서 그는 떠나가는 남편을 바랜 적이 한두 번이 아니었는데 오늘은 또 오누이를 배웅의 길에 내세우니 가슴이 찡해났다.

돌이켜보면 헴 모르던 시절이었다. 봉건의 세속으로 10대의 소녀시절에 머리를 꽁지고 말 타고 시집이라고 왔는데 남편이라는 위인은 겨우 9살내기, 그것도 바지에 오줌을 싸기가 일쑤여서 겨울방아를 찧을 때면 절그렁절그렁 소리가 나서 한숨이 호- 절로 나갔다. 그러던 철부지남편이 어른이 되어 조선을 건지는 큰일을 하고 있으니 얼마나 장한 일인가!

1923년경에 남편 전일이는 청진감옥에서 풀려나오게 되었다.

이 소식이 전해지자 사처에서 모모한 반일지사들과 동지들이 모여와 두만강나루터인 선구에까지 나가 폭죽을 터뜨리고 북장단을 울리면서 전설적 인물을 맞이하니 최인진은 얼마나 고마운지 몰랐다. 헌데 남편은 지방에서 반일계몽운동에 전력하다가 1년 만에 또 조선으로 나갔다. 1924년 8월 17일에 6명의 동지들과 손 잡고 서울에서 ‘조선공산당’을 조직하였다. 그때 공산주의 단체들 인 『화요회』, 『북풍회』, 『무산자동맹』 등 네 개 단체가 합작을 희 망하였다. 이에 남편은 단호한 지지를 표시하고 통일된 조선공산 당을 건립하는 위대한 사업을 드세게 내밀다가 그해 11월에 다시 일본경찰에 체포되어 서대문형무소에 수감되어 여러 해나 옥살이 를 하게 되었다.

(그 뒤 전일이는 1930년 하반년에 중국공산당에 가입한 후 1931년 2월에 성립된 중공달라자구위 제1임 서기를 맡았다. 연변 주당안관의 자료 3049에 의하면 1962년 9월 5일에 김규선이 항 일선배인 구선일이를 방문하였을 때 역사견증자인 구선일이는 이 렇게 증실 하였다. 그의 증실에 의하면 전일이는 달라자에서 1931년 가을 추수투쟁과 1932년 봄 춘황투쟁을 직접 이면에서 지도한분이다. 1932년 춘황투쟁시기 남양평과 용정 등지에서 일 제경찰 37명이 동원되어 달라자 일대 혁명자 16명을 체포하였는 데 이들 16명은 밤으로 마차에 실려 갔다. 가는 도중 두 명이 빠 져 달아나고 나머지 혁명자들 대부분은 며칠 후에 석방되었다. 그때 체포된 전일이는 용정총영사관을 거쳐 서울서대문형무소에 압송되었다가 서대문형무소에서 희생되었다.)

1928년에 아들 전혁이와 딸 신은이는 삼동포사립학교를 마친 뒤 용정으로 가서 사립대성중학교와 명신여고에 다니었다. 그러던 이들 오누이는 학교에서 러시아 10월혁명의 영향과 마르크스주의 학설을 접수하면서 제법 혁명이란 이 직업을 선택하였다. 그때부 터 최인진은 남편을 받들던 것처럼 또 아들딸을 받들며 든든한 뒷심이 되어 주었다.

1930년 '5·30'폭동 이후 아들 전혁이는 용정에서 중국공산당에 가입한 뒤 당 조직의 지시를 받고 개산툰에 돌아와 그해 가을 개구의 대중적 추수폭동을 지도하였다. 1931년 봄 이후에는 또 공청단 화룡현위 제1임 서기 중책을 짊어졌다.

아들의 뒤를 이어 최인진도 딸과 함께 중국공산당의 일원으로 되었다. 식구 모두가 중공당원이다. 딸은 당지부위원이요, 인진이는 부녀회책임을 맡았다. 따라서 집은 자연히 동지들의 활동장소로 되었다. 외지 혁명자들도 자주 드나들었다. 그때마다 인진이는 딸과 더불어 동지들의 시중을 게을리 하지 않았다. 외지로 떠날 때면 자기 집을 아예 동지들에게 내맡기었다.

1931년 봄에 구위의 동지들이 산에서 내려왔다. 밥에 뜨끈뜨끈한 국을 대접해야겠는 데 집에는 이렇다 할 남새감이 없었다. 일순 뾰족한 수가 떠오르지 않아 맴돌던 신은이는 칼을 가지고 마당으로 나가더니 한창 자라는 파릇파릇한 고추모를 한 움큼 뽑아왔다.

참으로 미더운 모녀간이었다. 동지들은 최인진을 어머니라고 친절히 불렀다. 바로 이해 시아버지가 불귀의 세상으로 떠나셨다. 인진이는 시아버지의 후사를 치른 뒤 부녀회사업에 더욱 몰두하였다.

이에 앞서 한 마을의 사촌동서간네 집에서 박명숙이라고 부르는 며느리를 맞아들이었다. 보매 똑똑하고 약삭빠른 사람이었다. 인진이는 그를 교양하여 부녀회에 가입시키었다. 사촌 이상 동서는 보기가 민망스러웠던지 "남정들이 나서서 춤추는데 여자들까지 나서면 무엇이 되느냐?!"며 도리머리질을 했다.

지나칠 일이 아닌 것 같았다. 인진이는 사촌동서를 조용히 찾아 이렇게 말하였다.

"형님, 그게 그런 것이 아니오. 남자들이 나서서 뛸 때 우리가 가만히 앉아서 보기나 하면 무엇이 되겠소. 남자와 여자의 힘을 합칠 때만이 사회가 변혁을 일으키는 법이오.”

들으니 옳은 말이었다. 그 후부터 사촌동서도 부녀회 일에 발 벗고 나섰다.

당년에 혁명조직들 앞에는 적들에게 아부하는 주구 놈들이 큰 위협거리로 되었다. 신입 부녀회원들이 주구라는 개념을 잘 터득하지 못할 때 인진이는 부녀들을 모아놓고 큰 종이에 무언가 열심히 그리었다. 사람들은 와그르르 웃어댔다. 머리는 분명 사람머리인데 몸뚱이는 털이 부스스하고 꼬리가 달리었다.

“이것이 바로 주구라는 개요. 인피를 쓰니 사람으로 보여도 일본 놈들의 개질을 하니 개가 아니겠소. 그래서 주구라는 새 이름이 생겨났다오.”

가슴에 와 닿는 형상적인 선전이었다. 부녀회원들은 감탄을 금치 못하였다.

1931년 가을 동만 각지에서는 추수투쟁의 불길이 세차게 타올랐다. 개구의 사광사와 월청사의 군중들은 전혁이와 화룡현농민협회 책임자 구성태의 직접적인 지도 밑에 마을마다 선전대, 운수대, 분배대를 선두로 한 사람같이 떨쳐 일어났다.

자동, 중천평, 몽기동, 후동 등지의 군중들은 추수투쟁지휘부의 통일포치에 따라 본 지방의 지주 집들을 휩쓴 다음 중천평의 보통학교마당에 집결하여 악질지주와 주구를 투쟁하였다. 대오는 어느덧 수천 명에 달하였는데 최인진도 후동골의 광범한 부녀들을 불러일으켜 성세 호대한 이 투쟁에 합류하였다.

중천평에서 민회의 주구 지충남을 투쟁할 때 최인진은 “일제주구를 타도하자!”하고 높이 부르며 선두에 나섰다. 분노한 군중들은 지충남한테 개가죽을 씌우고 반죽음을 만들어 놓았다.

이튿날 수천 명 군중들은 삼동포로 밀려갔다. 최인진 등 부녀들이 시위대열의 앞장에 섰다. 당지 지주들은 앙양한 군중의 기세에 겁을 먹고 '4.6'제, '3.7'제의 요구를 순순히 받아들이었다.

사흘째 되던 날 새벽에 수천 명 시위대열은 8렬을 지어 호호탕탕하게 창신 방향으로 떠났다. 최인진은 딸 신은이와 같이 치마저고리에 초신 차림으로 닦은 콩을 마련하여 가지고 시위대열에 끼이었다.

시위대열의 중점목표는 마패섬의 악질대지주 김운산이었다. 도중에 중국육군대와 일본경찰들이 길을 막은 데서 6명 담판대표가 나서서 김운산 지주와 담판을 벌였다. 담판이 실패했다는 소식이 퍼지자 격분한 군중들은 밤도와 지주 집을 겹겹이 포위하였다. 3일 만에 근 만 명에 달하는 군중들이 욱 밀려드니 지주 집에서 바깥에 대고 총질하였다. 최인진은 선두에서 구호를 외쳤다.

"김운산을 타도하자!"

"악질지주를 타도하자!"

이곳저곳에서 목소리를 합치자 산천이 떠나갈 듯 하였다. 질겁한 김운산 놈은 더는 뻗치지 못하고 군중의 합리한 요구를 승인하고 낟가리를 헤쳐 더 받은 부분을 83호의 소작인들에게 나누어 주지 않을 수 없었다. 김운산은 통곡했지만 어찌 할 수가 없었다.

최인진 가정의 혁명화는 적들의 신경을 잔뜩 건드려놓았다. 이 자들은 인진이와 그의 오누이를 붙잡으려고 미쳐 날뛰었다. 그때 용정총영사관 고등계에는 전혁의 외가 친척 되는 한 형사가 있었는데 이 형사는 최인진이와 신은이를 구슬려 귀순시키려고 갖은 수단을 가리지 않았다.

이해(1931년) 겨울, 아들 전혁이는 대구 일대에 가서 활동하다가 적들의 추격을 받았다. 회의 장소가 기습을 당한데서 맨발 바람으로 내닫다가 발이 심한 동상을 입었다. 후동 옥동포 집으로 돌아왔으나 주구가 밝히는데서 집에 들지 못하고 혁명자 오일남의 집에 숨어서 치료를 받았다.

그러던 1932년 초의 어느 날 팔도하자경찰서 놈들이 주구의 밀고를 받고 조선 순사 놈들을 앞세우고 마차를 가지고 옥동포 마을에 덮쳐들었다. 전혁이는 목표가 드러나 옥동포 뒷산으로 올리닫다가 적탄에 맞았다. 포위를 헤칠 수 없는 처지에서 그는 결연히 돌아서서 그 자리에서 선동 강연을 하는 한편 원수 놈들을 단죄하였다. 나중에 그는 체포되어 팔도하자 경찰서를 거쳐 용정의 총영사관에 끌려갔다.

그 나날에 최인진은 아들이 넘겨주는 혁명문건과 삐라를 가지고 삼동포, 몽기동, 후동 등지로 다니었다. 이날도 그는 아들이 주는 삐라를 품에 간직한 채 새벽길을 떠나 약 20리 떨어진 산너머 마을 북노루골로 갔다가 한낮 때에야 돌아왔다.

헌데 왠지 마을은 전에 없이 조용하고 뭔가 분위기가 달라보였다. 뒤늦게야 아들의 불의지변을 알게 된 최인진은 정말이지 눈앞이 캄캄해났다. 남편이 적들한테 끌려갔는데 또 아들까지 잡히니 한동안 실신한 사람 같았다.

그날 밤에 구위와 후동지부의 동지들이 최인진이를 찾아 위문하였다. 이때의 인진이는 이미 마음을 정리한 뒤여서 동지들은 뜻밖에 '호된 견책'을 받게 되었다.

"찾아주니 고맙소. 그래서 이 마음이 무거워 나는구먼. 혁명하자면 이런 일이 가끔 있기가 마련인데 오긴 왜 왔소? 적들이 우글거리는 판에 봉변이라도 당하면 내 마음이 편하겠소? 동무들이 진정 나를 어머니로 생각하고 내 아들을 위한다면 어서 돌아가 주오, 어서."

동지들은 이 평범한 조선족 여인 앞에 머리를 숙이지 않을 수 없었다. 때는 1932년 초봄의 일이다.

며칠 후 아들 전혁이는 용정의 총영사관에서 장렬한 최후를 마치었다. 적들은 유체를 해란강가의 버들 밭에 아무렇게나 파묻었다. 적들이 눈을 밝히는데서 전혁의 5촌 큰아버지 전인보 노인이 용정에 찾아가 열사의 유체를 용정 위의 허청리에 고이 묻었다.

1932년 봄 이후 일제 놈들은 개구 일대에 대한 본격적인 대'토벌'을 개시하였다. 한동네에 있던 인진이의 남동생도 혁명에 나섰다가 집에서 체포되어 그 자리에서 피살되었다. 최인진과 딸 신은이의 처지는 갈수록 어려워졌다. 적들은 그들 모녀를 귀순시키려고 미쳐 날뛰었다. 이때 최인진이는 당지부 회의에서 이렇게 말하였다.

"내 무엇 때문에 그놈들 앞에 굽어들겠는가. 내 아들을 죽이고 남편도 잡아가더니 우리 모녀마저도 귀순시키려구? 흥, 어림두 없지!"

언제나 낙관적인 최인진이는 놈들을 비웃으며 코웃음을 쳤다. 하지만 더는 마을에 배기지 못하고 조직의 알선으로 달라자 칠도구 일대로 망명하는 수밖에 없었다.

그러던 이해 겨울, 최인진은 딸과 함께 칠도구 일대에 대한 적들의 한 차례 '토벌'에서 비장한 최후를 마치었다. 그때 최인진은 40대의 여인이었고 신은이는 20살의 한창 꽃피는 나이었다. 그 뒤 최인진의 남편 전일이까지 서울서대문형무소에서 희생되니 일가식솔 넷은 모두가 일제를 몰아내는 항일의 성전에서 쓰러졌다.

왕청현위 부녀위원

(1903-1932)

김영식은 연길현 봉림동 사람으로서 1903년에 봉림동 중촌의 한 가난한 가정에서 태어났다. 살림이 구차하다보니 그는 외지에 가서 학교 다닐 엄두도 못 내고 마을의 구학서당에서 3년간 글을 배웠다.

1916년 영식이가 서당에서 글을 익히던 시절의 어느 날 이목구비가 단정하고 키가 훤칠한 웬 소년이 서당에 들어섰다. 알고 보니 소년의 이름은 리용국인데 워낙 조선 함경북도 성진군에서 살다가 이해 부모를 따라 두만강을 건너 봉림동 하촌에 이사 온 터였다. 영식은 용국보다 한살 위였지만 그들 둘은 인차 무람없는 사이로 되었고 서로 도와주며 글공부에 전력하였다. 그러던 1919년경에 용국이는 구수하신흥학교 6학년 공부를 마치고 용정 은진중학교에 입학하게 되었다. 이에 앞서 영식이는 부모의 동의로 용국이와 결혼하고 하촌의 시집에서 시집살이를 하게 되었다.

그때 시집에는 시부모와 시동생 리인삼, 시누이 리어순, 그들 부부까지 도합 여섯 식구가 생활했다. 근면한 시부모는 봉림동 하촌에 생활의 터전을 마련한 후 부지런히 농사를 지으며 땅마지기를 늘려 땅을 남에게 소작 줄 수가지 있었다. 그러나 워낙 천성이 무던한 사람들이라 가난한 사람들을 곧잘 도와주어 마을 사람들 속에서 신망이 높았다. 이런 가정에 시집간 영식이는 남편이 비록 집에 없어도 시부모의 사랑을 받다보니 외로움을 몰랐다. 영식 또한 시부모를 극진히 모시고 시동생, 시누이를 친동생들처럼 대하니 온 가정에 화기가 차고 넘쳤다.

남편이 용정은진중학교를 다니던 시절은 마르크스-레닌주의가 연변에 급속히 전파된 시기였다. 학교에서 남편은 초기 조선인공산주의자들과 접촉하면서 그들의 영향을 심히 받은 데서 점차 혁명의 길로 나아가게 되었다. 휴식일이나 방학에 집에 올 때면 남편이 아내 영식이한테 마르크스주의사상과 새 사조, 러시아 10월혁명의 승리 등을 자상히 소개한데서 영식이의 계급의식은 싹트기 시작했고 몽롱하게나마 혁명에 어섯눈을 뜨게 되었다.

1925년에 남편은 사립동흥중학교에 전학하였다가 이해 중학교를 마치고 용정에 남아 학생운동에 종사하게 되었다. 그러던 어느 날 남편이 느닷없이 집 문을 열고 들어서더니 용정 총영사관의 검거가 심한데서 조직의 파견을 받고 잠시 소련 연해주로 피신하게 된다고 알리었다. 그때 남편은 이미 조공당동만도(화요파)계통의 조공당원이었다. 몇 년간 독수공방한 영식이었건만 눈앞의 이 현실을 그는 무난히 받아들이고 동구 밖 멀리 멀리까지 남편을 바래었다.

1927년 봄에 남편 이용국이 드디어 연해주를 떠나 북만을 거쳐 동만에 돌아왔다. 남편이 돌아오자 영식은 그의 유력한 조수가 되어 남편의 중학교 동창생 김진(열사) 등과 함께 봉림동 하촌을 중심으로 중촌, 동골, 서골에 혁명의 씨앗을 뿌리기 시작하였다. 얼마 안 되어 봉림동에 진보적 청년단체 『청년 한마음』이 조직되자 영식은 이 단체의 골간으로 활약하면서 남편을 도와 봉림동 10여 리 골안에 야학실 두 개를 꾸리었다.

야학실을 꾸린 초기 많은 집들에서는 봉건사상의 속박으로 집안 여자들을 야학에 내보내려 하지 않았다. 이에 김영식은 하촌의 김명화, 동골의 리영숙 등과 손잡고 하나 또 하나의 가정부녀들은 쟁취하여 야학에 묶어세우기 시작하였다. 그 후 사상이 달통되자 대부분 집들에서 야학을 도와 나선 데서 봉림동의 마을마다 부녀 야학실이 크게 벌어졌는데 그 선두에는 김영식이 서있었다.

부녀 야학실의 주되는 사업은 여성문맹퇴치였다. 김영식도 마을 여인들을 도와 글을 배워주는 한편 한 패의 골간들을 묶어 비밀리에 마을의 『정치 강습소』에 보내 마르크스주의 새 사상과 러시아 10월혁명의 정신을 접수하도록 하였다. 김영식도 이들을 토대로 부녀들의 계급의식을 깨치기에 전력을 다한 데서 마을 여인들은 계급적으로 각성하기 시작하였다.

당시 봉림동 일대에는 서당이 있었을 뿐 학교란 없었다. 많은 어린이와 청년들은 학교 문에도 가보지 못하였다. 남편이 학교를 세우려고 작심하자 김영식은 든든한 뒷심으로 나섰다. 처음 사람들은 학교란 말에 서먹서먹하여 선뜻 호응하지 않았다. 김영식은 남편과 그의 동지들을 도와 집집마다 찾아다니며 교육의 중요성과 자식들을 공부시켜야 할 절박성을 애써 설교하였다. 드디어 봉림동 일대의 군중들은 의연금을 모아 초가삼간을 짓고 『사립대동학교』를 일떠세웠다. 학교는 신속히 근 200명을 가진 6년제 학교로 늘어났다. 학교의 교원들은 거개가 남편이 알선하여 데려온 지하 혁명자들이였다.

그 시기 남편의 뜻은 동지규합에 있었다. 그의 주위에는 언제나 봉림동과 룡암동 및 그 일대의 선진청년들이 모여 있었다. 남편은 이들을 토대로 봉림동과 그 일대에 조공당계통의 농민협회, 소년회, 부녀회 등 군중단체를 조직하였다. 김영식이 부녀회책임을 맡고 봉림동과 그 주변 여러 마을의 부녀투쟁을 통일적으로 지도하였다. 혁명의 불길은 봉림동과 그 일대에서 세차게 타올랐다.

투쟁의 시연 속에서 김영식은 견강한 혁명전사로 자라났다. 1930년 6월 김영식은 남편 이용국 등과 함께 봉림동에서 첫째로 중국공산당에 가입하였다. 이어 중공봉림동 지부가 건립되고 김영식이 지부부녀위원 겸 부녀회책임을 맡았다.

1930년 8월 13일 중공연화중심현위가 화룡현 평강구 약수동에서 조직되었다. 남편 이용국이 그 번 회의에 참가하고 공청단 연화중심현위서기로 되었다. 이해 10월 연화중심현위가 연화현위로 재조직되자 이용국은 계속 공청단 연화현위서기로 유임되었다. 잇따라 현위지시에 따라 봉림동당 지부는 중공봉림동 특별지부로 되어 현위와 동만 각지를 이어주는 당의 지하통신기관으로 발돋움하였다. 봉림동은 인차 연화현(화룡－연길)의 공청단조직의 중심지로 되었다. 공청단사업의 중요성과 비밀문건들이 봉림동으로부터 지하 교통망을 통하여 재빨리 화룡현과 연길현의 동지들에게 전해졌다. 김영식은 지하교통소의 주요한 성원으로 되어 조직에서 주는 과업을 번마다 훌륭히 수행하였다. 한편 소선대중대장으로 활약하는 시누이 리어순을 도와 소선대의 보초, 통신연락, 정탐 등 사업이 성과적으로 진척되도록 하였다.

1930년 10월 중공동만 특위가 조직되었다. 남편이 이 특위의 청년부장으로 되었다. 이어 그는 공청단동만 특위서기 중책을 짊어지고 동만 4개현의 공청단 조직을 통일지도하면서 광범한 청년들을 반일투쟁에로 이끌었다. 김영식은 가정살림을 깐지게 꾸려가는 한편 남편이 시름 놓고 사업에 나서도록 후근사업을 잘하였다. 또한 시아버지, 시어머니가 일심으로 아들, 며느리를 후원한데서 김영식은 사업할수록 힘만 솟구쳤다.

1931년 봄, 중공연길구위는 투쟁의 수요에 의해 연길, 의란, 팔도 등 3개 구위로 획분 되었다. 중공팔도구위가 정식으로 건립된 후 김영식은 구위부녀위원책임을 맡고 활동무대를 봉림동으로부터 무산촌, 태평구, 태양촌, 신흥동, 신창동, 부암동, 대암, 능지영 등지로 넓혀 갔다. 그는 당구위의 지도 밑에서 구위산하 각 기층지부를 다니며 기층 지부를 도와 부녀회조직을 건립, 건전히 하며 가정에 얽매었던 광범한 부녀들을 혁명투쟁이란 이 거창한 사업으로 내세웠다.

1931년 가을, 추수투쟁의 불길이 동만 각지에서 활활 타올랐다. 이 투쟁은 팔도구에서도 드세게 번져 졌다. 김영식은 구내 각지 기층부녀회를 통해 광범한 부녀들이 이 투쟁에 적극 뛰어들 것을 호소하였다. 그리고는 구위포치에 따라 봉림동 일대 추수투쟁의 주요 지도자의 한 사람으로 나섰다. 그는 시부모더러 남에게 소작 준 약간 밭의 곡식을 규정대로 앞장서 자원으로 내놓게 하였다. 가정혁명화는 그의 신심을 높여주었다.

1930년 10월의 어느 날, 김영식의 교양과 지도를 받던 봉림동의 광범한 부녀들이 수백 명 군중대열의 앞장에서 당지 지주 집으로 몰케 갔다. 덴겁한 지주는 찍소리도 못하고 '3.7'제, '4.6'제의 소작요구를 받아들었다.

첫 투쟁에서 승리한 봉림동 군중들은 사기충천하였다. 그들은 당지 농민협회의 구체적 지도 밑에 룡암동, 룡수동 물레거우 동가지팡(유신), 소완자(인평) 등지의 수백 명 군중과 합류하여 소완자의 대지주 치광윤의 집으로 몰케 갔다. 김영식이 군중대오 속에 섞이어 구호를 부르자 군중들이 따라 불렀다.

"일본제국주의를 타도하자!"

"지주, 자본가의 착취와 억압을 반대하자!"

"3.7제, 4.6제를 철저히 실시하자!"

"투쟁의 길만이 살 길이다!"

여기저기서 터져 오르는 구호소리가 천지를 진동하였다. 혼비백산한 지주는 시위대오가 닿기도 전에 뒷문으로 꽁무니를 뺐다. 지주집 사병들은 5연발총까지 있었으나 시위행렬의 기세에 눌리어 쩔쩔맸다. 수백 명 대오는 지주 놈의 벼 낟가리를 헐어 감조감식방침대로 소작농들에게 나누어주었다. 치광윤이 움츠려들자 다른 지주들은 지레 겁을 먹고 농민들의 정당한 요구를 순순히 받아들이었다.

이해 11월에 이르러 추수투쟁의 불길은 부르하통하 강반에서 더더욱 세차게 타 번졌다. 중공연길구위와 해란구위위 합심으로 이 일대의 수천 명 군중들이 국자가 동시장거리로 몰케 가 대표를 내세워 연길현정부와 담판을 벌릴 때 팔도구의 1000여 명 군중들이 현 정부를 포위하고 있는 연길구, 해란구의 농민시위 대열과 합세하였다. 김영식은 팔도구시위 대열의 숨은 지도자의 하나로 나섰다. 현 정부와의 담판에서 승리한 후 김영식 등은 팔도구의 군중들이 국자가의 시위대오와 함께 소영촌의 대지주 임보성, 국자가 서쪽 상발원 대지주 장원을 충격하게 한 뒤 계속 구수하 방향으로 전진하면서 각지 소지주들과 협상하여 농민들의 정당한 요구에 순응하게 하였다. 평소에 횡도공안분주소와 팔도구 보안퇀을 끼고 농민투쟁대오와 맞서던 구수하 일대의 유명한 악질지주 장전란도 끝까지 빼기려다가 나중에 손을 들고 말았다. 팔도구의 추수투쟁은 연속 3일 간 승리적으로 진행되었는데 이 투쟁에서 김영식의 숨은 노력이 한자리를 차지하였다.

1932년 이른 봄, 남편 이용국이 중공왕청현위 제4임 서기로 부임되었다. 당조직에서는 김영식도 왕청에 파견하면서 중공왕청현위부녀위원으로 사업하게 하였다. 그때 김영식은 임신한 몸이었다. 그는 당조직의 부임령을 받은 후 철부지 큰아들 영찬을 시부모에게 맡기고 남편을 좇아 지체 없이 왕청현으로 달려갔다. 그는 남편을 협조하여 선후로 당지 동지들을 찾아 현의 구체 실태를 요해하는 한편 남편이 소집하는 왕청현 당, 단 현위연석회의가 순조롭게 진행되도록 최선을 다 하였다. 회의에서 항일무장투쟁을 전개하라는 중공동만 특위의 지시가 시달 된 뒤 원 왕청현 항일유격대를 토대로 한 무기탈취투쟁이 활발히 벌어졌다. 이에 따라 영식은 남편과 함께 왕청현과 연길현과의 접경지대에 위치한 연길현 왕우구의 한 골안에 현위주재소를 설치하고 소왕청 항일유격근거지 건설을 힘 있게 내밀었다.

1932년 가을, 김영식 부부와 동지들의 노력으로 소왕청 항일유격근거지가 점차 형성되었다. 소왕청에로의 진출을 앞두고 김영식은 해산이 임박이어서 잠시 왕우구 동골에 남게 되었다. 이해 가을의 어느 날 그는 동골에서 모진 동통 끝에 둘째 아들을 보았다. 헌데 해산 삼 일만에 일제 '토벌대'가 급작스레 들이닥친 데서 그는 미처 피하지 못하고 영용히 희생되었다. 갓난애는 조직의 주선으로 구사일생으로 목숨을 건졌으나 세상에 태어나자 엄마 없는 아이로 되었다.

이해 음력 9월 23일, 올케 리어순(원 봉림동 소선대 중대장, 봉림동 부녀회책임.)은 조직의 부름을 받고 곧 항일근거지로 들어가게 되었다. 그러던 그는 이날 조양천분주소 순사 놈들에 의해 불행히 체포되어 소철역이었던 구정거장(조양천진 교동부근.) 앞 골에 끌려가 무참히 살해당하였다. 그때 그는 17살 밖에 안 되었다. 김영식의 남편 이용국은 1933년 9월경에 '민생단'이라는 누명을 쓴 채 '좌'경 노선의 피해로 억울하게 암해 당하였다.

8명 식솔에 항일열사 3명, 이렇듯 김영식과 그의 일가는 이름난 혁명 가정이었다.

광복 직후인 1945년 10월경에 연길시 장백향에서는 인평촌에서 장중한 추도식을 가지고 김영식과 올케 리어순 등 혁명 열사들을 추모하였다. 해방 후 중공왕청현위에서는 이용국의 역사를 다시 조사한 후 명예를 회복시키고 혁명열사로 추인하였다.

장인강의 딸

(1912-1932)

1

화룡현 장인강에는 20세기 20년대 말과 30년대 초 반일시위투쟁에서 굉장히 소문난 문두찬이라고 하는 여성이 있었다. 그는 1912년에 장인강 도대거우(溝: 거우)의 한 가난한 조선인 농가에서 태어났다. 우로는 두만이라고 부르는 친오빠가 있었다.

어려운 살림살이에도 할아버지와 할머니, 아버지, 어머니 모두가 계시는 것이 다행이었다. 노소 3대가 동고동락하는 문씨 일가는 단란한 가정으로 동네방네에 소문이 났다. 한데서 두찬이는 어려서부터 활발한 여자애로 자라났다.

조부모님의 심목 중에 깜찍한 손녀는 둘도 없는 사랑둥이었다. 요놈을 천주교인으로 키워야겠다는 마음이 굴뚝같았다. 예닐곱 살 때 조부는 벌써 손녀를 무릎에 앉히고 다독이면서 하느님을 우러르는 천주교를 믿어야 한다고 말씀하였다. 헌데 손녀는 발딱 일어서더니 "안 믿습니다. 그것을 믿어서 밥이 나옵니까?!"하고 되알지게 내뱉었다.

전혀 뜻밖이었다. 이 말이 한 입 두 입 퍼지자 마을의 한 부잣집 영감이 두찬이를 떠보았다. 과연 앞뒤 말이 이치에 맞게 어울렸다. 그래서 부잣집 영감은 이렇게 물었다고 한다.

"얘, 이제 커서 돈과 쌀이 많은 우리 집에 시집오지 않겠니?"

"아니, 잘사는 부잣집에는 시집가지 않을래요."

부잣집 영감은 입을 딱 벌리고 말았다. 철부지로만 볼 두찬이가 아니었다.

몇 해 후에 할아버지는 열렬한 독립운동가로 나섰다. 한데서 용정의 일본총영사관에 3차나 검거되어 시달림을 받았다. 10대 문턱에 들어선 직후의 일이라 할아버지의 거동은 두찬의 반일사상형성에 크나큰 영향을 끼치었다.

열두 살 되던 해 두찬이는 투도구약방에 가서 약봉지를 사 들고 왔다. 아동아래 진화촌을 지날 때 한 찌드는 초가집에서 웬 울음소리가 들리었다. 그대로 지나칠 수 없어 그 집에 들어가 사연을 물으니 구들에 누운 그 집 세대주는 돈이 없어서 약을 짓지 못하고 있었다. 마침 같은 병이라 두찬이는 자기 약봉지를 서슴없이 내놓고 돌아섰다. 후에 그 집에서는 두찬의 할아버지를 보고 고마운 인사를 거듭 올리었다.

문두찬이는 여자라고 얕볼 내기가 아니었다. 그 뒤 그는 할아버지의 주선으로 마을의 사립일신학교를 다니면서부터 다른 세상에 들어선 기분이었다. 때는 20년대 중기라 러시아 10월혁명의 사상과 마르크스주의사상은 세찬 물결마냥 장인강 골안을 휩쓸었다. 그 진두에는 용정의 조공당동만도 화요계열의 동지들이 서있었다. 그들은 비암산너머 내풍동을 거쳐 줄을 뻗쳐오더니 마을마다 야학실이 꾸려지고 학교에는 토요일마다 강연회가 열리었다. 그때마다 두찬이는 곧잘 연단에 나섰다.

그는 번마다 발언고도 없이 연단에 올랐다. 일제 놈들을 거꾸러뜨리지 않고서는 망국노의 운명에서 벗어날 수 없다, 모두가 뭉쳐 일어나 용감히 싸워야 한다. 그가 주먹으로 책상을 치며 울면서 성토할 때면 청중들 모두가 눈 굽을 찍었다. 군중들은 두찬이를 보통내기가 아니라면서 혀를 찼다.

문두찬은 벌써 장인강골에 널리 알려졌다. 그러던 그가 크게 소문이 난 것은 반일시위 때보다도 썩 앞선 시기의 일이다.

1927년에 용정에 본부를 둔 동만 청년총동맹에서는 간도청소년웅변대회를 소집하였다. 이 청년총동맹은 조선공산당 동만도, 동만도 고려공청회 산하의 표현단체로서 온 동만에 11개 가맹에 102개 지방청년회, 5000여 명의 회원을 둔 혁명단체였다. 장인강 지구를 대표하여 그 번 웅변대회에 참가한 문두찬은 웅변 시작부터 사람들의 이목을 끌었다.

… 우리 여성들은 왜서 이중 삼중의 압박을 받으며 살아야 합니까? 어찌하여 여성은 3등급을 매기어 1등 여자는 300원, 2등 여자는 200원, 3등 여자는 100원으로 정하여 예장 받고 우마처럼 매매당해야 합니까?

우리 노고대중은 새벽에 별을 이고 나가 저녁에 달을 지고 들어오며 하루 근 20시간이나 뼈 빠지게 일하여도 왜 헐벗고 굶주려야 합니까? …

두찬이의 격앙한 열변은 청중들의 가슴 가슴에 세찬 격랑을 일으켰다. 사회모순을 폭로할 때마다 감독차로 나온 영사관의 경찰들이 펄쩍 뛰며 세 번이나 제지시키었다. 그래도 두찬이는 계속 열변을 토하였다. 나중에 경찰 놈들은 두찬이를 영사관으로 끌고 가서 호통 쳤다.

“이년아, 이 강연고는 누가 작성했느냐?”

“내가 작성했어요.”

“정말 내가 작성했어요.”

두찬이는 처음 말이자 마지막 말이었다. 별수 없이 놈들은 그를 한동안 구류시키다가 내놓지 않을 수 없었다.

문두찬은 대번에 온 동만에 소문이 났다. 키는 작은 편이고 얼굴색이 철색이기는 하나 혁명동지들에게 있어서 그는 흠모와 선망의 대상이었다. 이는 두찬이가 16살 때의 일이다.

2

1929년 말에 동만에서는 조선의 광주학생만세시위를 지지, 성원하는 대중적 반일학생 시위투쟁이 드세게 일어났다. 용정과 평강벌 각지의 사립학교학생들이 분분히 일떠나 동맹휴학을 선포하고 시위투쟁에 나설 때 문두찬은 장인강 일대의 학생시위자들과 함께 투도구로 달아 갔다. 그는 “일본제국주의는 물러가라!”, “식민지노예교육제도를 철폐하라!” 등 구호를 높이 부르며 시위대열들의 앞장에서 나아갔다.

1930년 3월에 이르러 반일시위투쟁은 더욱 세차게 번져갔다. 이해 3월 1일에 문두찬은 일신학교와 신광학교의 사생 200여 명과 같이 조개떡 점심을 준비해가지고 또 투도구로 향하였다. 남학생들은 주머니에 돌멩이를 넣고 여학생들은 치맛자락에 싸가지고 저마다 삼각 붉은기를 들고 시위대열에 가담하였다. 시위대열의 선두에는 문두찬이 서 있었다.

투도구영사분관의 경찰 놈들은 시위대열을 해산시키려고 애썼다. 시위학생들은 구호를 높이 부르면서 돌멩이로 영사분관과 민회를 습격하여 유리창문을 여지없이 쳐부수어놓았다.

악이 난 놈들은 무력으로 탄압하기 시작하였다. 김기범 선생이 박투하다가 밑에 깔리니 문두찬 등은 와락 달려들어 위의 경찰놈을 진흙탕에 처박았다. 끝내 40여 명의 사생들이 체포되었다.

3월 2일에 문두찬은 100여 명의 학생들을 이끌어 동지석방투쟁을 벌였다. 그들이 투도구의 진란촌을 지나 영사분관 쪽으로 움직일 때 여러 사립학교의 학생들이 달려와 합세하였다. 놈들은 주모자와 골간들을 붙잡으려고 시위대오에 붉은 잉크를 내뿜었다.

이날 문두찬 등 여럿이 또 체포되었다. 여자는 고작 2~3명인데 그나마 체포된 골간들은 2~3일 만에 모두 풀려나왔으나 문두찬을 쉽사리 내놓으려 하지 않았다.

놈들이 두찬이의 치렁치렁한 머리채를 거머쥐고 때리며 끌고 갈 때부터 두찬이는 만만치가 않았다. 그는 놈들이 때릴수록 떳떳이 고개를 쳐들고 반일구호를 더 높이 불러댔다. 투옥된 뒤에도 "누가 시킨 것이냐?"하는 심문에 "누가 시키긴? 닭은 누가 울라고 해서 우는가?"하고 되알지게 쏘아주었다.

"이년, 시집은 가지 않고 뭘 하려 미쳐 날뛰며 야단이냐?"

"훙, 너 같은 놈들을 낳을까 봐 시집 안 간다!"

"뭣이?!"

분이 상투밑까지 치민 놈들은 마구 구타를 들이댔다. 두찬이는 의연히 굴할 줄 몰랐다. 막무가내한 놈들은 한주일이 지나 문두찬이를 석방하는 수밖에 없었다. 그는 영사관에서 놓여나온 후 놈들의 더러운 손아귀에 잡히었던 머리채라며 아예 뭉청 잘라버리고 단발머리를 했다. 그때 혁명자들은 단발머리를 "마르크스 머리”라고 불렀다.

3

1930년 3월에 문두찬은 6년제 사립일신학교를 졸업하고 마을에 남아 부녀야학생들의 선생을 맡았다.

그는 어려서 친어머니를 여윈데서 아버지는 딸 하나를 가진 후처를 맞아들이었다. 그들 오누이는 여동생 하나 더 있게 되었다면서 친형제처럼 끔찍이도 어울렸다.

그런데 조부모님과 아버지가 선후로 세상을 뜬 데서 마을의 셋째 삼촌 내외가 두찬이를 친자식처럼 아끼고 사랑해주었다.

소학교졸업을 앞두고 문두찬은 한 마을의 리영희와 자유약혼을 했다. 지금 보면 이해가 가지 않겠지만 그 세월에는 남녀 15살쯤이면 의례 결혼해야 하는 줄로 알았다. 시집은 살림이 구차했지만 후에 어랑촌 13용사 가운데의 한 사람인 리구희를 둔 혁명 가정이었다. 그때 시집에는 시부모님에 시동생 셋(구희, 창송, 억손)과 시누이 하나 도합 7명이었다.

소학교를 졸업한 후 문두찬은 리씨댁 며느리로 들어갔다. 그와 남편 리영희는 금슬이 좋게 지내면서 혁명투쟁에 발 벗고 나섰다.

야학실은 사회주의계몽운동의 중요한 형식이었다. 문두찬은 부녀들에게 어문과 산수를 가르쳤을 뿐만 아니라 혁명사상을 애써 선전하였다. 어느 날 저녁에 그는 부녀들에게 이렇게 말하였다.

“우리는 지금 헐벗고 굶주리지만 부럼 없이 살아갈 좋은 사회가 꼭 옵니다. 그때면 밭갈이도 소에 가대기가 아니라 기계농사를 짓게 될 것입니다.”

기계로 농사한다고 부녀들은 이해가 안 간다면서 웃고 말았다.
두찬이는 계속 동을 달았다.

"혁명이란 다른 것이 아니에요. 일본 놈들과 지주, 자본가의 압박착취에 반항하여 일어나는 것이 곧 혁명이지요. 우리 동지들이 마을에 왔을 때 콩을 닦아준다든가, 양말을 기워준다든가, 실과 바늘, 성냥 등을 지원하여주는 것도 역시 혁명입니다. 이런 혁명을 가리켜 '앉은 혁명'이라고 하지요."

문두찬은 부녀들에게 알기 쉽게 해석해주느라 무척이나 고심했다. 그래서 부녀들은 두찬이의 말은 귀에 쏙쏙 들어온다고 말하였다.

두찬이의 활동은 이에 그치지 않았다. 그는 마을의 소년들에게 혁명이야기를 해주고 혁명가요를 곧잘 가르쳤다. 그날의 인상이 하도나 깊어 당년의 소녀들이었던 장인강의 할머니들은 필자가 문두찬의 혁명투쟁역사를 취재했던 20세기 80년대 초기에 그 당시의 두찬 선생을 회상하면서 그에게서 배운 "소년행진곡"을 불러주었다.

    귀하고도 장하도다 우리 소년들
    새 사회의 주인공 될 우리들이다
    우리들은 뜨거운 피 식히지 말고
    어서 바삐 현사회와 싸워봅시다.
    ……

1930년 6월에 문두찬은 영광스럽게 중국공산당에 가입하였다. 처음 그곳 동지들은 두찬이의 입당문제를 두고 의론이 많았다.

나중에 당평강구의 제1임 서기로 된 주현갑이 나서서 두찬 동무
는 여성이라고 하지만 사상의지가 높아서 당원의 자격이 있다고
두던 하였다. 주현갑이와 리동선이 직접 문두찬의 입당 소개인으
로 나섰다.

입당한 후 별호 쟁굴이로 통하는 문두찬은 당조직의 배치에 의
해 장인강 봉의동 단지부 선전위원 책임과 봉의동 부녀외 회장
책임을 맡았다. 그해 7월 20일경에는 약수동에 가서 공청단평강
구 위원회를 내오는 회의에 참가하였으며 공청단구위 소선대 총
책임자로 선출 되었다. 그의 활동무대는 곱절이나 늘어났고 구위
간부들이 자주 드나들었다.

1930년 7월말에 평강구 유격대가 강 건너 조어거우 산 속에서
조직되었다. 시동생 리구희도 구유격대원으로 되었는데 이름은
"노농홍군"이라고 불리었다. 대외로는 연화유격대로 통하였다. 8
월 초에 이 유격대는 군사총지휘 신춘의 인솔하에 장인강 일대를
떠나 골안 치기를 넘어 도무거우 일대로 전이하게 되었다. 두찬
이는 부녀회원들과 함께 밥과 채를 해가지고 함지 등에 담아 이
고 유격대가 머무르고 있는 남산으로 들어갔다.

그러던 유격대가 도무거우상촌에서 동북군벌군대의 포위에 들
어 큰 손실을 입었다는 소식을 듣고 비분에 치를 떨었다. 두찬이
는 혁명사업에 더욱 열성을 냈다. 그의 발자국은 장인강의 마을
마다와 열두 시령, 약수동, 소오도구, 내풍동, 용정, 개산툰, 달라
자 등지에 또렷이 찍히었다.

문두찬의 눈부신 활동은 적들의 주시를 받았다.

1930년 가을의 어느 날 두찬이는 바깥으로 돌다가 도대거우의
집에 잠간 들렸는데 밖에서 "곰"이라고 부르는 집의 개가 갑자기

왕왕 짖어댔다. 투쟁의 수요에 의해 길들인 개인데 군복을 입고 총을 멘 낯선 사람을 보아야 짖어대곤 한다. 그러니 틀림없는 놈들이었다. 두찬이는 제꺽 뒷문으로 나가 조이짚단을 세워놓고 그 속에 숨었다. 또 한번은 투도구 영사분관 경찰 놈들이 달려들었다. 개가 짖어대니 그는 역시 뒷문으로 빠지어 김치움 속에 들어갔다. 볏짚을 묶어 만든 두지를 덮어놓으니 적들은 미처 주의를 돌리지 못하고 지나가버렸다.

그 세월에 셋째 삼촌 내외간은 두찬에게 친부모다운 사랑을 몰부었다. 매서운 칼바람이 윙윙 불어치던 어느 날 두찬이는 엷은 옷차림에 코신 신고 나섰다가 손발이 얼어 혈색이 죽어갔다. 삼촌내외는 너무도 가슴 아파 급히 손발을 주물러주다가 얼어든 손발을 콩자루 속에 넣어 천천히 녹여주었다.

하루는 대소한간인데 바깥에 나선 두찬이는 여러 날이 되어도 돌아오지 않았다. 불길한 생각이 든 삼촌 내외간은 마을 안팎과 인근 산야를 누비다가 추위에 오들오들 떨며 움직이기 어려워하는 두찬이를 발견하였다. 그들은 조카를 간신히 업기도 하고 부추기기도 하면서 집에 돌아온 다음 콩자루에 손발을 넣어 언 것을 녹이었다. 그리고는 마당에 나가 마른 가지나무를 가져다가 삶아 그 물로 언 독을 빼주었다. 조카가 소생하니 삼촌댁은 눈물이 글썽하였다. 그러는 삼촌네를 보고 두찬이는 맑게 웃어 보이며 "소년행진곡"을 부르기 시작하였다… 바위라도 한 번 치면 부서지리라 왜놈들을 남김없이 때려 부시자…

4

　1931년 봄에 문두찬은 화룡현 비암촌 부근의 개척포지골에서 열린 평강구 당확대회의에 참가하게 되었다. 헌데 회의 지점이 드러나 그와 여러 동지들은 개척의 공안분주소 순사들에게 체포되어 연길감옥에 압송되었다. 그때 옥중에는 문두찬과 중공왕청현 위부녀위원 김영신, 김정길 등 8명의 여자 정치범들이 간히었다. 두찬이는 3년 언도를 받았는데 설상가상으로 옥중에서 몸까지 풀어야 했다.

　작은 생명의 도래는 전우들에게 환희를 갖다 주었다. 사랑스런 여자애였다. 전우들은 자기들이 적게 먹으면서 차례지는 음식물을 산모인 두찬에게 남겨주었다. 전우들의 뜨거운 사랑 속에서 그는 인간애의 따사로움을 한껏 느끼며 갓난애를 품에 꼭 그러안았다. 어머니로 된 기쁨이 온몸을 전율케 하였다. 하지만 투쟁이 간고성을 헤아린 두찬이는 모성애의 강렬한 정감을 억누르고 면회하러 온 시어머니에게 어린 것을 넘겨주었다.

　1932년 3월에 이른바 만주국이 서면서 문두찬은 여러 전우들과 함께 특사령을 받고 앞당겨 출옥하였다. 고향에 돌아오니 셋째삼촌은 적들에게 끌려가 고문 끝에 반신불수가 되었고 집까지 불을 맞고 다른 한 오막살이에 거처하다가 또 불의 세례를 받았다. 시동생 리구희도 연길감옥에 갇혔다가 특사령를 받고 나오는 길이었다.

　문두찬은 마음이 더없이 괴로웠다. 자기 때문에 연루된 삼촌 내외간이었으니 마음인들 오죽했으랴. 그는 적들의 눈을 피해 삼촌네 거처하는 곳으로 가서 숙모님을 위로해주면서 조용히 혁명가요를 불렀다.

문두찬은 이렇듯 낙관적 성격의 소유자였다. 그는 다시 조직을 찾아 원래 사업을 회복하였으며 여자애를 업고 새로운 투쟁에 뛰어들었다. 홀몸으로 벅찬 혁명이지만 문두찬은 여성으로서의 의무를 이행하면서 혁명사업에 게을리 하지 않았다.

험악한 시련의 시기가 닥쳤다. 1932년 봄 이후 일제 놈들은 조선에서 대량의 병력을 들여다가 항일유격구와 혁명군중들에 대해 전례 없는 소탕을 감행하였다. 혁명의 불길이 타오른 마을마다 불에 잠기고 조직이 파괴되었으며 동지들은 피못에 쓰러졌다. 장인강 골안에만 해도 불에 타버린 집들과 쓰러진 동지들이 적지 않았다. 문두찬의 시집도 불의 세례를 받아야만 했다.

하지만 그 자리에 물앉을 수는 없었다. 그럴 문두찬이 아니었다.

어느 날 그는 조직복구차로 장인강 일대 마을들을 돌아보다가 총독부 마을에 가서 남아있는 부녀회원들을 불렀다. 그의 수중에는 투쟁문건들이 있었다. 금방 회의를 하려는데 투도구에서 올라온 무장자위단 놈들이 마을에 들어서고 있었다. 그는 제격 구름노전(까래)을 감아서 그 속에 문건을 넣고 방구석에 세워놓았다. 그리곤 방문을 활짝 열어놓고 한담을 하는 척 하였다.

이때 무장자위단들이 들이닥쳤다. 놈들은 집 안을 둘러보다가 아낙네들이 모여 구구잡담하는 것을 보고 지나가버리었다. 문두찬은 다시 회의를 가지고 어려운 시기일수록 신심을 가지고 투쟁을 견지할 데 대하여 강조하였다.

5

1932년 11월 하순의 어느 날 문두찬은 구위의 지시를 받고 약수동으로 갔다. 뜻밖에도 그는 이곳에서 중공동만특위 부녀위원으로 부임한 김영신을 만났다. 문두찬은 너무도 기뻐 애들처럼 퐁퐁 뛰었다.

어언 반년이 훨씬 넘었다. 그때 그들은 연길감옥에서 환난을 같이 하는 전우였다. 이해 봄에 특사령을 받고 출옥한 후 문두찬은 화룡현 장인강으로 돌아오고 김영신은 조직의 부름을 받고 연길현 왕우구근거지로 들어가 특위부녀위원으로 부임하였는데 약수동에서 이렇게 상봉하리라고는 생각지도 못하였다. 김영신은 두찬의 어린애를 안고 뽀뽀하며 옥중에서 해산한 지 어제 같은데 핏덩이가 이렇게 컸다며 감탄의 환성을 연발하였다. 그리고는 의미심장하게 이 애와 같은 우리 후대들이 도탄 속에서 다시 헤매지 않게 하기 위해서라도 부지런히 뛰어야겠다고 하였다.

문두찬은 약수동에서 김영신이 지도한 해당 부녀회의에 참가한 후 김영신 등과 함께 11월 30일경에 산발을 타고 도대거우에 들어섰다. 이곳에서 김영신은 동지들을 만나보고 문두찬은 어린애를 업고 시집 문을 열었다. 때는 이튿날 새벽녘이었다. 마침 아침준비를 서두르고 있던 시어머니는 며느리를 반갑게 맞아들이며 손녀를 받아 안았다.

"어머니, 주의하세요. 약수동에서 회의를 하다가 적들이 올리미는 통에 밤도와 길을 다그쳤어요."

느닷없이 콩 볶는 듯한 총소리가 들려왔다.

"놈들이에요. 어머니도 피하세요."

문두찬은 딸애를 업고 밖으로 내달았다. 적들 마병은 강 건너 저쪽 조이거우어구에서 주춤거리고 있었다. 후에 안 일이지만 적들은 약수동을 거쳐 대양구 쪽으로 산을 넘어 동쪽의 조이거우 골안으로 쓸어 나오다나니 우리 조직의 바깥 보초선에서 미처 적들을 발견하지 못하였던 것이다.

다행히 하늘이 도왔다. 강물은 넓은데 아직 복판이 얼어붙지 않아 적들은 곧추 강 건너 서쪽의 도대거우로 짓쳐오지 못하고 잠시나마 발목을 잡히고 있었다.

그때 마을에는 동만 특위에서 내려온 김영신과 현과 구의 일부 책임자들 그리고 지방의 동지들이 머무르고 있었다. 적들이 주춤하는 사이 동지들은 도대거우 마을의 남산과 서산 쪽으로 긴장하게 움직이기 시작하였다.

딸애를 업고 밖에 나선 문두찬은 마을의 실정을 너무나 잘 알고 있었다. 그는 적들의 시선을 자기한테로 끌고 동지들을 무사히 빠지게 하기 위해 주저 없이 동지들의 방향과 다른 물곬을 택하였다.

문두찬이 한창 달아가고 있을 때 며느리를 걱정한 시아버지 리언삼은 뒤쫓아 가서 손녀를 덥석 안았다. 두찬이는 또 시아버지를 염려하여 딸애를 도로 안았다. 적들은 과연 그들한테로 쏠리고 있었다. 두찬이는 내처 뛰다가 가랑잎이 많은 골안 홈에 이르러 미끌어 떨어지며 가랑잎 속에 파묻기였다.

뒤미처 적들이 골안 홈에 이르렀다가 그대로 지나쳐버렸다. 헌데 이때 딸애가 불시로 울어댔다. 급급히 입을 틀어막느라 했으나 이미 늦었다. 골안치기까지 올라갔던 놈들이 도로 내려오다가 울음소리를 들은 데서 문두찬이와 시아버지는 적들에게 잡히고 말았다.

적들은 문두찬이와 그의 시아버지를 마을의 한 집 뜰에 끌고 갔다. 이어 피신하지 못한 마을의 노인들과 부녀 20여 명이 강제로 끌려왔다.

두찬이의 셋째삼촌은 다른 산에서 이 정형을 지켜보다가 산에서 내려가 결판을 내려고 서둘렀다. 그 자리에 있던 사람들이 무모한 짓이라고 억눌렀어야 그는 물앉고 말았다.

조선인순사 놈들이 일본 놈들 앞에서 알랑거리며 씨부렁거렸다.

격분한 문두찬은 "너희들도 조선 사람인데 같은 조선 사람을 잡자는 것은 무슨 도리인가."고 욕설을 퍼부었다. 조선순사 놈들은 코웃음을 쳤다.

"이년아, 너는 아직 새파란 나이인데 잔말 말고 어서 귀순해라. 귀순하지 않으면 끝장이다, 끝장!"

"퉤, 더럽다. 네놈들 앞에서 살려고 하지 않는다."

"당금 죽을 년이 입이 여물었구나!"

"입이 여물었는 데는 어떻단 말이냐? 내가 죽어도 내 뒤에는 계승할 사람이 있다."

이자들은 머리를 절레절레 저으며 일본장교 놈에게 문초 정황을 알리었다. 악에 바친 놈들은 "요년처럼 완고한 자는 처음 본다!"고 고아대면서 문두찬이를 총창으로 찔러 집 안에 처넣었다. 리언삼도 총창으로 찔려 끌어넣으며 군중들과 "네놈들도 악랄하면 이렇게 죽인다."고 위협하였다.

생명의 최후순간에 문두찬은 총창에 찔리면서도 "중국공산당 만세!", "일본제국주의를 타도하자!"를 목청껏 외쳤다. 이윽고 삼단 같은 연기가 치솟았지만 집 안에서는 구호소리가 그치지 않았다. 목숨을 마감 짓는 찰나에도 문두찬은 다듬돌을 안고 모든 힘을 다해 "일본제국주의를 타도하자!"를 불렀다.

이날 동만특위 부녀위원 김영신도 동지들을 엄호하다가 한 산중턱에서 장렬히 희생되었다. 적들은 물러가면서 마을에 불을 질렀다.

3일 만에 문두찬의 삼촌은 사람들과 같이 문두찬의 시체를 파내었다. 열사의 시체는 다듬돌에 눌린 젖가슴만이 타지 않았을 뿐이었다. 딸애는 십리평 아래의 맹산촌 사람이 키우겠다고 가져갔는데 인차 죽었다고 한다.

문두찬의 최후는 구위와 현위를 통하여 어랑촌 근거지에 쫙 퍼지었다. 근거지의 군민들은 문두찬 열사의 원수를 갚을 결의를 다지었다.

삼도구 제1임 부녀위원

(1913-1932)

황정옥은 일명 황옥설이라고도 부른다. 그는 1913년에 당년의 화룡현 삼도구 원화동(지금의 화룡시 룡성향 신원촌) 하촌의 한 가난한 조선족농가에서 태어났다. 살림이 째지게 빈한하다 보니 그는 삼촌 황필항의 집에 얹혀살지 않으며 안 되었다.

정옥이 열 살 나던 해(1923년) 마을에는 4년제 원종학교가 세워졌다. 이 학교는 조선서 온 소래라고 부르는 선생이 꾸린 사립학교인데 그 주요 취지는 원종교를 전파하는 것이지만 무료로 가르치는데서 마을 사람들의 환영을 몹시 받았다. 정옥이는 이 학교에서 조선어, 조선역사, 수학 등을 배우며 동심을 불태웠다.

허나 반일 고취에 뜻을 든 소래 선생이었지만 몇 해가 지나지 않아 그는 사회와 학교 학생들로부터 오는 첨예한 도전에 직면하였다. 20년대 초기와 중기 연변 각지에 사회주의사상계몽운동이 활발히 일어나고 조선공산당 ML파, 화요파 등 조직들이 뿌리를 내리었다. 원화동에도 조공 화요파 기층지부가 세워지면서 사상계몽, 미신을 반대하고 종교를 반대하는 운동이 기세 높이 일어났다. 1926년경에 원화동 원종학교 학생들 가운데서 원종교를 반대하며 원종교에서 탈리한다고 성명을 발표한 사건이 발생하였다.

정옥이는 어려서부터 원화동 조공지부서기인 삼촌 황필항 등의 영향을 심히 받으며 남 먼저 소선대에 가입한데서 원종교반대투쟁의 앞장에 섰다.

1928년 8월, 정옥의 삼촌이 지부의 홍순선, 리철한 등 두 명과 함께 녕안현 동경성으로 투쟁무대를 옮기자 원화동상촌의 안학선(열사)이 제2임 지부서기를 맡았다. 정옥이는 조공당원으로 되었고 원화동 부녀회회장중책을 짊어졌다. 그는 마을에 야학을 꾸리고 문맹퇴치하도록 여성들을 이끄는 한편 몇 명 부녀골간들을 하촌의 동기강습소에 참가시켰다. 정치 강습은 매일 저녁 밤늦게까지 지속되었는데 주로 통속경제학과 유물사관, 사회주의, 공산주의 학설을 알기 쉽게 가르쳤다.

경제학을 가르칠 때였다. 황정옥은 먼저 자본가란 무엇이고 지주란 무엇인가 하는 질문을 던진 다음 우리가 어째서 자본가, 지주의 착취를 받아야만 하는 가고 물었다. 어떤 부녀들은 이는 운명이기에 별수가 없다고 한탄하였다. 이에 정옥이가 인차 말을 받았다.

"운명이 아니에요. 우리가 한맘으로 일떠난다면 이 불공평한 사회를 뒤엎을 수 있지요. 소련을 보아요. 운명이 아니잖아요. 소련에서는 진작 착취제도를 뒤엎고 노동자, 농민의 주인공으로 되었답니다. 우리도 소련과 같은 사회를 건설하자면 일떠나 투쟁하는 길밖에 없지 않을까요?!"

여성들은 계급적으로 각성하기 시작하였다. 1929년 말에 용정서 온 선진학생들의 추동하에 조선의 광주학생운동을 지지 성원하는 '만세사건'이 터지자 원화동의 부녀들이 이 투쟁의 일익을 담당하였다.

1930년 4월, 중공만주성위에서는 연변의 혁명운동을 지도하기 위하여 조선족 중공당원 박윤서와 마준을 특파원으로 연변에 파견하였다. 박윤서는 원 조공당엠엘파의 수령 인물이었고 마준은 조공당화요파의 간부였는데 그들은 중공연변특별지부와 함께 '붉은 5월 투쟁'을 발동하여 투쟁가운데서 원 조공당 당원들을 검열하고 중공 당조직에 받아들이기로 하였다. 중공 연변특별지부의 한별(열사)이 삼도구 원화동에 이르러 안학선, 황정옥 등을 찾았다. 원화동을 중심으로 한 삼도구의 혁명군중들이 즉각 일떠섰다.

비가 지겹게 내리던 5월 29일 밤 10시경 삼도구 박달평 단포동의 뒷산에 안학선, 최룡화, 황정옥 등 10여 명이 모여 삼도구 지방 일본군경 시설을 파괴하고 주구와 반혁명분자를 처단할 문제를 토의하였다. 회의에서는 각 부서와 담당구역을 분공하였는데 30일 0시가 지나면 삼도구 충신장(지금의 화룡시)의 친일지주 로명화와 엄주황의 집을 방화하고 충신장 평양여관에 가서 삐라를 살포하고 여관에 불을 지르고 우심산에 있는 김정의 집을 방화하며 청파호에 가서 전선을 절단하며 삼도구와 투도구 구간의 통신망을 파괴하기로 하였다. 황정옥의 임무는 한패의 혁명군중을 이끌어 충신장거리거리와 평양여관 등지에 삐라를 살포하는 것이었다.

30일 0시가 되자 충신장의 거리와 평양여관에 "일본제국주의를 타도하자!", "토지혁명을 실시하고 소비에트정부를 수립하자!" 등 삐라가 흩날렸다. 여러 친일주구들의 집에 불길이 치솟고 전기가 마비되고 전봇대들이 도끼에 찍혀 나동그라졌다. 5·30폭동의 서막은 황정옥 등 삼도구 혁명군중들에 의해 열려졌다. 이 투쟁에서 황정옥은 단합된 혁명군중의 힘이 얼마나 큰가를 새삼스레 느끼었으며 투쟁의 시련을 이겨냈다. 그로부터 약 보름 후 상급당의 한별, 왕경 두동지가 원화동에 다시 나타났다. 투쟁의 시련을 이겨낸 안학선, 최룡화, 황정옥 등 한패의 골간들이 중국공산당 당원으로 되었다.

1930년 7월 중공삼도구 구위가 원화동상촌 안학선의 집 뒷방에서 드디어 건립되었다. 서기에 안학선, 조직부장에 최룡화(열사), 선전부장에 윤동수(열사), 군사부장에 장수(열사)고 황정옥이 제1임 부녀위원으로 선출되었다. 한시기 자취를 감추었던 조공당의 삐라가 중공당의 삐라로 되어 원화동 안학선의 집으로부터 주변 마을 장거리, 충신장에 뿌려졌다. 이 삐라살포의 앞장에 선 이는 삼도구위 부녀위원 황정옥과 그의 작은어머니 윤 씨였다.

어느 날 저녁, 황정옥이 구위서기한테서 한 묶음의 삐라를 받아 안았다. 그는 집 뜰에 들어서기가 바쁘게 윤 씨부터 찾았다.

"작은어머니, 어서 떠나요."

"오늘 저녁은 어디요?"

"안 동무는 충신장에 다녀오라 했어요."

작은어머니 윤 씨는 지체 없이 따라나섰다.

그날 밤은 칠흑같이 어두웠다. 밤중이라 거리에는 인적이 드물었다. 그들은 어둠 속에 몸을 숨기며 긴장이 돌아쳤다. 골목골목에는 포스터가 나붙고 삐라가 흩날렸다.

"국민당군벌을 타도하자!"

"일본제국주의를 타도하자!"

"지주, 자본가의 토지재산을 몰수하여 빈고한 농민에게 나누어 주자!"

"중조인민은 단결하여 일어나자!"

삼도구위가 건립된 후 외지 혁명자들이 원화동으로 많이 다녔다. 그들은 하촌에 오면 으레 지하연락소인 황정옥의 집에 먼저 찾아든다. 그러면 황정옥은 한밤중이라도 상촌에 있는 구위서기를 찾아 쪽지나 통지를 전해주곤 하였다. 그해 음력 10월, 북만으로 망명했던 황필항이 원화동에 돌아왔을 때에도 그의 조카 정옥이를 통해서 안학선과 줄을 달수 있었다. 그만큼 황정옥은 구위서기와 각지를 하나로 이어주는 교통선이었다.

황정옥은 구위간부들과 함께 구내 각지로 동분서주하였다. 그들의 노력으로 7~8월 사이 원화동, 우심, 연강, 포동 등지에 당의 기층지부들이 육속 건립되었다. 부녀회, 농민협회, 소선대 등 대중단체들도 뒤따라 조직되었다. 하여 1930년 '9.7추수폭동'은 삼도구 각지에서 크게 성세를 이루었다.

1930년 8월 13일, 중공연화중심현위가 화룡현 약수동에서 정식으로 조직되었다. 그 뒤 현위는 그 소재지를 용정으로 옮기었다. 그해 음력 11월 어느 날, 마침 안학선이 황정옥과 함께 현위를 찾아 떠나게 되었다. 그들이 평강벌 남쪽에 위치한 돌국씨(석국)에 이르렀을 때 주구의 밀고에 의해 그만 중국 육군대 놈들에게 붙잡히게 되었다. 이 소식이 중공복동지부에 전해지자 이 지부에서는 시급히 구출대책을 강구하였다.

"이 자식(안학선을 가리킴)이 글쎄 남의 여자를 빼가지고 달아났지요. 든든히 혼쭐내게 우리에게 넘겨줘요."

돌국씨로 파견된 대표는 그럴 듯이 꾸며대면서 육군대 놈들에게 돈 30원을 내놓았다. 놈들은 과연 속아 넘어갔다. 연극배우와도 같은 극적인 꾸밈에 넘어간 놈들이었다.

투쟁 가운데서 황정옥은 견실한 혁명자로 자라났고 구위조직부장 최룡화와의 사랑도 움터났다. 그만큼 원화동은 놈들의 눈에든 가시로 되었다. 그러던 1931년 2월 6일, 약혼자 최룡화가 급작스레 달려든 삼도구육군대 놈들에게 불행히 체포되어 연길감옥으로 넘어갔다. 이날 원화동지부도 파괴되었다. 이에 앞서 구위서기 안학선과 공청단구위서기 최영이 현위로 가다가 평강구에서 육군대에게 체포되고 구위 여러 간부들은 사처로 헤어졌다. 황정옥은 가슴이 뭉클 내려앉는 듯 하였고 허전한 마음 달랠 길 없었다. 투쟁이란 이렇게 참혹하였다. 하루아침에 존경하는 동지들도, 사랑하는 이도 모두 잃어야 했다. 하지만 그렇다고 앉아 땅을 치며 통곡 할 수도, 한탄만 할 수도 없었다. 현실은 이런 감정을 폭발할 시간적 여유도 주지 않았다. 이해(1931년) 3월, 정옥은 현 내의 개산툰 일대로 망명하지 않으면 안 되었다.

어느덧 해가 바뀌며 새해(1932년) 봄이 지체 없이 찾아왔다. 이 한 해 사이 정옥은 개산툰구위의 동지들과 함께 지방공작을 하다가 개구구위서기 등과 함께 현위가 임시 거처한 달라자구 상우동에 진출하게 되었다. 때는 1932년 봄이었다. 정옥이의 일행은 상우동 박태섭 집에 며칠 머무르며 현위의 지시를 받다가 어디론가 떠나갔다.

그러던 며칠 후 황정옥은 타 지방 혁명자 7~8명과 함께 일제 남양평경찰분서 놈들에게 체포되어 다시 상우동에 나타났다. 놈들은 정옥이 등을 태병윤 집 뜰에 끌어다가 모조리 총살하고는 그 시체를 태씨네 집 안에 옮기었다. 그리곤 시체 위에 나무를 올려놓고 석유를 치고 불을 달았다. 놈들이 돌아간 후 마을 사람들이 눈물을 머금고 불을 끄고는 시체를 꺼내다가 부근에 고이 묻어주었다.

보통 키에 머리채를 땋고 매양 정열에 불타던 정옥이, 정옥이는 이렇게 떠나갔다.

금곡촌 부녀회장

(1909-1932)

김정숙은 1909년에 조선 함경북도 회령군의 한 시골에서 태어났다. 그 이듬해 일본제국주의가 강압수단으로 삼천리금수강산을 삼켜버리자 조선인민들의 처지는 말이 아니었다. 많고 많은 사람들이 살길을 찾아 두만강, 압록강을 건너갔다. 이해(1910년) 김정숙의 일가도 이 대열에 끼이었다. 그래서 자리 잡은 곳이 화룡현 달라자(용정시 지신향) 일대의 어느 마을이었다.

이국땅에서의 생활도 지긋지긋하기만 하였다. 철모르는 정숙이는 너무도 배고파 내내 울음으로 보냈다. 10대에 잡아드니 눈물도 말라버렸다. 나어린 소녀에게도 이 세상은 고르지 못하다는 빈부 의식이 싹터갔다.

15살 경에 언덕너머 쇠골 마을에서 청혼이 들었다. 때는 남녀 15살쯤이면 으레 시집, 장가를 가야 하던 시절이라 부모들은 벌써 딸의 혼사를 은근히 근심하고 있었다. 박봉한이라고 하는 청혼자를 보니 30고개를 오른 성 싶고 낮이 얽은 사람이라지만 보매 어리 무던하고 믿음이 갔다. 내실을 들춰도 남의집살이를 하는 순박한 총각이었다. 가난이 원수여서 여적 홀몸으로 살아왔었다. 에라. 나이 10여 살 차이면 뭐라나, 딸애만 고와하면 되는 거지-부모들은 이 혼사를 받아들이기로 했다. 정숙이도 별다른 눈치가 없었다.

1925년경에 김정숙은 시집의 문턱을 넘어섰다. 가난 속에서도 그들 부부는 서로 의가 맞아 치륜처럼 잘 돌아갔다. 마을 사람들은 처음에는 수군수군하더니 종당에는 고개를 끄떡이었다. 박봉한 그 사람이 여편네 복이 터졌다는 마을 사람들의 평판이었다. 문제는 후에 생기었다.

금곡 일대에는 연길, 용정, 길림 등지에서 공부하는 학생들이 적지 않았다. 20년대 후기에 이르러 이들이 마을에 드나들더니 마을마다에 야학실이 세워졌다. 용정 동흥중학교를 졸업하고 의란구에 가서 교편을 잡으며 활동하는 금곡출신의 채수항이 경성감옥에서 풀려나 온 혁명자 장창화를 야학실의 교원으로 보내오고 길림에 가 공부하던 이 마을 김익춘(김경욱이라고도 함)도 지방에 돌아와 반일사상을 고취하였다. 김정숙이 야학실에 다니려고 하니 남편이 반대하였다. 봉건에 물젖은 남편은 남녀가 모여서 구구하는 것이 딱 질색이었다. 이것이 그들 부부의 첫 충돌이었다. 그러건 말건 정숙이는 부지런히 야학실에 다니었다. 그는 계급적으로 각성하기 시작하였다.

어느덧 장창화, 김익춘 등 선생들의 주위엔 한패의 열혈청년들이 똘똘 뭉치었다. 농민협회, 청년회, 부녀회 등 혁명조직들이 잇따라 조직되었다. 당시 부녀회책임자는 장창화 선생의 아내 리 씨였다. 리 씨는 조직의 위탁을 받고 공부 잘하고 총명한 김정숙과 선참으로 손을 잡았다. 김정숙은 부녀회의 첫 패 회원으로 되었다.

이는 남편 박봉한의 불만을 자아냈다. 그는 혁명인지 뭔지 알

바 없지만 고생을 사서 할 건 뭐냐며 극구 반대해 나섰다. 집 안 살림이나 오붓하게 잘 꾸려보자는 것이 그의 속셈이었다. 김정숙이 입이 닳게 말해도 소용없었다. 그들은 한바탕 다투고 말았다. 이것이 그들 부부의 두 번째 충돌이었다.

하나 박봉한은 필경 남편이었다. 서로 감정도 통하는 사람이었다. 다만 아직 혁명을 이해하지 못하고 여자가 바깥으로 도는 것을 아니꼽게 볼뿐이었다. 시간이 흐르면 이해하겠지―김정숙은 남편을 눌러 앉히고 부녀회 활동에 발 벗고 나섰다.

1930년 여름 외지에 갔던 채수항이 금곡 마을에 돌아와 금곡촌의 제1임 당지부서기 책임을 짊어졌다. 그와 동지들의 영향하에서 혁명의 길에 나선 김정숙은 손원금(열사), 양철운(열사), 장원(후에 ‘민생단’에 몰려 피살) 등과 함께 첫 패로 중국공산당에 가입하고 금곡촌 부녀회 책임을 맡았다.

어느 날 김정숙이 야학실에 가서 강연을 하였다. 부녀들 가운데서 첫 손 꼽히는 김정숙이 강연한다니 숱한 여인들이 모이었다.

“여러분! 우리는 모두가 한 뿌리에 얽힌 자매들입니다. 우리가 왜서 종일 아글타글 해도 지긋지긋한 생활을 해야겠습니까? 모두가 일본제국주의와 지주, 자본가들 때문입니다. 이놈들을 깨끗이 몰아내고 뚜드려 없애지 않고서는 우리는 한시도 편히 살수가 없습니다. 여인들도 사람입니다. 우리 여인들이 일떠나자면 먼저 가정이란 이 울타리에서 벗어나야 합니다…”

김정숙의 강연은 부녀들의 심금을 울리었다. 그때로부터 야학실에 다니는 부녀들이 훨씬 늘어났다. 김정숙은 그들 가운데서 한 패의 부녀회원을 발전시키고 그들을 보초, 통신, 밥 짓기, 삐라살포 등 임무 수행에로 이끌었다.

금곡 일대의 여인들은 혁명투쟁의 일익을 담당하였다. 1931년 가을 추수투쟁이 일어나자 김정숙은 낮과 밤이 따로 없이 돌아쳤다. 그는 부녀회원들을 수백 명 폭동대열의 전열에 내세우고 악패 지주 최가, 관가의 집으로 몰게 갔다. 지주들의 낟가리를 헤쳐 분배할 때 주저하는 소작인들이 있었다. 그때 김정숙과 부녀회 골간들이 나서서 "두려울 것이 무엇입니까, 시름 놓고 가져가세요. 뒤는 우리가 막아줍니다."하고 고무하여주었다. 금곡, 장동, 영동, 우동 네 곳의 군중들이 호호탕탕한 대열을 이루고 금곡 일대의 여인들이 대열의 주체를 이루며 나아갔다.

대구의 추수투쟁은 성과적이었다. 소작료 '4·6'의 원칙대로 자기 몫을 나누어 가졌다.

이 추수투쟁에서 김정숙과 그가 지도한 부녀들의 역할이 컸다. 사람들은 정숙은 여간내기가 아니라며 칭찬을 아끼지 않았다.

1931년 가을이후 대구유격대가 금곡 일대에서 조직되었다. 김정숙과 그가 지도하는 부녀회는 구유격대의 든든한 뒷심으로 나섰다. 김정숙은 부녀골간들을 산속에 보내어 밥 짓기에 나서게 하는 한편 그들의 옷을 씻어주고 기워주게 하였다. 또 부녀회원들을 조직하여 식량과 옷 등을 모아 유격대에 가져갔다. 그는 유격대에 이로운 일이라면 물불을 가리지 않았다.

1932년 봄에 금곡에는 장천익이 14살밖에 안 되는 자기의 사촌 동생 장탄실을 10여 살 위의 남자에게 시집보내려는 사건이 발생하였다. 그것도 여자가 동의하지 않는데도 말이다. 장천익을 찾아도 허사였다. 이 문제를 제때에 처리하지 않는다면 그로 하여 미치는 영향은 홀시할 수 없었다. 김정숙은 구위부녀부와 금곡촌 당지부의 지지하에 100여 명 부녀와 군중들이 참가한 대회를 열고 장천익을 그 앞에 내세웠다. 대회에서 김정숙이 앞장서서 "강제혼인을 견결히 반대하자!", "조혼을 견결히 반대하자!", "도맡기 혼인, 매매혼인을 견결히 반대하자!", "혼인은 자유이다!" 등 혁명구호를 높이 불렀다. 온 대회장이 떠들썩했다. 구위 부녀 간부의 연설은 대회를 고조에로 이끌었다. 대회에 참가한 남녀노소들은 큰 충격을 받았다. 그 후 금곡촌에는 유사한 혼사가 거의 나타나지 않았다. 김정숙의 위신은 한결 높아졌다.

1932년 봄에 기민투쟁(춘황투쟁)이 일어났다. 금곡, 영동, 우동, 장동 등지의 수백 명 군중이 열을 지어 남양평 덕신사 양식창고를 헤치러 갔다. 부녀들이 이 투쟁에서도 주체를 이룬 것은 두 말 할 것도 없다. 왜냐하면 가정의 쌀독을 맡은 그들이라 쌀 없는 고생을 제일 뼈아프게 느끼기 때문이었다. 어떤 남자들은 주머니와 마대를 지니지 않았다. 김정숙의 포치하에 부녀들은 그들의 소홀한 행동을 지적하고 모두가 지니도록 하였다. 이해 5·1절에 수백 명 군중이 참가한 5·1기념대회와 주구청산투쟁이 있었을 때에도 김정숙을 선두로 한 10여 명 부녀회원들이 앞장에 섰다. 그들은 "일제를 타도하자!", "주구를 타도하자!" 등 구호를 높이 부르며 혁명조직의 위력을 떨쳐 놈들의 위풍을 여지없이 짓뭉개 놓았다.

했으나 추수춘황투쟁, 더욱이 주구청산투쟁은 당 조직과 군중단체를 노출시키기도 했다. 적들이 겨끔내기로 달려드는데서 김정숙 등 투쟁 골간들은 마을에서 배겨낼 수 없었다. 그들은 산속에 들어가 지하투쟁을 하면서 구유격대와 같이 활동하기도 하였다.

그때 김정숙에게는 만 2살도 되지 않는 아들애가 있었다. 그때 이 어린것이 엄마를 찾는다는 소식을 전해 들었을 때 정숙의 가슴은 칼로 오려내는 듯 아렸다. 그는 혁명자이면서 또 피와 살이 있는 엄마이며 여인이었다. 눈만 감으면 어린것이 엄마를 찾는 모습이 또렷이 안겨와 도무지 잠들 수가 없었다. 이리 뒤척 저리 뒤척 하다가 주구청산투쟁 직후의 어느 날 김정숙은 아들애가 너무 보고파 밤을 타서 가만히 집에 들어섰다가 놈들에게 포위되었다. 그는 밖으로 내닫다가 어느 한 집에 숨어들었는데 끝내는 부상입고 체포되었다.

김정숙은 팔도하자경찰서에 끌려갔다. 놈들은 그에게 갖은 혹형을 들이대면서 조직의 비밀을 고백하라고 득달했다. 얼리고 닥치고 하던 끝에 모진 고문을 들이댄 놈들 앞에서 김정숙은 죽을지언정 굴하지 않았다.

막무가내였다. 10여 일 후 경찰서 놈들은 김정숙이를 마차에 싣고 금곡촌으로 올라왔다. 놈들은 기회를 준다며 다시 구슬렸다. 정숙이는 드팀없었다.

"네년이 그냥 뻗친다면 열 손가락을 몽땅 잘라 버릴 테다!"

놈들은 권총을 들이대며 위협하였다.

"너희들이 나의 목을 자른다 해도 겁나지 않다!"

정숙이는 떳떳이 고개를 쳐들었다. 살인귀들은 좀자귀를 가져오더니 김정숙의 두 손을 목침에 눌러놓고 열 손가락을 마구 찍어버렸다.

"이 살인귀들아! 네놈들이 망할 날이 멀지 않다!"

생명이 경각에 이른 순간 김정숙은 온 힘을 다하여 원수들을 꾸짖었다. 놈들은 정숙이를 쏘아 넘기고 그 시체를 마을의 손원주집에 처넣었다. 삽시에 삼단 같은 불길이 치솟아 올랐다.

경찰서 놈들이 물러간 후 마을 사람들은 김정숙의 시체를 수습하여 마을가 냇물동쪽에 고이 묻어주었다.

　김정숙, 23살의 이 금곡촌 부녀회장은 사랑도, 가정도, 심장도 항일전에 다 받쳐 연변인민의 항일투쟁사에 영원히 빛날 고귀한 투쟁업적을 남겨놓았다.

동만특위 부녀위원

(1905-1932)

1931년 봄 어느 날, 연길감옥(즉 길림성 제4감옥)의 여자 감방 문이 덜커덕 열리더니 아기를 업은 한 여인이 놈들에게 떠밀리어 감방에 들어섰다. 삼검불처럼 헝클어진 머리, 옷에 낭자하게 묻은 피, 찢어진 치맛자락이 모든 것은 놈들의 혹독한 고문을 받았다는 것을 말해준다.

"몹시 상하지 않았나요?"

"무슨 일로 이렇게 여기까지 잡혀 왔나요?"

이런 물음에 그 여인은 그저 머리만 가로 저었다. 그 여인의 눈에서는 굳센 빛이 번뜩이었다. 시간의 흐름에 따라 여인들은 그가 보통 여인이 아니라고 추측하였지만 연변여성운동의 지도자 김영신이라는 것만은 모르고 있었다.

김영신은 1905년 조선의 한 가난한 농가에서 태어났다. 그의 본명은 김영숙이다. 조선이 일제침략자의 말발굽 밑에서 짓밟히고 있을 때 김영신은 부모를 따라 살길을 찾아 중국 동북 연길현 의란구 남동촌에 오게 되었다. 김영신은 이곳에서 어린 시절을 보냈고 혁명의 길에 들어섰다. 20년대 연변지구에는 러시아 10월혁명의 영향 밑에 많은 혁명단체들이 나오게 되었고 수많은 열혈청년들이 반제반봉건투쟁에 궐기하였다.

'무엇 때문에 지주, 자본가는 마음대로 세도를 부릴 수 있는데 가난한 사람들에게는 굶주림과 가난이 그림자처럼 따라다니는가?' 김영신은 이것을 팔자라고 여겨오다가 마을의 혁명적 청년들의 영향 밑에 이는 팔자가 아니라 저주로운 사회가 빚어낸 악과이며 지주, 자본가, 일제 놈들이 인민들을 못살게 굴기 때문이라는 것을 알게 되었다. 이리하여 그는 이 저주로운 사회를 뒤엎고 일제 침략자를 몰아내는 성스런 싸움에 나설 결심을 다졌다.

1928년에 김영신은 남동생 김이천과 함께 혁명단체에 참가한 후 마을 여성들을 각성시키기에 힘을 기울이었다.

어느 날 저녁 김영신의 집에서 마을여성들의 모임이 있었다. 모임에서 영신은 이렇게 말하였다. "이 자리에 오신 분들 중에 글을 아는 분이 있는가요? 한 분도 없군요. 여자들은 어째서 글을 모르는가요? 봉건적 남존여비 사상이 우리를 까막눈으로 만들었어요. 우리는 눈을 떠야겠어요. 눈을 뜨지 않고 어떻게 우리를 못살게 구는 이 사회를 뒤엎을 수 있겠어요?! 여러 분, 아는 것이 힘이라는 말이 있어요. 우리 모두 마음먹고 글을 배웁시다."

김영신의 마디마디 말은 여성들의 심금을 울렸다. 영신의 노력 밑에 마을의 처녀들은 물론 아낙네들까지도 야학에 자원하여 나섰다. 남동촌의 여성들은 봉건사상의 속박에서 벗어나기 시작하였다. 매일 밤 야학실에서 울려나오는 글소리는 산촌의 고요한 정적을 깨뜨렸다.

삐라를 찍고 삐라를 살포하는 일에서도 김영신은 남달리 열성적이었다. 그는 늘 위험한 곳에가 삐라를 뿌렸고 긴급임무가 있으면 밤낮을 가리지 않고 앞장에 서서 헌신적으로 수행하였다.

간고한 투쟁의 나날에 김영신은 혁명가인 한별(김인묵, 열사)을 알게 되고 1929년에 그와 결혼하였다.

1930년, 연변 각지에서는 '붉은 5월 투쟁'의 불길이 거세차게 타올랐다. 이 투쟁의 고조는 5·30폭동이었다. 김영신은 광범한 노고대중들과 함께 일제 놈들과 그 주구를 반대하는 투쟁에 선참 나섰다. 그해 6월, 투쟁의 시련을 겪은 김영신은 영광스럽게 중국 공산당에 가입하였다.

1930년 7월의 어느 날, 의란구 남동골짜기 빈집에서 중공연화 중심현위를 세울 데 대한 준비회의가 있었다. 중공만주성위 순시원 료여원은 회의에서 국내외정세와 당의 영도를 강화할 문제에 대해 연설하면서 적당한 때 화룡현과 연길현을 망라한 중공연화 중심현위를 조직할 것을 제기하였다. 그 번 회의에 출석한 김영신과 그의 남편 한별은 회의정신을 드팀없이 집행하자는 결의를 다졌다.

그해 8월 13일, 화룡현 약수동에서 중공연화중심현위가 정식으로 설립되었다. 김영신은 현위 제1임 부녀위원으로 되고 한별은 현위 제1임 선전부장으로 되었다. 그 뒤 10월에 중공왕청현위가 설립되자 그는 또 왕청현위 제1임 부녀위원으로 파견되었다. 11월에 한별이 용정에서 체포되어 서울 서대문형무소에 넘어가자 김영신은 더욱 몸을 내걸고 싸웠다. 그는 왕청에 내려가 사업하는 연화현위 조직부장 마준 그리고 중공왕청현위 제1임 서기 김훈의 지도를 받으며 적들이 수시로 덮쳐들 위험도 마다하고 늘 왕청현 내의 대흥구, 신선동, 하마탕 등지에 내려가 반일선전고동 사업을 벌렸다. 그는 일제의 침략에 나라를 빼앗긴 비애에만 잠겨 있을 것이 아니라 무기를 들고 일어나 싸워야 한다는 깊은 도리를 알기 쉽고도 조리 있게 설교하였다. "이 같은 중대한 역사적 사명은 남자들만의 힘으로서는 안 된다. 그러므로 여성들도 수천 년의 봉건적 정신울타리에서 용감히 벗어나 반일선전에 모든 힘을 이바지하여야 한다." 인심을 끄는 그의 말은 마디마디 남녀로소의 마음속 깊은 곳에 혁명의 씨앗을 뿌려주었다.

현당위는 대황구, 신선동을 거쳐 남하마탕 전하부락에 전이하였다. 이 고장은 지방혁명화가 되어 당단활동을 포한한 모든 혁명 활동이 공개적으로 벌어졌다. 며칠 후 현당위서기 김훈이 이해(1930년) 10월에 나자구에서 건립된 현유격대(즉 나자구유격대)를 거느리고 전하로 왔다. 현 내의 나자구, 대흥구, 묘령, 천교령 등지에서 무기탈취투쟁을 벌려오던 유격대가 전하로 오자 간부와 군중들의 투쟁사기와 승리의 신심은 가배로 팽창되었다. 현당위에서는 회의를 가지고 무기탈취투쟁방안을 구체적으로 토론하고 공개적인 군중대회를 소집하기로 하였다. 그 번 대회의 후근사업을 맡은 김영신은 선전삐라등사를 다그쳤고 또 그날 회의에서 부녀해방과 부녀들의 역할을 둘러싸고 연설하기도 하였다. 사람들은 김영신을 "정치미인"이라고 불렀다.

혁명정세의 발랄한 발전에 겁을 먹은 적들은 피눈이 되어 발광하였다. 1930년 겨울, 동북군 돈화 제7연대 연대장 왕수당은 남대관, 권수정 등 반동무장을 앞세우고 동만 각지에서 반일활동을 탄압하기 시작하였다. 왕청현에서도 왕수당부대는 당지 보위단의 야합하에 대흥구, 하마탕, 묘령, 천교령 등지에서 유격대와 혁명역량을 대대적으로 '토벌'했다. 이해 겨울, 김훈이 불행히 체포되어 연길감옥으로 압송되고 유격대도 나자구 일대로 전이하였다. 중공하마탕구위서기 김상화가 김훈의 현당위서기책임을 이어받은 후 김영신은 새 현당위의 동지들과 더불어 삐라를 살포하고 포스터를 도처에 붙이는 한편 감조감식투쟁, 주구청산투쟁과 결합하여 중국 육군대와 보위단을 습격하기도 하였다.

그러나 투쟁은 간고하였다. 이해 말 현당위서기 김상화가 하마탕 대방자툰에서 적들에게 체포되어 장렬한 최후를 마치었다. 현 유격대는 적들과 수차의 전투를 진행하였으나 적이 강하고 우리가 약한 형편에서 동녕현으로 퇴각하여 무장을 파묻고 소련경내로 잠시적 전이를 하지 않을 수 없었다.

김영신은 전우들과 함께 삐라를 살포하고 보위단을 습격하고 소작쟁이, 주구청산투쟁을 활발히 전개하다가 1931년 봄에 놈들의 '대검거'에 걸려 연길감옥에 갇힌 몸이 되었다. 김영신은 신분이 아직 폭로되지 않은 유리한 조건을 이용하여 감방의 여인들에게 항일의 도리를 선전하였으며 혁명승리에 대한 신심을 북돋우어주었다.

김영신이 감방에 갇히게 되자 돌도 차지 않은 어린 딸은 젖을 배불리 먹지 못하여 밤낮 울어댔다. 배고파 우는 아기, 젖이 나지 않아 안타까움에 모대기는 아기 어머니, 이 광경을 보고 어떤 여인은 눈물을 훔쳤고 어떤 여인은 땅이 꺼지게 한숨만 쉬었고 어떤 여인은 아예 놈들이 들으라고 "개 같은 놈들, 무슨 죄가 있다고 아기까지 못살게 구느냐?"라고 분노하여 소리쳤다. 이때 왕청현에서 체포된 한 여성이 "아기가 불쌍하지, 놈들의 천하에서 우리가 어찌 이겨낼 수 있겠어요? 혁명을 했댔자 고생밖에는 더 차례지는 것이 없군요."라고 비관에 찬 어조로 말했다. 혁명의지가 굳세지 못한 그는 늘 혁명의 전도에 대해 의심하였다. "아니요, 우리가 고생하는 건 혁명의 승리를 위해서요. 이 애도 장차 행복한 생활을 누릴 수 있을 거요. 우리는 이들의 앞날을 위해 끝까지 싸워야 하오. 놈들이 제 아무리 발악해도 혁명의 불길을 꺼버리지 못하오.” 김영신은 햇볕이 희미하게 비쳐드는 창문으로 저 멀리 푸른 하늘을 바라보면서 신심 가득히 한 마디 한 마디 힘주어 말했다. 그는 어둠이 밀려가고 햇빛 찬란한 세상이 꼭 돌아오리라고 굳게 믿었다.

1932년 3월, 위만주국이 세워지자 놈들은 특사령을 내렸는데 그때까지 신분이 똑똑하게 밝혀지지 않은 김영신은 드디어 석방되었다.

김영신은 감옥에서 나온 후 상급의 지시를 받고 연길현 왕우구 유격 근거지로 갔다. 그때 연변각지에서는 무장투쟁을 벌릴 데 대한 동만특위의 결정을 받들고 유격투쟁을 활발히 벌리고 있었다. 왕우구에서 중공동만특위 부녀위원의 중책을 맡은 김영신은 여성들을 동원하여 유격대에 보낼 식량을 장만하였으며 곳곳에서 선전조직사업을 벌였다. 김영신이 동분서주하면서 헌신적으로 사업하고 있을 때 여러 가지 불행이 연이어 덮쳐들었다.

김영신의 귀여운 딸애는 병마에 시달리다가 죽었다. 저주로운 세상에서 태어난 딸애는 습기 찬 감방에서 배를 곯았고 감옥문을 나선 후에는 어머니의 등에 업혀 비바람을 맞으며 자라났고 병든 후에는 약조차 변변히 써보지 못하였다.

김영신이 귀여운 딸애를 잃고 슬픔을 씹어 삼키며 사업에 모든 정력을 몰 부을 때 서울 서대문형무소에 갇혔던 남편 한별이 희생되었다는 비보가 날아들었다. 남편의 희생은 너무나도 큰 타격이었다. 험악한 세상에 안온한 생활을 꿈꾼 건 아니지만 남편과 함께 어깨 겯고 싸울 나날들을 손꼽아 기다리지 않았던가. 인젠

고대하고 기다릴 사람도 없다니. 이게 웬 말인가. 김영신은 자기를 떳떳한 혁명가로 내세워주었고 자기에게 언제나 힘과 용기를 북돋아주던 사랑하는 남편이 더없이 그리워났다. 그럴수록 김영신의 가슴속에서는 원수에 대한 원한이 사무쳤고 증오의 불길이 활활 타 번졌다.

"아니, 그이는 죽지 않았다. 그이는 나의 마음속에, 연화지구 인민들의 마음속에 영원히 살아 있을 것이다. 네놈들이 혁명자를 다 죽이지 못한다. 그이가 채 못한 사업을 내가 하리라. 원수를 백배, 천배로 갚으리라!"

김영신은 남편과 딸애를 잃었으나 혁명 승리의 신심을 잃지 않고 슬픔을 힘으로 바꾸어 투쟁의 진두에 나섰다.

1932년 11월이었다.

김영신은 항일근거지를 창설하며 반일병사쟁취사업을 다그칠 데 대한 동만특위의 중요한 지시를 가지고 화룡현평강구로 내려갔다. 김영신은 흰 광목치마에 검정 저고리를 입고 달비를 두른 머리에 엿광주리를 이고 떠났다. 길목을 지키는 보초 놈도 시골 여인 차림새를 한 김영신을 항일투사라고는 보지 않았다.

김영신은 약수동에 이르러 중공 화룡현위 서기 최상동과 조직부장 김일환 등 동지들의 뜨거운 환대를 받았다. 그는 그간 평강구위와 구유격대가 선참으로 어랑촌에 진출하여 근거지 개척과업을 성과적으로 수행하면서 반일병사사업에서 큰 성과를 얻은데 대해 높이 평가하면서 특위에서는 이에 중시를 돌리고 있다고 말하였다. 그는 약수동에 머무르는 기간에 동지들과 더불어 화룡현위와 구위 그리고 여러 기관들이 육속 어랑촌 근거지로 전이하고 현안의 4대구 유격대장총대를 근거지에 집중시켜 통일된 현유격

대를 조직하며 원 동북군벌군대 속에 깊숙이 들어가 반일병사쟁
취사업을 보다 효과적으로 전개할 데 대하여 널리 의견을 교환하
였다. 이어 김영신은 현위와 구위 여러 혁명조직의 부녀간부들과
자리를 같이 하고 근거지 창설의 새로운 정세에 맞게 부녀사업을
드세게 추진할 데 대하여 이야기를 나누었다.

김영신은 약수동에서 장인강의 문두찬과 기꺼이 상봉하였다.
그들은 연길감옥에 투옥되었을 때 환난을 같이한 동지로서 1932
년 봄에 위만주국의 특사령을 받고 풀려 나왔던 것이다. 특히 문
두찬의 어린애와의 만남은 감수가 새로웠다. 두찬이가 감옥에서
해산하고 시어머니가 받아갈 때만 하여도 갓난아기였는데 어느덧
한 돌이 지나 아장아장 걸어 다니고 있었다.

11월 30일경에 김영신은 중요한 비밀암호를 가지고 문두찬 등
과 함께 약수동을 떠나 장인강 도대거우로 갔다. 그 일대에는 화
룡현위(縣委)의 다른 동지들과 평강구위의 여러 동지들이 활동하
고 있었다. 그가 비밀연락처에서 동지들을 만나고 한집에서 방금
아침 숟가락을 놓았는데 산 위의 망원초에서 적들이 달려든다는
긴급 신호를 보내왔다. 왜놈토벌대들이 무장자위단을 앞세우고 산
을 넘어 조이거우 쪽으로부터 덮쳐들었던 것이다. 동지들은 즉시
마을에서 이동하기 시작하였다. 공교롭게도 김영신은 연 며칠째
눈보라를 헤치고 다닌 탓에 된 감기에 걸렸다. 누군가 김영신을
생각하여 이불을 푹 쓰고 누워 있으라고 하였다. 검실검실한 얼
굴에 시골여성처럼 차리면 별일 없으리라는 것이었다. 그러나 김
영신은 "안 돼요. 누워 있을 수 없어요. 조직에서 맡겨준 과업을
수행하는 것이 중요해요. 난 여기에 남아 있을 수 없어요."라고
말하였다.

김영신은 동지들과 함께 산으로 치달아 올랐다. 그들을 발견한 적들은 총을 쏘며 뒤쫓아 왔다. 된감기에 걸린 김영신은 안간힘을 다해 무릎까지 푹푹 빠지는 눈길을 헤치며 산 위로 뛰었다. 기진맥진한 김영신은 점점 동지들과 멀리 떨어졌다. 놈들이 가까이 다가왔다. 총알이 무시로 김영신의 주변에 와 떨어졌다. 적과의 거리는 각일각 줄어들었다.

"서라, 섯!"

적들은 기관총까지 휘둘러댔다. 계속 동지들과 같은 방향으로 뛴다면 다 붙잡힐 위험성이 있었다. 김영신은 자기의 한 몸을 희생하여 동지들을 위험에서 벗어나게 하려는 비장한 결심을 내렸다.

김영신은 자기를 부축하는 동지들에게 빨리 뛰라고 밀쳐버리고는 결연히 다른 방향으로 달리기 시작하였다. 한편 "빨리 뛰세요! 놈들이 와요."하고 일부러 큰소리를 치면서 적들을 자기한테로 끌었다. 과연 놈들은 왝왝 고함지르며 영신이 쪽으로 몰키였다. 산중턱 후미진 곳에 이른 김영신은 갑자기 몸을 비칠거렸다. 원수의 탄알에 맞았던 것이다. 놈들은 이리떼마냥 그한테 덮쳐들었다. 더는 뛸 수 없게 된 김영신은 최후를 각오하였다. 그는 부상당한 몸을 가까스로 지탱하면서 감쪽같이 비밀암호를 감추었다. 동지들을 위험에서 벗어나게 하고 비밀암호까지 감춘 김영신은 두려울 것이 없었다.

놈들은 바싹 접근해왔다. 이젠 놈들의 낯바대기까지 똑똑히 보였다.

"투항해라, 투항하지 않으면 총을 쏠 테다!"

놈들은 격발기를 절컥거렸다.

장렬한 최후를 앞둔 이 시각, 김영신은 동지들이 간 방향을 일별하고 나서 놈들을 마주 향해 섰다. 포위권을 조이던 놈들은 우뚝 멈춰 섰다.

"개 같은 놈들, 올 테면 오너라! 내가 바로 네놈들이 잡으려는 사람이다!"

김영신은 경멸의 눈길로 왜놈들을 쏘아보면서 외쳤다. 그리곤 육군대 병사들에게 눈길을 박았다.

"빈고농 출신의 육군대병사들, 이제라도 늦지 않으니 총부리를 어서 일본 침략자들에게 돌리라!…"

폭탄처럼 터지는 김영신의 외침소리는 온 산에 메아리쳤다. 당황해난 왜놈들은 김영신을 향해 총을 마구 쏘아댔다. 불굴의 항일투사 김영신은 쓰러졌다. 놈들은 김영신의 몸을 샅샅이 뒤졌으나 아무 것도 얻어내지 못하였다.

토벌대가 돌아간 뒤 조직에서는 사람을 파견하여 김영신의 시체를 찾게 했다. 탄알 8발을 맞고 쓰러진 시체의 반대편에서 깊이 감추어둔 비밀암호도 찾아냈다.

그들은 동지들의 안전을 위하여 서슴없이 목숨을 바친 동만특위 부녀위원을 오래오래 추모하였다.

'뜨개보'에 깃든 숭고한 넋

(1910-1933)

북경의 중국혁명기념관에는 김정길 열사의 넋이 슴배인 뜨개보가 유리관에 소중히 보존되어 있다. 하고많은 여인들이 한가한 시간에 떠낼 수 있는 뜨개보이건만 김정길 여 투사의 손에서 한 뜸 한 뜸 띄워진 그 뜨개보에는 범상치 않은 사연이 깃들어 있어 후세에 전해지고 있다.

1

1910년 3월 20일, 김정길은 조선 함경북도 경원군의 한 농민 가정에서 태어났다. 그의 아버지는 일찍 반일민족주의조직인 한민회의 성원으로 훈춘 일대에서 활동하다가 연길 일대에서 반일활동을 계속하였으므로 김정길은 어머니와 함께 팔도구 쌍봉촌에 이주하게 되었다.

1919년 그의 아버지가 악질주구이며 순사인 '노랑수염'을 살해하는 활동에 참가한 후 흑룡강성 녕안현에 망명하자 놈들은 그의 집에 불을 질러놓았다. 하여 그의 집은 녕안현 고산툰(일명 북전자)으로 옮겨가게 되었다.

1920년 김정길은 한민회에서 꾸린 목단강한민소학교에 입학하였다. 그는 교원들의 반일사상의 영향 밑에 자라다가 1928년에 혁명의 길을 찾아 용정대성중학교에 다니게 되었다. 그때의 용정은 조선족신문화운동의 중심지였고 연변항일혁명투쟁의 명성 높은 발원지의 하나였다. 때문에 진리를 탐구하려는 선진적지식인, 진보적 청년학생들은 용정으로 구름처럼 모여들었다. 러시아 10월혁명의 승리와 마르크스-레닌주의의 연변에서의 급속한 전파는 그로 하여금 혁명의 길에 나서도록 이끌었다. 학교에 입학한 후 그는 진보적 혁명단체에 참가했으며 1930년 '5·30폭동'에도 참가하였다. 바로 그해에 대성중학교에서 중국공산당에 가입하였다.

그 뒤 김정길은 조직의 부름을 받들고 대성중학교를 중퇴한 후 연길현 봉림동 사립대동소학교에서 교편을 잡고 혁명사업에 종사하였다.

원래 봉림동과 그 주변 마을들에는 구학을 가르치는 서당이 있었을 뿐 학교라고는 없었다. 그러한 시기에 용정대성중학교를 마치고 혁명투쟁에 뛰어들었던 리용국(김정길의 입당 소개인, 열사)은 그의 아내 김영식(열사)과 함께 마을에 돌아왔다.

그들이 오자 마을은 활기를 띠기 시작하였다. 처음으로 꾸려진 『청년한마음』에는 볼까지 제법 갖추어지고 많은 청년들을 끌었다. 동골과 서골 등에 야학교가 일어서자 반제반봉건의 계몽운동이 폭넓게 전개되었다. 리용국 등은 이를 토대로 여러 마을들을 합쳐 사립대동학교를 세웠다. 잇따라 반제동맹이 결성되고 점차 농민협회, 청년회, 부녀회, 소년회 등 조직들이 마을에 뿌리를 박았다.

대동학교의 재학생 수는 무려 200여 명에 달했다. 6년제를 실시한데서 선생을 구하기란 여간 쉽지 않았다. 처음에는 그래도 지방 선생으로 에때웠으나 후에는 외지에 가 선생을 청해오지 않으면 안 되었다.

김정길은 이렇게 되어 봉림동에 가게 되었던 것이다. 공개 신분은 교원이었지만 내막을 보면 조직의 파견을 받은 지하혁명자였다.

사립대동학교에는 학생동맹이 비밀리에 조직되었다. 학생동맹은 골간 청년들로 무어졌는데 김정길은 이 조직의 책임을 맡았다. 따라서 부녀사업에도 발 벗고 나섰다.

그때까지만 해도 사람들은 봉건사상이 많아 여자들이 야학에 다니는 것을 달가워하지 않았다. 하여 야학을 꾸리기란 실로 어려운 일이었다. 김정길은 이를 시끄러워하지 않고 리용국의 지도하에 동지들과 손을 잡고 집집마다 찾아다니며 내심하고도 간고한 사업을 하였다. 그런 보람으로 대부분 집들에서는 여자들을 야학에 보내게 되었다. 뿐만 아니라 그를 친딸처럼 스스럼없이 대해주며 항일에 이로운 일이라면 힘자라는 대로 도와주었다.

김정길은 낮이면 학교에서 글을 가르치며 학생들에게 항일의 도리를 알아듣기 쉽게 부어넣었고 밤이면 또 부녀야학실에 나가 많은 부녀들을 항일하도록 일깨웠다. 그리고도 학교에서 야학에서 집집마다에서 회의도 하고 강연도 하고 삐라도 찍었다. 봉림동의 이르는 곳마다에는 그의 발길이 닿아 있다.

2

항일의 불길은 갈수록 세차게 타올랐다. 적들은 당황해서 가는 곳마다에 경비를 강화하였다.

1931년 봄의 어느 날, 김정길은 삐라를 살포하다가 그만 체포되어 연길감옥(즉 길림성 제4감옥)에 갇히게 되었다.

적들은 김정길을 붙들었다고 보배라도 얻은 듯이 좋아 야단이었다. 금시라도 다 들춰낼 기세였다. 처음에는 만만히 보고 얼리기도 하고 위협도 하고 유혹적 수단도 써보았다. 하지만 그따위 얼렁수에 넘어갈 김정길이가 아니었다. 혹독한 고문 앞에서도 그는 당의 비밀을 누설하지 않았다. 더 어찌할 수 없었던지 적들은 정길이를 감방에 떠밀어 넣었다. 그의 불요불굴의 투쟁정신은 같은 운명에 처한 옥중 여 '정치범'들의 관심과 경의를 자아냈다.

그때 연길감옥에는 김정길을 비롯한 8명의 여자 '정치범'이 갇혀있었는데 그 가운데의 한 정치범(후에 변절)은 감옥 밖에서는 혁명이 전부 말살된 듯이 여기면서 혁명의 승리에 대해 저촉하며 믿으려 하지 않았다. 정길이는 이런 한심한 입장, 태도에 대해 묵과할 수 없었다.

"우리가 붙들렸다 하여 어찌 혁명이 끝났다고 말할 수 있겠소?! 아이가 크면 입던 저고리도 못 입는 것과 마찬가지로 혁명은 나날이 발전하게 되오!"

김정길의 힘 있는 말에 그 정치범은 더 대꾸할 염도 못했다.

옥중 생활은 말 그대로 일각이 삼추 같았다. 이는 갓 스물한 살에 잡아든, 성격이 활발한 김정길로 말하면 준엄한 시련이었다. 그는 바깥 세계를 그리었고 왜놈들과 싸우고 있을 전우들을 그리었다. 한편 그는 혁명의 승리에 대해 확고한 신념을 안고 무엇이든지 자기의 마음과 염원을 기탁하고 싶었다.

'뜨개보를 뜨자…!'

그의 두 눈은 졸지에 빛을 뿜었다. 동북군벌이 둥지를 튼 연길감옥은 왜놈감옥들과는 달라 돈만 있으면 수요 되는 물건을 사들일 수도 있었다. 그러던 어느 하루였다. 김정길은 한 감방에 있는 전우한테 이 의향을 내놓았다.

"뜨개보 말이요? 공연한 짓이에요. 다 떠선 어떻게 내보내겠어요?"

"될 수 있어요. 집에서 면회 올 때 간수를 속여 넘기면 되지 않을까요?!"

생활을 열애하고 미래를 동경하는 자신심에 찬 그의 말이었다. 한동안의 준비를 거쳐 흰 실과 뜨개바늘이 마련되었다. 그들을 감독하는 감옥 내의 여간수도 여성의 한낱 평범한 뜨개질이라 그리 관계치 않았다. 투쟁의 수요를 예견하고 평시에 중국인여간수를 가까이해둔 정길이가 웃는 얼굴로 "로태태, 로태태(老太太)"하고 친절미를 던지면 여간수는 좋다고 제법 "진쩐지, 진쩐지(金貞吉)"하고 엄지손가락을 내들며 정길이 밖에 없다고 하는 데야.

김정길은 흰 종이에다 연필로 도안을 그려놓고 한 뜸 한 뜸 뜨기 시작하였다. 그는 여인의 특유한 섬세함과 내심성으로 재치있게 부지런히 손을 놀렸다.

"뜨개보를 그리 정성스레 떠선 뭘 해요?"

까닭을 모르는 어느 전우가 물었다.

"기념이 될 날이 있지 않을라고요, 우리야 감옥에 갇힌 몸으로 어찌 살겠다고만 뜨개보를 뜨겠어요? 죽어도 기념을 남기고…"

김정길은 예까지 말하고는 다음 말을 잇지 못하였다.

뜨개보에 대한 이야기는 옥중 동지들 가운데 널리 알려졌다. 하지만 누구나 뜨개보에 깃든 깊은 뜻을 다는 알지 못하였다. 여러 달 만에 뜨개보를 다 떴을 때에야 사람들은 경탄을 금치 못하였다. 뜨개보에는 진짜 기념할만한 글발이 또렷이 새겨져 있었다.

"연길현제4감옥, 김정길, 신음고통 속에서 뜬 것, 청년 여성들

세계 해방의 노래 높이 부른다"(延吉縣第四監獄, 金貞吉, 呻吟苦痛之結品, 靑女子解放世界的高唱)란 한자(漢字) 스물일곱 자가 새겨져 있었던 것이다. 그것도 글을 밑에서부터 위로, 오른 편에서 왼 편으로 수놓았다. 여성적인 인내력과 고심함이 슴배인 정품이었다.

김정길은 이렇듯 뜨개보에 불타는 마음을 담아 혁명승리에 대한 견정한 신념, 송죽같은 절개를 표달하였다.

3

세월은 단풍든 산발, 눈보라치는 평야를 누비며 서서히도 흘렀다. 연변의 대지는 한껏 기지개를 펴며 만물이 약동하는 새봄을 맞이했다.

1932년 3월, 김정길은 환난을 겪은 전우들과 함께 옥중 생활에서 벗어났다. 위만주국이 서면서 특사령이 내렸던 것이다.

석방된 김정길은 집으로 가지 않고 팔도구에 있는 작은집으로 갔다. 그것은 삼도만 등 항일유격구가 가까운 곳에 가서 조직과의 연계를 달아 계속 혁명하기 위해서였다.

1932년 초가을, 김정길은 천신만고를 겪으며 끝내 연길유격대와 연계를 맺었다. 총을 잡고 왜놈을 족치려던 염원이 실현되었다. 작은집을 떠날 때 그는 뜨개보를 집에 보내 달라고 부탁하면서 혁명이 승리하면 아버님, 어머님을 뵈러 가겠다고 말하였다.

연길현유격대에서 그는 정치공작원으로 선전고동사업을 하면서 팔도구, 삼도만 일대에서 원수들과 용감히 싸웠다.

한 해가 지나갔다. 1933년 겨울, 김정길은 조직의 파견을 받고

지방공작을 나가다가 삼도만 부근의 골짜기에서 적 토벌대와 맞
띠었다. 피하려야 피할 수 없게 된 그는 놈들과 박투하다가 끝내
23살을 일기로 순직하였다.

　김정숙은 비록 혁명이 승리하면 부모님을 찾아뵙겠다던 약속을
실현하지 못하였지만 부모님께 뜨개보를 기념으로 남겨 놓았고
나라와 인민에 대한 충성의 한마음으로 그 약속을 지켜 싸웠다.

탕원현 여성대표

(1899-1933)

탕원의 열두 투사들, 항일의 유서 깊은 탕원현에 가면 생명의 마지막 순간까지 일제 놈들과 용감히 싸우다가 희생된 12명 투사들에 대한 이야기가 전설처럼 전해지고 있다. 그중에 여성이 3명 있는데 당현위 위원이며 부녀회간부인 김성강이 그 돌출한 대표이다.

김성강은 조선 평안북도 개천군 내남면 답도리의 출신이다. 헴이 들자 한 마을의 머슴꾼 리 씨에게 시집을 가 딸 재덕이를 낳았다. 딸이 두 살 나던 해에 시아버지는 지주네 산으로 땔나무하러 갔다가 주인에게 들통 나 매를 맞고 한 많은 세상을 하직하였다. 살길이 막연하였다. 일가식솔은 1920년 겨울에 낡은 이불 두 채와 솥 하나를 이고 지고 압록강을 건너 중국 안동(오늘의 단동시)에 발을 들여놓았다.

이듬해 1921년에 남편은 독립단체에 가담하여 싸우다가 일제 놈들에게 체포되었다. 그는 일본헌병대감옥에서 적들과 불요불굴하게 싸우다가 옥사하였다.

"왜놈들이 우리 집을 망그라 놓았구나. 이 원수를 어떻게 갚는단 말이냐?"

시어머니는 땅을 치며 통곡하였다. 집에는 시어머니, 김성강 그리고 어린 딸―이렇게 달랑 세 여인이 남았다. 그때 김성강은 23살이었다. 남편의 희생은 순박하고 어질기 그지없던 김성강의 가슴속에 비애와 함께 복수의 씨앗을 묻어놓았다. 그 후 김성강 일가는 다시 흑룡강성 탕원현 복흥툰의 하동 조선인 부락으로 이사하였다. 1928년 봄에 중국공산당 당원 최석천(최용건) 등이 조선족이 집거하고 있는 복흥툰에 와서 하동과 하서에 각기 라흥소학교와 송동모범학교를 꾸렸다. 그들은 학교를 혁명의 터전으로 삼고 학생들에게 혁명의 도리를 고취하였다. 밤에는 야학을 꾸리고 농민들을 가르쳤다. 김성강은 배치운 등과 함께 야학에서 글을 배우며 계급의식을 틔워갔다. 1929년에 이르러 복흥툰에 부녀회 등 군중단체가 결성되자 김성강은 선참으로 부녀회원으로 되었고 좀 지나자 부녀회골간으로 활약하였다.

1930년 봄에 김성강은 최석천 등의 교양을 받아 영광스럽게 중국공산당에 가입하였다. 그는 당 조직에 가입한 후 낮이면 논밭에 나가 일하였고 밤이면 계몽사업을 벌리면서 마을의 부녀들을 부녀회에 묶어세웠다. 때로는 야외에 나가 훈련도 하였다.

어느 날 김성강은 집에서 소를 잡아 마른 고기로 구어 행군용으로 하려고 불을 때다가 집을 몽땅 태워버렸다. 게다가 그해 여름에 설상가상으로 큰물이 져 온 마을이 물에 잠기었다. 김성강 일가와 마을 사람들은 학립강 서쪽에 있는 신촌으로 옮겨 앉았다. 이 마을에서 김성강은 30여 명 조선인 여인들을 부녀회에 결성시키고 부녀회장으로 되었다.

1931년 9·18사변 후 학립강 일대의 농민들은 공산당의 지도 밑에 항일투쟁을 줄기차게 벌였다. 당 조직에서 농민들을 조직하여 도시에 들어가 반일시위행진을 하게 되면 성강은 부녀회 회원들과 함께 시위의 선두에 나섰다. 그해 가을 김성강은 탕원현위의 지도 밑에 농민들과 여인들을 불러일으켜 소작투쟁을 벌였다.

1932년 4월 일본침략자들이 탕원에 쳐 들어오자 투쟁은 자못 어렵게 되었다. 이런 시기에 배치운이 중공탕원중심현위 서기로 되고 김성강이 현위위원으로 되었다. 당시 학립강은 탕원중심현위의 임시 소재지였다. 현위의 동지들은 일본헌병대와 특무의 눈을 피해 동네 밖 학립강변에 땅굴을 파고 낮에는 그곳에서 비밀사업을 하고 밤이면 마을에 들어가 일손을 도우며 조직사업을 하였다. 당시 김성강은 신분이 드러나지 않았기에 마을에 남아 군중을 묶어세워 무장투쟁을 준비하였으며 의연금과 물자 모집에 나섰다.

1932년 10월에 중공만주성위 특파원 풍중운(훗날의 중공만주성위 비서장, 항일연군 제3로군 정위)이 송화강 하류지구의 항일투쟁을 지도하고자 탕원현위 소재지 학립강으로 왔다. 그의 지도하에서 이해 10월 10일에 학립강 남안의 7호툰에서 탕원의 첫 반일무장－중국노농홍군 제33군 탕원유격대가 조직되었다. 유격대원은 40여 명이었는데 4명을 제외하고는 모두가 조선족이었다. 유격대원들이 마을에 오면 김성강은 석광신, 손명옥 등 부녀회원들과 함께 밥을 지어주고 그들의 옷과 장갑, 신을 기워주었다. 때론 식량을 이고 지고 산을 넘고 물을 건너 유격대에 가져다주기도 하였다.

그러던 어느 날 풍중운이 김성강의 집에서 밤을 묵고 이튿날 회의를 소집하려 했는데 느닷없이 30여 명 토비들의 습격을 받았다. 토비무리들은 타 지방 사람이기만 하면 다짜고짜 '밀정'으로 몰아 총살하였다. 풍중운은 중국인데다가 강소성 사람으로서 말씨가 달라서 인차 타 지방 사람이라는 것이 드러날 수 있었다. 급해난 김성강은 재빨리 풍중운의 안경을 벗겨 감추고 시골 사람으로 탈바꿈시켰다. 토비들이 마당에 들어서자 풍중운은 성강의 시어머니가 시키는 대로 벙어리시늉을 하였다. 풍중운을 눈 박아 보던 토비들은 누군가고 따지고 들었다.

"이 사람은 내 둘째아들이요. 조선에서 날 보러 왔수다."

"제 둘째시동생이에요. 벙어리예요."

시어머니와 성강은 손가락을 두 개 내 보이고 말 못한다는 손시늉을 하여 가며 서투른 중국어로 말하면서 절반 조선말을 섞었다. 그래도 토비들은 제잡담 풍중운을 끌고나가 뜰의 버드나무에 동여 놓고 채찍으로 때리었다. 시어머니와 성강이 막아 나서자 허공에서 날던 채찍은 성강의 목덜미에 떨어졌다.

"죄 없는 동생을 때리지 말아요!"

"내 둘째를 놔줘요."

"썩 비키지 못해, 이년들!"

놈들은 시어머니와 김성강을 사정없이 걷어차고는 풍중운을 총살한다고 끌고 가려 하였다. 시어머니와 성강이 울며불며 쫓아가 풍중운을 붙잡고 놓지 않았다.

"둘째야! 벙어리둘째야!"

"동생 대신 절 죽여요, 절 …"

'연극'이 아니라 친동생을 대하는 혈육의 정이었다. 이때 구레나룻이 터부룩한 작자가 나오더니 시어머니의 멱살을 잡아지고 독살스런 눈으로 박아보다가 갑자기 비수를 쑥 뽑아 시퍼런 칼날을 김성강의 목에 바투 들이댔다.

"바른대로 말해, 저놈은 누구냐?"

“제 시동생이에요. 못 믿겠거든 마을 사람들한테 물어봐요!”

김성강의 기색은 그토록 태연하였다. 마을 사람들에게 물어보아도 모두가 그렇다고 대답하였다. 그제야 놈들은 풍중운을 풀어주고 저벅거리며 나가버렸다. 놈들이 물러간 후 풍중운은 죽음을 무릅쓰고 총칼 앞에 선뜻 나서서 자기 목숨을 구해준 이 조선족 여인들 앞에서 목이 메어 한동안 말을 못하였다.

“어머님! 누님!”

그는 성강이 시어머니와 성강의 손을 잡고 뜨거운 눈물을 흘리었다. 그 후 풍중운은 이 곳을 지나게 될 때마다 꼭꼭 들러서 ‘어머니’와 ‘누님’을 찾아보았다.

그 뒤 시어머니가 병고하고 성강이 모녀만 남았다. 10대의 딸애가 늘 허전하여 마음을 걷잡지 못하면 성강은 노상 항일용사들의 이야기를 하면서 용기와 힘을 주곤 하였다.

“쪽발이들을 쫓아버리면 우리도 기를 펴고 살날이 있을 거다.” 이렇게 말하는 김성강의 얼굴에는 승리의 서광을 바로 눈앞에서 보는 듯, 해방을 금방 맞이하듯 기쁨이 담뿍 어려 있었다.

1933년 가을부터 투쟁은 어려운 시기에 처하였다. 일제 놈들은 탕원의 항일수뇌부인 중심현위를 파괴하고 탕원과 송화강하류 일대의 반일투쟁을 탄압하려고 미쳐 날뛰었다. 한데서 현위서기 배치운은 현위 소재지 7호 툰 부근에 널찍한 땅굴을 파고 새로운 투쟁을 준비하였다.

1933년 추석 전날 배치운은 몇 사람을 땅굴 속에 남긴 뒤 10여 명을 데리고 교툰에 가서 적정을 알아보는 한편 당면 사업을 토의하였다. 회의는 밤늦게까지 열리었는데 이튿날 아침에 일찍 땅굴로 돌아가기로 하고 각기 자기 집으로 흩어져갔다. 부농의 아들이며 변절자인 리원진 등이 낌새를 채었다.

추석날(음력 8월 15일) 이른 새벽, 학립에 도사리고 있던 일제 '토벌대' 놈들이 변절자를 앞세우고 신촌, 격절하 등 여러 마을을 불의에 습격하였다. 어지러운 말발굽소리, 아우성 소리, 욕 소리가 새벽의 고요를 가르며 마을을 삽시에 난장판으로 만들어 놓았다. 혈안이 된 놈들은 무릇 청장년이면 남녀를 불문하고 몽땅 잡아냈다. 당시 탕원중심현위 위원이었던 김성강도 미처 피하지 못하고 마을 사람들과 함께 잡혀 일본헌병대에 끌려갔다.

날이 밝으니 학립 일본헌병대 마당은 여러 마을에서 끌려 온 군중들로 차 넘쳤다. 일본군외투차림에 마스크를 낀 리원진이 현위서기 배치운, 조직부장 최규복과 그의 약혼녀이며 공청단원인 석광신(여), 현위위원 김성강(여), 당원들인 정중구, 손철룡, 김술룡, 리진영, 림주진, 손명옥(여), 김봉춘, 혁명군중 류인화 등 12명 동지를 지목하여 끌어냈다. 변절자는 그날 마을에 돌아가지 않은 몇몇 혁명자와 성강의 딸 리재덕(공청단원)이 보이지 않으니 김성강을 협박하였다.

"김성강, 너의 딸년은?"

"모른다!"

"홍, 모른다고?"

변절자는 냉소하였다. 12명 동지들은 헌병대 뒤울안 창고에 갇히었다.

적들은 선참 현위서기 배치운을 고문실에 끌어냈다. 혹형이 꼬리에 꼬리를 물고 이어졌다. 하지만 그의 입을 열지 못하게 되자 놈들은 최규복, 김성강 등을 고문실에 불러냈다. 원수들은 김성강에게 너희 패거리들과 딸이 간 곳을 대라고 하면서 채찍에 물을 묻혀 매를 들이댔다. 짱ー 하는 소리에 이어 옷이 찢기고 살이 채찍에 묻어났다. 하나 김성강은 한대중 "모른다!"는 말 뿐이었다. 악이 난 놈들은 기둥에 사람을 허궁 거꾸로 달아맸다가는 내리워 고춧물 먹이기, 참대바늘로 찌르기, 몽둥이로 가새주리틀기, 학춤 추이기, 손가락마디 꺾기 등 별의별 혹형을 다 가했다. 김성강은 벌써 몇 번이나 까무러쳤는지 모른다.

며칠이나 고문했으나 아무것도 알아내지 못하였다. 12명의 동지들은 모두가 한 사람 같이 굴하지 않았다. 헌병대 놈들은 나중에 손명옥 처녀에게 일루의 희망을 걸었다. 명옥은 김성강의 교양을 받고 부녀회원이 되고 공청단원으로 된 처녀이다. 그만큼 만만치 않았다.

"후ー 꽃나이군, 인제 항일이구 뭐구 걷어치우고 좋은 신랑감이나 얻어 아기자기하게 살림이나 꾸려야지."

"결혼하면 네놈들 같은 개새끼를 낳을까 겁난다!"

야수들은 맥을 버리었다. 음력 8월 20일(양력 10월 9일), 이 자들은 김성강 등 12명을 동네 밖 공지에 파놓은 구덩이 앞에 내세우고 총칼을 비껴들었다.

"마지막 기회를 줄 테니 말해라!"

헌병대두목이 외쳤으나 12명 동지들은 들은 체도 하지 않았다. 배치운이 머리를 번쩍 쳐들었다.

"항일투사들은 죽음을 겁내지 않는다!" 그러자 12명 동지들이 일제히 높은 소리로 외쳤다.

"일본제국주의를 타도하자!"

"일본강도 놈들은 물러가라!"

"중국공산당 만세!"

총 소리가 울렸다. 김성강 등 동지들은 생의 최후에 죽음을 향해 떳떳이 걸어갔다. 김성강은 이렇게 '탕원의 열두 투사' 중의 한 사람으로 되었다. 그해 겨울에 김성강의 딸 재력이는 탕원유격대에 들어갔고 어머니의 뒤를 이어 광복의 그날까지 일제침략자들과 불요불굴하게 싸웠다.

지금 탕원현 학립진인쇄공장 마당에 가면 회색 시멘트로 만든 비석을 볼 수 있다. 비석에는 12명 투사들의 이름이 그대로 새겨져있다.

근거지의 살림꾼

(1907-1933)

1932년 5월의 어느 날 화룡현 약수동 마을로 이어지는 길에는 4살내기 딸애를 업고 봇짐을 인 여인이 나타났다. 뒤에는 뭔가 묵직한 물건을 든 남자가 따라섰다. 여인은 평강구농민협회 부녀부 책임자로 부임되어 가는 박정자인데 중공평강구위 서기로 갓 제발된 남편 김동한이 그와 동행하고 있었다.

박정자는 화룡현 지신사 성교촌(오늘의 용정시 지신향 성교촌) 사람이다. 1907년생으로서 일명 김선희라고도 부른다. 그는 어려서 부모를 여의고 의지가지없이 자라다가 동네 분들의 도움으로 겨우 사립소학교를 마칠 수 있었다. 혬이 들어 한 마을의 부잣집(부농)아들 김동한한테 시집을 가게 되었는데 그는 남편 되는 사람이 진작 혁명의 길에 나선 사람이라는 것을 알 리가 없었다.

결혼한 후 남편은 집에 별반 있지 않고 늘 바깥으로 돌았다. 뭔가 기미가 달랐다. 세 살 위라지만 자기를 몰라주는 남편이 야속하기만 하였다. 그런 어느 날 남편은 몇몇 낯선 사람들과 함께 집에 들어서더니 곧추 뒤 고방으로 들어가서 머리를 맞대고 수군거리고 있었다. 귀를 강구노라니 혁명이요, 일본 놈들이요, 포스터요, 삐라요 하는 어구들이 가끔 틔워 나왔다.

‘아, 남편은 워낙 이런 사람이었구나!’

어려서부터 쓰라린 세상사를 맛 볼 때로 맛본 정자인지라 혁명하노라고 들락거리는 남편이 전에 없이 돋보이었다. 며칠 후 마을에 포스터가 나붙고 삐라가 흩날렸다. 정자의 판단은 적중하였다.

어느 날 남편은 또 삐라 한 뭉치를 숨겨가지고 집에 들어섰다. 한참 후 동지를 찾아 나서려 할 때 정자가 막아 나서며 자기가 뿌리겠다고 자청하였다.

남편은 놀랐다. 얌전하기만 하던 평소 아내의 거동이 아니었다. 이에 정자는 진작 다 알고 있는데 점잔을 뺄 건 무엇인가 하며 자기를 믿어달라고 동을 달았다. 그러는 아내가 너무도 미더워 김동한은 약수동에 가서 사업할 때 자기 신변의 동지들과 가끔 그때 일을 내비치며 “정자는 그런 여자였다.”고 말하곤 하였다. 그때가 결혼 시초인 20세기 20년대 후반이라고 한다. 박정자는 이렇게 한 보통 가정주부로부터 남편을 따라 혁명의 길에 올랐다.

1931년 2월에 달라자에도 당구위가 뿌리를 내리었다. 잇따라 금곡을 중심으로 영동, 장동, 동량, 청천 등지에도 당의 기층지부들이 육속 건립되었다. 이해 봄에 박정자는 남편과 함께 성교 일대서 첫 패로 중국공산당에 가입하고 성교지부(달라자 지부)농민협회 부녀부 책임을 맡았다. 이해 7월에 남편이 구농민협회 책임자로 된 후 정자도 구위 농민협회 부녀부책임자로 되었다.

1931년 가을에 중공동만특위에서는 대중적 추수투쟁을 호소하였다. 연길현위에서는 전문회의를 부르고 각 구별로 군중을 발동하기로 하였다. 달라자 구위에서는 구내 추수투쟁의 직접 지도를 구농민협회에 위임하였다. 이에 박정자는 남편과 함께 낮에 밤을 이어 분주히 돌아치며 구내 추수투쟁을 빈틈없이 짜고 들었다.

이해 9월, 로투구 일대의 군중들이 선참으로 추수투쟁의 불길을 지핀 뒤 달라자구에서도 마을마다 일떠났다. 우동, 장동, 영동, 금곡, 성암, 성교 등지의 수백수천 명 군중들은 열을 지어 남양평 덕신사사무실을 에워쌌다. 덕신사 사장 채우석은 자기가 책임지고 나눠주도록 하겠으니 배합해 줄 것을 바랐다. 그는 중공화룡현위 제1임 서기 채수항의 아버지로서 말한 대로 처사하였다.

헌데 어떤 지주들은 잘 응해주지 않았다. 분노한 군중들은 마을별로 이런 지주들 낟가리에 올라가 조이와 콩 등을 강제로 헤쳐 '4·6'제의 원칙대로 소작인들에게 나누어주었다.

금곡의 경우가 그러했다. 지주들이 처음에는 말을 들으려 하지 않으니 투쟁대오는 소작인들을 모여 놓고 선동하고는 낟가리를 헤치었다. 모두가 일제히 일어나니 지주들도 어쩌지 못하였다. 금곡아래 마을의 대지주들인 최가와 관가도 겁이 나서 더는 반항하지 못하였다.

박정자와 그의 남편을 선두로 하는 달라자 일대 추수투쟁은 원만한 결과를 가져왔다. 그들 부부는 이듬해 봄에 또 당 조직의 지도하에서 춘황투쟁(기민투쟁)의 진두에 나섰다. 적들이 투쟁골간들을 주시하고 대거 '토벌'이 시작된 데서 박정자 부부는 당지에서 투쟁을 견지하기가 어려웠다. 조직에서는 박정자의 남편을 먼저 중공평강구위 조직부장으로 약수동에 파견하였다.

1932년 5월에 중공평강구위 제5임 서기 최상동이 현위 제4임 서기로 부임된 후 박정자의 남편이 중공평강구위 제6임 서기로 승격하였다. 박정자도 조직의 배려로 약수동에 가서 평강구 농민협회 부녀 부책임을 맡았다.

약수동에 간 후 박정자는 김선희로 변성명하고 정태준 노인의 집에 거처를 잡았다. 정자는 남편의 지지 밑에 가지고 간 손마선을 평강구유격대에 넘겨 사용하게 하고 천과 이불, 의복견지들을 모두 조직에 들여놓고 동지들이 나누어 쓰도록 하였다.

그 뒤 남편은 다시 달라자로 파견되어 적들의 연속되는 ‘토벌’에 의해 파괴된 조직들을 복구하는 사업에 나섰다. 그러던 남편이 이해(1932년) 가을에 성교촌 부근의 산기슭에 있는 나무무지 속에 은신처를 잡고 활동하다가 주구의 밀고로 나무무지 속에서 놈들의 총에 맞아 불행히 희생되었다. 조직을 통하여 비보를 접한 박정자는 속이 미어지는 듯 했다. 밥맛조차 잃었다. 그러나 그는 얼굴에 괴로움을 내비치지 않고 여전히 낙천적으로 사업을 벌였다.

1932년 7월, 약수동에서 평강구농민협회 부녀골간회의가 열리었다. 회의 의제는 곧 닥쳐 올 가을의 추수투쟁을 어떻게 전개하겠는가 하는 것이었다. 회의에서 박정자는 여러 사람들의 의견을 귀납하면서 1930년 가을의 추수폭동이나 1931년 가을의 추수투쟁, 1932년 봄의 춘황투쟁은 성과도 크지만 문제점도 홀시 할 수가 없다고 지적하였다. 그러면서 이왕의 작법대로 조건여하를 불문하고 무조건 맹목적으로 지주 집을 들이치면 그들 모두를 적편으로 내몰아 그 지대에 배기기 어렵고 조직이 노출되고 적들의 무자비한 탄압만 받게 되니 취할 바가 아니라고 설명하였다. 그의 의견은 지방정부의 공문도 있고 하니 ‘4·6’, ‘3·7’제의 원칙대로 합법적 투쟁을 벌이자는 것이었다.

박정자의 의견은 즉시 당구위에 반영되고 그대로 채납되었다. 하여 그해 평강구의 추수투쟁은 성과적으로 진행되었다. 합법적 투쟁이기에 지주들도 소리 없이 소작료 원칙을 지키었고 혁명조직과 엇서거나 악질적으로 나오는 폐단이 나타나지 않았다. 평강 구의 추수투쟁은 당현위의 충분한 긍정을 받았는데 이 투쟁에서 부녀들의 역할이 막대하였다.

박정자는 평강구각지로 자주 순시를 나갔다. 사람 됨됨이가 좋고 붙임성이 좋아 그는 사람들과 쉽사리 어울리었다. 그런데 4살 내기 딸애로 하여 골머리를 앓았다. 딸애는 깜찍하게 생긴데다가 까마반드르한 머리, 짙은 눈썹에 영채 도는 눈, 부드러운 살결로 하여 동지들의 귀염을 한 몸에 받아 안았다. 하지만 정자는 혁명 에 나선 몸이라 딸애만을 붙들고 앉아 있을 수 없었다. 딸애와 같은 수많은 어린이들의 행복을 위해서는 마음을 크게 먹어야 했다.

정자는 독한 마음을 먹고 딸애를 남에게 주기로 작심하였다. 그러나 정작 주자고 보니 적들의 탄압으로 군중들의 생활이 어려운데다가 많은 집들이 살길을 찾아 이주한데서 선뜻 누구에게도 내줄 수가 없었다. 생각던 끝에 정자는 딸애를 장인강 어귀에 사는 한 지주집에 맡기고 말았다. 동지들은 너무도 가슴 아파 도로 찾아오라고 권고하니 정자는 단연히 밀막아버렸다.

"혁명을 위해 생명도, 재산도, 사랑도 다 바칠라나 딸애 하나다 무엇이요, 이후 혁명이 승리하면 찾아 올 수도 있지 않소?!"

혁명이 승리하면 찾아온다—선량한 염원이 아닐 수 없다. 그러나 장인강의 지주는 박정자가 도로 찾을까 저어되어 인차 어디론가 자취를 감추어버렸다.

박정자는 바로 이런 사람이었다. 그도 피와 살로 된 인간으로서 사랑도 있고 감정도 있는 여인이기는 했으나 그때 투쟁환경에서는 별다른 수가 없었던 것이다. 그 후 그는 현위와 구위의 동지들과 함께 새로 개척한 어랑촌 항일유격 근거지로 들어갔고 당

구위 부녀위원이란 책임이 그의 어깨 위에 놓여졌다.

어랑촌 근거지는 생기를 넘치었다. 새해에 들어선 1933년 음력 1월 16일(양력 2월 10일) 화룡현 유격대가 삼도구 합신촌에 가서 대지주 장가놈의 집을 기습하고 10여 자루의 여러 가지 총과 양아들 장보림을 인질로 끌고 오자 근거지는 더욱 끓어 번지었다. 이튿날 음력 1월 17일(양력 2월 12일)에 당현위에서는 근거지에서 현유격대의 삼도구 출전 승리경축대회를 성대히 가지었다. 이 날 동지들과 더불어 기쁨의 한때를 보낸 박정자는 밤에 또 구위 여러 간부들과 함께 당현위서기 최상동이 구위간부실에서 소집한 구위간부회의에 참가하였다.

회의는 날샐 녘까지 계속되었다. 느닷없이 연발 총 소리가 들리었다. 뒤미처 "적들이 왔다!"는 고함 소리가 또 고요한 새벽의 정적을 깨뜨리며 들려왔다. 구간부실의 남쪽방향과 동쪽 논판에서 적들이 욱실거리며 기어들었다. 박정자 등은 현위서기의 명령에 따라 구위간부실을 뛰쳐나가 서북쪽을 바라고 내달았다. 다행히 우리 유격대가 적들을 맞받아 반격하기 시작한데서 그들은 포위를 헤치고 나갈 수 있었다…

이윽고 총 소리도 멎고 적 '토벌'대도 물러갔다. 해질 무렵에 박정자는 동지들과 함께 마을로 돌아왔다. 눈앞에는 기막힌 정경이 펼쳐졌다. 김세중 대장이 지휘한 1소대 유격대원들은 숱한 적들을 살상하고 9명이 피못에 쓰러져 있었다. 현위서기 최상동 등 몇몇 동지들도 쓰러진 채 다시 일어서지 못하였다. 박정자는 비분의 눈물을 흘리며 두 주먹을 꼭 틀어쥐었다.

근거지를 다시 일궈 세워야 했다. 그만큼 어랑촌 근거지에서의 사업 범위는 가배로 늘어났다. 화룡, 안도, 돈화, 왕청 등지에서 근거지로 오는 부녀들을 제때에 배치하고 묶어세워야 했는가 하면 적통치 구역으로 부녀공작을 나가거나 식량공작을 나가며 비행선전대를 파견해야 했으며 작식대, 재봉대, 장공장, 철공장 등 유격대원호사업에도 모를 박아야 했다. 때때로 부녀들을 조직하여 유격대원들의 의복을 씻어주거나 기워도 주며 위문을 다니기도 하였다. 했으나 박정자는 언제나 생생 끓으며 돌아쳤다.

어느덧 근거지에 들어 선지도 여러 달이 되었다. 그러던 음력 4월에 일제 놈들은 200~300명의 병력을 내몰아 춘기공세를 발동하였다. 1933년 새해에 잡아들어 벌써 두 번째로 되는 '토벌'이었다.

이날 박정자는 근거지 안의 간부와 혁명군중들의 뒤에 서서 오도양차로 통한 어랑 마을 뒤쪽 왈리거우로 닫다가 적탄에 복부를 맞았다. 그는 흘러나온 창자를 손으로 밀어 넣으며 달려 했으나 몇 걸음 가지 못하고 쓰러지고 말았다. 근거지 살림꾼이었던 박정자는 다시 일어나지 못하였다.

단발머리 마상대 처녀

(1915-1934)

동북인민혁명군의 여전사 김정옥은 피어린 항쟁의 나날 무장으로 일제를 항격하여 나선 여성 영웅이다. 화룡3퇀 안팎에서 김정옥이라고 하면 모르는 사람이 없었는데 동지들은 그를 "단발머리 마상대 처녀"라고 친절히 불렀다.

김정옥은 1915년에 화룡현 덕신사 쇠골(오늘의 용정시 덕신향 금곡촌)의 한 극빈한 농가에서 태어났다. 그가 태어난 고장은 쇠골(금곡)에서도 두메라고 불리는 신선더기인데 살림이 하도 쪼들려 정옥이는 공부할 엄두도 못하고 잔뼈가 굳기도 전에 벌써 아버지, 어머니를 도와 집 안팎일들을 하지 않으면 안 되었다. 그래도 살림은 그 상이 장상이여서 먹는 것이란 감자와 보리죽이었다. 그나마 보릿고개를 넘기기 어려워 긴긴 세월 한숨과 눈물 속에서 보내야 했다. 가난한 살림은 나어린 정옥이에게 남자에 못지않은 굴깅한 성격을 기워주었디. 그기 니들이오 배옷을 입고 시레 마을로 내려갈 때마다 부잣집 아이들이 "신선더기 멧돼지"가 내려왔다고 골려 줄 때면 그는 종주먹을 부르쥐고 쏘아보곤 하였다.

가난과 천대 속에서도 세월은 흘러갔다. 어느덧 김정옥은 10대의 나이가 되었다. 20년대 후기에 이르러 금곡 마을에는 야학실이 세워졌다. 야학실의 낭랑한 글소리는 10대 소녀의 마음을 꺼당겼다.

그런 어느 날 저녁 김정옥은 야학실의 문을 두드렸다. 야학실 교원 장창화(열사)가 문을 열고 보니 베옷차림의 애 된 소녀가 서 있었다.

"누굴 찾소?"

놀라움과 반가움에 젖은 장창화 선생의 물음이었다.

"저도 공부하고 파요."

십중팔구는 짐작이 가는 대답이었다. 장 선생은 어린 소녀를 야학실에 받아주었다. 그때로부터 배움에 굶주렸던 김정옥은 목마른 사람 물마시듯이 공부에 열심하여 짧은 시간 내에 소학교 4년 정도의 지식을 배워냈다. 정옥이의 얼굴에는 늘 웃음꽃이 가실 줄을 몰랐다. 그는 야학에서 글을 배웠을 뿐만 아니라 장장화와 길림에서 공부하고 돌아온 사촌오빠 김익춘(열사)을 통하여 '무산자'와 '자산자'란 무엇이고 '계급'과 '혁명'이란 무엇인가를 알았으며 자기처럼 가난한 사람들이 아글타글해도 잘 살지 못하는 원인이 어디에 있는가를 깨달았다.

1931년 봄에 김정옥은 소선대에 가입하였다. 그는 자기 또래들인 리계순, 손은금 등과 함께 조직에서 맡겨준 보초, 통신 등 과업에 충실하였다. 한번은 밤중에 10리 안팎의 하촌으로 긴급통신을 전해야 했는데 그는 홀몸으로 선뜻 나섰다. 1931년 『5·1』절에 학교 마을의 뒷골안에서 수백 명 군중이 모인 5·1절 기념대회가 열리였을 때도 그는 소선대원들과 함께 대회의 안팎 보초임무를 훌륭히 수행하여 조직의 칭찬을 받았다.

1931년 가을 대중적 추수투쟁 때였다. 달라자구 농민협회 책임자 김익춘과 림철석 등의 직접적인 지도하에 금곡 일대의 수백 명 군중들이 선참 일떠나 악패 지주 최가와 관가를 투쟁하였다. 투쟁의 주력은 적위대와 소선대였다. 이놈들을 투쟁할 때 김정옥은 "'반작제'를 폐지하고 '4 · 6'제, '3 · 7'제를 실시하자!", "빼앗긴 곡식을 도로 찾아내자!", "악패 지주를 타도하자!" 등 구호를 높이 불렀다. 수백 명 군중들이 목소리를 합치니 지주 놈들은 벌벌 떨었다. 평소에 으스대던 악패들이 기가 꺾이었다. 이자들의 곡식낟가리를 헤칠 때 김정옥은 저들 또래와 더불어 앞뒤로 뛰어다녔다. 이듬해 봄의 춘황투쟁(기민투쟁)에서도 김정옥은 적위대, 소선대원들과 함께 수백 명 군중대열의 앞뒤에 서서 나아가며 덕신사 양식창고로 향했다. 도중에 팔도하자 경찰서 놈들이 막아나섰지만 그들은 끝내 양식창고를 헤치고야 말았다. 김정옥은 또한 차례 투쟁의 시련을 겪어냈다.

추수, 춘황 투쟁가운데서 김호철을 대장으로 하는 대구유격대가 조직되었다. 대원들은 말짱 적위대와 소선대원들 중에서 뽑은 우수한 남자들이었다. 김정옥도 총을 메고 싶었다. 그래서 김 대장을 졸랐다.

"아저씨, 저를 받아줘요."

"안 돼, 이는 장난이 아니야, 보총도 바로 메지 못할 처지에 어떻게 유격대원이 된단 말이냐?!"

"글쎄 받아줘요. 저는 꼭 잘 싸울 수 있어요."

처녀애의 당돌한 청구가 아니었다. 정옥이의 빛나는 두 눈이 이를 보여주고 있었다. 김 대장은 막무가내였다. 김정옥이는 이렇게 구유격대의 여전사로 되었다.

신생한 유격대는 알미대, 서리골, 사수평, 범동, 개바위 일대를 근거지로 삼고 신출귀몰하면서 도처에서 경찰서 놈들과 무장자위단 놈들을 혼살 냈다. 김정옥은 남자대원들 못지않게 잘 싸워 "유격대의 꽃"으로 받들렸다. 김호철 대장은 시름을 놓았다.

이해 가을 대구유격대는 장총대와 권총대로 나뉘어 활동하였다. 12월에 장총대는 중공화룡현위군사부의 지시를 받고 새로 창설된 어랑촌 항일유격 근거지에 들어가 화룡현유격대에 편입되었다. 김정옥은 김호철 대장들과 함께 현유격중대 제2소대 대원으로 되어 어랑촌 본부 아래 왕지평 쪽의 길목을 지켜 섰는데 나팔을 불며 보무당당히 근거지에 들어설 때면 정말 성수가 났다.

때는 18살의 한창 꽃피는 나이었다. 김정옥은 유격대원 남창수의 청혼을 받아들이고 그와 뜨거운 사랑을 나누게 되었다. 그들은 일제 놈들을 이 땅에서 몰아내지 않고선 한걸음도 물러서지 말자고 다짐하였다.

1933년 3월, 화룡현 유격중대는 3개 중대를 가진 대대로 발전하였다. 유격대대는 주동적으로 출격하여 적후유격전을 벌리기로 결정하고 김정옥, 남창수 소속 9명 소부대를 삼도구 일대에 진출하였다.

소부대책임자는 대대정위 차룡덕(열사)이었다. 치마를 산뜻하게 차려입은 김정옥은 소부대의 전사들과 함께 남평자위단, 유동자위단, 고령분주소를 습격하는 전투에 용감히 참가하였다.

1933년 음력 5월 18일, 김정옥 소속 소부대는 남평분주소 놈들의 길목을 막기 위하여 100여 명 구국군부대와의 배합하에 우심산서 쪽의 우복동 4중촌에 이르렀다. 이튿날 새벽에 소부대는 삼도구 일제수비대 및 위만군, 지방자위단 100여 명에게 완전히 포위되었다. 낌새를 챈 적 '토벌대'가 달려들자 구국군부대는 저만치 달아났다.

험악한 사태였다. 두 집에 나누어들었던 소부대 9명은 차룡덕 정위의 명령에 좇아 구들장을 뽑아 벽을 막고 적들과 치열한 방어전을 벌였다. 김정옥은 구들장 틈으로 명중탄을 퍼부으며 한걸음도 물러서지 않았다. 이날 소부대는 적들의 거듭되는 진공을 격퇴하고 즈로까 대장 등 30여 명의 적들을 무더기로 쓰러 눕히었다. 날이 어둡게 되자 소부대는 그 가옥에 불을 박고 그 연기를 빌어 무사히 빠져나왔다. 몇 리를 걸었을 때 구국군부대가 마중 나왔다. 그들은 유격대는 저마다가 영웅들이라면서 소부대전사들의 손을 뜨겁게 잡아주었다.

1933년 가을 일제침략자들은 일본군과 위만군 수백 명을 긁어 모아가지고 어랑촌 항일유격 근거지에 대한 "추기대토벌"을 발동하였다. 그 번 추기토벌에서 근거지안의 가옥들과 곡식가리들은 모두가 잿더미로 되었다. 적들이 10여 명의 주검을 남기고 패주한 뒤 김정옥은 불에 탄 근거지를 바라보며 두 주먹을 으스러지게 틀어쥐었다.

마침 기회가 왔다. 이해 겨울 적 '토벌대'는 또 20대의 트럭에 앉아 근거지로 달려들었다. 이미 근거지 마을을 몽땅 비워버리고 혁명군중들이 모두 샘물골과 버섯골로 옮겨간 데서 두려울 것이 없었다. 유격대와 청년의용군은 근거지 남산의 두 봉우리와 제3봉우리, 버섯골 어구 작살바위에 대기하고 있었다.

적의 트럭이 근거지 마을에 들어섰다. 이자들이 집집이 수색하느라고 어물거리고 있을 때 돌격나팔 소리가 울리었다. 아군은 일시에 멸적의 총탄을 퍼부었다. 혼비백산한 놈들은 눈먼 총과 대포를 쏘아댔다. 아군은 함포사업을 결합하였다.

김정옥 등이 남산마루에 나섰다. 그들은 손나팔을 해가지고 "위만군 형제들이여, 일본 놈들의 충실한 앞잡이가 되지 말고 총부리를 돌리라!", "항일군의 편에 서서 공동의 원수와 싸우자!", "어서 총을 놓고 투항하라!"고 높이 외쳤다. 총 소리가 뜸해지고 적들은 갈팡질팡 헤매었다.

이날 유격대와 청년의용군은 적의 트럭 10대를 까부시고 숱한 적들을 살상했다. 근거지에서 한주일간 머무르며 헤맨 '토벌대' 놈들은 끝내 물러갔다.

그 번 근거지 안에서의 최후반격전의 있은 후 김정옥은 산 속에 설치된 '비밀공장'에 파견되어 인질로 잡아온 부자 놈들을 지키게 되었다. 어느 날 밤중 김정옥은 그날도 여느 때와 같이 직일보초를 서다가 권총을 잡은 채 그만 고개를 떨어뜨리고 말았다. 등잔불이 가물거리며 동무하고 있었다. 이때 팔가자 일대에서 끌려온 지주 아들 하나가 기회를 보다가 정옥의 권총을 냅다 챘다. 정옥은 정신을 번쩍 차렸다. 권총은 저만치 뿌려졌다. 지주 아들 놈이 권총을 잡은 순간 정옥은 뒤로 달려들며 그자를 땅에 젖혀 버렸다. 둘은 서로 붙안고 뒹굴었다. 급해난 정옥은 권총을 쥔 그자의 손을 꼭 깨물었다. 지주아들 놈이 권총을 떨어뜨리자 정옥은 재빨리 권총을 쥐고 그자를 겨누었다. 그제야 그자는 고분고분해졌다.

이 소문은 인차 근거지 군민들에게 쫙 퍼지었다. 사람들은 모두 정옥이를 용감한 처녀라고 칭찬하였다.

1933년 12월에 화룡현 유격대대는 버섯골에서 '동북인민혁명군 제2군 제1독립사 제3퇀'(후에 제2군독립사 제2퇀으로 됨)으로 개편되었다. 혁명군전사들은 저저마다 왼팔에 '동북인민혁명군'이라고 쓴 완장을 꼈는데 붉은 완장을 보고 또 보는 김정옥은 꿈만 같았다. '신선 데기 멧돼지'로 몰리던 시골소녀로부터 인민혁명군의 에 이르기까지 그는 평범하지 않은 길을 걸어왔었다.

1934년 봄, 일제토벌대 수백 명이 기마부대 100여 명을 앞세우고 버섯골 일대에 덮쳐들었다. 이날 김정옥은 김호철 퇀장이 이끄는 20여 명 소부대에 소속되어 버섯골과 샘물골 어구인 작살바위에 숨어들었다.

드디어 김호철 퇀장의 사격신호가 울리었다. 김정옥 등 소부대 전사들은 밀집사격을 들이댔다. 매복권 내에 들어선 적의 기마부대는 일대 혼란을 이루었다. 김정옥의 맹사격에 기마병 몇 놈이 나동그라졌다.

뒤늦게야 사태파악을 한 적들은 우회작전을 벌였다. 퇴각명령을 내리던 김호철 퇀장이 적탄에 쓰러졌다. 그는 김정옥을 유격대와 혁명군의 여전사로 이끌어주고 키워준 미더운 선배였다. 분노한 김정옥은 소부대와 함께 적들을 깊은 산속으로 끌고 다니며 연해연방 쏘아 넘겼다. 밤에는 야간습격전으로 적들의 풍막을 기습하여 적들을 마구 쓰러뜨렸다. 적들은 마침내 숱한 주검을 싣고 근거지에서 물러섰다.

숙영지의 생활은 활기로 넘치었다. 적들이 물러간 뒤 김정옥은 종일 진정할줄 몰랐다. 화식원을 도와 산나물 캐기에 나서지 않으면 전사들을 도와 헤어진 군복을 기웠다. 흥겨운 오락판이 벌어질 때면 앞장서 혁명가요를 부르며 성수 나게 댄스를 추었다. 혁명군전사들은 정옥이 마상대라고 불리는 기병용 보총을 메고 다니기에 그를 '단발머리 마상대 처녀'라고 친절히 불렀다.

1934년 봄에 김정옥은 화룡3퇀의 주력부대에 편입되어 안도

처창즈 근거지 개척전투에 뛰어들었다. 왕청현과 연길현의 유격대에서 뽑아 무은 독립퇀도 이 전투에 가담하였다. 처창즈 개척전투의 첫 대상은 안도현 대전자에 둥지를 튼 대지주 선병준(單炳俊)의 반동무장이었다.

이해 5월 초에 화룡3퇀의 주력부대와 독립퇀은 대전자진공전투를 벌였다. 적의 포대에서 쏟아지는 적탄이 앞길을 막기에 부대는 일순 앞으로 진격할 수가 없었다.

시간은 각일각 흘러갔다. 부대에서는 평소에 용감하고 잘 싸우는 김정옥과 다른 한 전사에게 적의 포대를 까부실 임무를 맡기었다. 부대가 일제히 엄호사격을 할 때 그들은 인차 수류탄을 묶어가지고 엄폐물을 이용하면서 포복 전진하였다. 이때 동행한 전사가 적탄에 쓰러졌다. 김정옥도 왼쪽 팔에 부상을 입었다. 해도 언제 상처를 돌볼 여가가 없었다. 김정옥은 이를 악물고 앞으로 기고 또 기었다. 드디어 포대에 접근하였다. 김정옥은 수류탄심지를 뽑아 포대구멍에 들이 던졌다. 찰나 정옥은 적탄에 가슴을 맞았다.

"쾅! 쾅!"

요란한 폭음과 함께 적의 포대가 날아났다. 허나 김정옥은 다시 일어서지 못하였다. 부대는 멸적의 함성 드높이 김정옥이 피로써 개척한 돌격로를 따라 적진을 여지없이 무찔렀다.

그때 김정옥의 나이는 겨우 만 19살이었다. '유격대의 꽃'으로, '마상대 처녀'로 이름 높았던 김정옥은 일제를 이 땅에서 몰아버리지 않고서는 한걸음도 물러서지 않겠다던 자기의 맹세를 빛나게 실천하였다.

혁명의 승리만을 믿고

(1907-1934)

리동순은 1907년에 화룡현 월청사 기신촌 곡구미(창신평, 오늘의 도문시 월청향 기신6대)의 한 가난한 농가에서 태어났다. 생활형편이 어려운데서 학교 갈 나이에 벌써 아버지, 어머니의 일손을 도와나서야 했다.

어느덧 열대여섯 살이 되었다. 돈벌러 연해주로 갔던 오빠가 돌아왔다. 동순이는 오빠한테 동동 매달리며 소련이야기를 해달라고 졸랐다. 소련의 사회주의현실은 들을수록 신나기만 하였다. 어린 동순의 가슴속에는 사회주의사상이 소리 없이 흘러들었다.

1926년경에 동순이는 한 마을의 혁명자 최병학과 결혼하고 살림을 차리었다. 별호는 "상고"로 통했다. 오빠와 남편의 영향하에서 동순이는 20년대 후기에 벌써 마을의 야학에 다니며 글을 익히었고 마을의 조공당부녀회원으로 활약하면서 혁명에 투신하였다. 친동생들인 둘째 남하이와 셋째 영린이도 투쟁의 곬간으로 나섰다. 말 그대로 한다하는 혁명가정이었다.

1930년 '5·30'폭동 이후 리동순은 남편과 더불어 중공당원으로 되었다. 그들이 속한 지부는 중공개산툰구위산하 지부였는데 동순이는 지부의 부녀회책임을 맡아 나섰다.

부녀회의 활동가운데서 여자해방문제가 하나의 내용을 이루었다. 그 가운데서도 매매혼인문제는 심각한 사회현상으로 나타났다. 마을의 리석현 농군도 매매혼인을 극구 주장하다가 부녀회에 불리여가 한바탕 들볶이었다. 나중에 그는 울면서 자기가 못할 짓을 했다며 진심으로 속죄하였다.

동순이는 보통 키에 시리시리한 편이여서 사람들에게 "뚱보"로 불리나 워낙 천성이 활발하고 너그러운데서 사람들은 그와 어울리기를 즐기었다. 게다가 그의 집이 지부통신처이다 보니 드나드는 동지들이 많았다. 식량사정이 현실로 다가섰지만 그는 언제 한번 군소리 없이 동지접대를 게을리 하지 않았다.

1931년 가을 동만을 휩쓴 추수투쟁의 불길은 월청 일대에서도 기세 차게 타올랐다.

개산툰구 사광사의 수천 명 군중들이 중천평, 삼동포를 거쳐 창신 방향으로 내려왔다. 월청사의 군중들까지 합치니 대오는 신속히 근 만 명으로 늘어났다. 동순이와 남편, 두 시동생은 기신촌의 투쟁골간으로 시위대열에 뛰어들었다.

수천 명 시위대열이 석건평 아래 바위굽이에 이르렀을 때 두만강대안의 조선종성 일제수비대와 남양평, 걸만동경찰서의 100여 명 놈들이 마차 30여 대를 가지고 길을 막아 나섰다.

시위대열은 즉각 따발진을 치고 놈들에게 틈탈 기회를 주지 않았다. 각 마을의 적위대와 소선대원들은 서로 어깨를 겯고 바깥에 서서 간부와 군중들을 보호하였다.

놈들은 해산하라고 고함치면서 바위에 대고 위협총질을 해댔다. 아츠러운 총 소리가 메아리로 귀청을 때렸으나 시위대열은 한발자국도 물러서지 않았다.

악이 난 놈들은 10여 명 기병을 시위대열 속에 몰아넣었다. 적 기병과 군중들 사이에는 일장박투가 벌어졌다.

약 두 시간쯤이 지나자 따발진이 흐트러지기 시작하였다. 적들은 그 틈을 타서 우리 사람들을 하나하나 붙들어서 결박해 놓았다.

어느덧 체포된 사람들은 32명에 달했다. 적들이 그들을 마차에 싣고 조선으로 건너가려 할 때 군중들이 결사적으로 막아 나서며 동지탈환투쟁을 벌였다. 32명 동지들 속에는 기신촌의 사람만 해도 6명이었는데 그 속에는 리동순의 시동생 최영림과 황금송도 들어있었다.

리동순은 부녀들과 함께 주저 없이 마차에 올라 말고삐를 낚아채며 "내 동생을 내놓아라!"하고 소리쳤다. 잇따라 부녀들이 아우성을 쳤다.

"내 남편을 내놓아라!"

"내 오빠를 내놓아라!"

"내 아들을 내놓아라!"

수천 명이 함께 외쳐대니 천지가 진동하였다. 놀란 적들은 어리벙벙하여 일순 어쩔 바를 몰랐다.

동지탈환투쟁은 해질녘까지 계속되었다. 군중들은 끝내 결박당한 30여 명의 동지들을 몽땅 풀어냈다. 나중에 동순의 시동생 최영림과 황금송, 황운룡, 백원춘 등 10여 명의 투쟁골간들이 끝내 적들에게 끌려갔다.

해가 서산에 기울어지니 적들은 바위굽이에서 물러섰다. 그날 밤에 백원춘은 대안의 조선동관에서 풀려나왔다. 이튿날 아침에 또 조선 종성으로 끌려갔던 기신촌의 소선대원 최영림과 황금송이 풀려나왔다. 1983년에 필자가 용정시 조양천에서 노인이 된 최영림이를 만났을 때 그는 추수투쟁 때 그의 나이 17살이었고 큰아주머니 리동순은 그토록 이악스러웠다고 말하였다.

적들이 물러간 후 시위대열은 계속 기풍현으로 몰려갔다. 당지 지주들은 반항할 염도 못하였다. 시위군중들은 지주들의 승낙을 일일이 받은 후 이튿날 새벽에 흩어져 각자의 마을로 돌아갔다. 사광사와 월청사의 추수투쟁은 무려 4~5일 간이나 지속되었다.

1932년 봄에 또 동만 각지에서 춘황투쟁(즉 기민투쟁)이 고조를 이루었다. 월청사의 군중 500여 명은 마패골 어구에서 약 20리 들어간 삼동에 집결하여 주구 두 놈을 투쟁하였다. 이시기 남편은 반제동맹 지부책임을 맡았다. 리동순은 남편과 함께 투쟁의 골간역량으로 나섰다. 이때 적 '토벌'대가 밀려드는데서 군중들은 해산하지 않을 수 없었다.

이해 5월에 권총대와 장총대로 무어진 연화현유격대 일행 50여 명이 주구청산차로 기신, 립봉, 걸만 일대에 나타났다. 이들 주구청산은 지방 적위대와의 배합하에서 일어났는데 리동순 등 부녀회원들은 적극 받들어 나섰다.

한데서 월청사 범위 내에서의 주구청산투쟁은 비교적 순조로웠다. 기신촌의 주구 둘 중 하나는 죽고 하나는 중상입고 살아났으며 걸만 일대의 부흥촌의 안일천은 수색 중에 내닫다가 권총대의 총에 맞아죽었다.

리동순의 남편도 개구유격대의 골간이었다. 그들 부부의 목표가 드러난 데서 조직에서는 이들을 현위가 활동하고 있는 평강구로 파견하였다. 그때 동순 부부에게는 애어린 딸애가 달려있었는데 지방에 떨어뜨리어두는 수밖에 없었다. 둘째 시동생 남학에게도 딸애가 있었고 그가 1932년 '토벌'에서 희생된 후 중국인집에 두었다가 찾아왔다고 한다.

1932년 여름에 리동순 부부는 조직의 배치대로 평강구의 장인 강 구룡평에 자리를 잡았다. 이해 겨울에는 또 새로 창설된 어랑 촌 근거지로 들어갔다. 그 뒤 얼마 안되어 어랑촌의 한 팔간집에 서 화룡현 유격대가 정식으로 조직되었다. 이는 12월의 일인데 근 30명 유격대원들이 일제히 새 군복을 떨쳐입고 소련홍군식 꼭 두모자를 쓰고 나팔을 불면서 근거지에 드나들 때면 정말 성수가 났다. 리동순은 인제야 제 세상에서 사는 것만 같았다.

동순이와 그의 남편은 인차 어랑당 지부에 망라되어 조직생활을 하였다. 사업의 수요로 남편이 어랑당 지부책임을 맡았는데 이 지 부에는 방승옥(몽기동 사람, 선전위원), 리동규(삼도구 사람, 조직 위원), 리명배(당지 적위대원), 리화춘(평강구 사람, 원 평강구농민 협회 책임자), 안학선(삼도구 사람, 원 삼구구위서기), 원희숙(평강 구 사람), 제국주의(달라자 사람), 정경옥(약수동 사람, 원 개구농 민협회 부녀부책임), 오××(어랑촌 사람, 중국인, 정경옥의 약혼자) 등 동지들이 소속되었다. 그들은 당지부 조직생활을 하면서 생산 대와 청년돌격대에 망라되어 근거지의 한몫을 담당하여 나섰다.

1932년 말과 1933년 초에 일제 놈들은 어랑촌 근거지에 대해 연속 2차의 '토벌'을 감행하였다. 근거지는 큰 손실을 당했으나 인차 원기를 회복하였다. 1933년 4월에 당평강구위 부녀위원 박 정자가 불행히 희생된 후 리동순이 그를 이어 당평강구위 부녀위 원의 책임부서에 나섰다.

리동순은 구위 부녀위원책임을 맡은 후 근거지로 들어오는 여 성 혁명자들을 배치하고 묶어세우며 적통치 구역들에 비행선전대 를 파견하거나 정치공작원들을 보냈는가 하면 작식대, 재봉대실,

병원, 철공장 등을 돌보며 유격대원호사업도 깐지게 내밀었다.

1933년 여름에 중공중앙 '1·26'지시편지가 어랑촌 항일유격 근거지에 전해진 뒤 당의 항일민족통일전선사업은 한층 활기를 띠었다. 근거지 군민 200여 명과 함께 5·1메데 기념시위에 참가한 리동순은 혁명의 승리가 방불히 보이는 듯싶었다.

그때 어랑촌 근거지를 제외한 현안의 당 조직과 혁명조직들은 거의가 파괴당하였다. 리동순은 현위의 지시에 따라 부녀비행선전대를 근거지주변의 봉밀거우와 쟈피거우, 고사리평 등지에 파견하였다. 리계순 등 동지들을 적들이 도사린 용정으로 들여보내기로 하였다. 한편 근거지 정부회장 김승학 등 동지들과 함께 늘 직접 현안의 삼도구와 평강구 등지에 숨어들어 파괴된 조직선을 찾아 연계를 가지거나 삼도구 우복동에 자리 잡은 삼도구의 동지들을 여러 모로 도와주었다.

1933년 봄 이후 어랑촌 근거지에서는 얼토당토한 반 '민생단' 투쟁이 전개되기 시작하였다. 처음 어랑당 지부의 리화춘이 잡혀나와 피살되더니 동순의 남편 최병학도 '민생단'으로 몰리었다. 1933년 가을부터 현당위 조직부장 요직을 차지한 리동규는 남편을 물고 놓질 않았다. 남편은 할 수 없이 안도 모 지방으로 피난하는 수밖에 없었다.

리동순의 마음은 무겁기만 하였다. 남편이 '민생단'이라니 웬 말인가? 그는 도저히 믿을 수가 없었다. 그는 남편의 영향하에서 혁명의 장도에 올랐고 남편의 인도하에서 어랑촌 근거지로 들어선 것을 잊을 수가 없었다. 어떤 여인들은 핍박에 못 이겨 남편과 이혼했거나 맘에 없이 중국인을 만나 운동을 피하기도 했다지만 그는 그럴 생각이 꼬물도 없었다. 그는 시간이 흐르노라면 조직에서 해명해 줄 것이라고 굳게 믿었다.

적들의 ‘토벌’이 거듭되고 반 ‘민생단’투쟁이 계속되는 가운데 1934년 새해가 밝아왔다. 뒤미처 우복동에서 투쟁을 견지하던 삼도구위가 파괴되고 구위서기 홍완구도 피살되었다는 소식이 전해졌다. 리동순은 현위의 지시로 회장 김승학과 같이 삼도구 일대를 돌아보고 오다가 토산자 쟈피거우 일대에서 적들과 맞띄었다. 김승학은 가까스로 포위를 헤치고나갔으나 리동순은 그만 적탄에 맞아 쓰러졌다.

리동순-혁명의 승리만을 믿고 남편의 청백함을 믿고 살아가던 이 구위 부녀위원은 근거지 변두리 땅에 쓰러진 채 다시 일어서지 못하였다. 그 뒤 이해 5월에 우심산-리동규가 근거지에서 도망한 후 리동순의 남편 최병학은 근거지안의 버섯골로 돌아왔다가 왕우구에서 온 후임퇀 정위 김락천에 의해 또 체포되고 말았다. 김락천은 이른바 ‘심판대회’를 열고 최병학을 ‘민생단’으로 몰아 살해하였다.

때는 1934년 7월경이다. 피살 장소는 근거지의 최후의 보루-버섯골이었다고 한다.

적후에서 투쟁한 여성 투사

(1912-1936)

1912년.

러시아 연해주 니꼬리스고의 한 조선인 농가에서 새 생명이 고고성을 울렸다. 갓난애의 이름은 리금옥.

세월은 빨리도 흘러 어느덧 금옥이가 학교 갈 나이가 되었다. 딸애였지만 공부를 시키려고 금옥의 부모는 조선인들이 모여 사는 그로제꼬프 신흥리로 삶의 터전을 옮기었다. 거기서 금옥이는 신흥소학교 1학년에 입학하여 우리 글로 조선어, 산수 등을 배웠다.

신흥리는 워낙 인적이 드문 무연한 새밭이었다. 조선서 온 이주민들이 논을 풀고 벼농사를 짓게 되면서 차츰 인가가 늘어났는데 개척 후 3~4년 만엔 300~400세대 조선인들이 모여들어 제법 큰 마을을 이루었다. 조선 사람들이 개척한 땅이라고 사람들은 지명을 신흥리라고 했다 한다.

금옥이가 소학교를 다니던 시절, 신흥리에는 중국 동만(연변)에서 1920년 '경신년대토벌'을 겪은 조선독립군들이 머물러있으며 줄기찬 군사훈련을 하고 있었고 극동 빨치산에 참가했던 조선인 10월혁명당 당원들도 다시 지방에 돌아와 활동을 벌렸다. 조선인 혁명지사들이 어린 금옥에게 준 영향은 아주 컸다. 그때 벌써 금옥이는 러시아 10월혁명, 일제에게 짓밟히고 있는 조선 삼천리금수강산에 대해 어렴풋이나마 알고 있었다.

무남독녀를 둔 금옥의 아버지 리창언은 아들을 낳지 못했다고 늘 금옥이 어머니와 집탈이었다. 그때마다 금옥이는 어머니와 함께 울기가 일쑤였다. 그런 아버지가 딱 질색이었다. 6년제 신흥소학교를 마치고 약 300리 떨어진 니꼬리스고 고급학교에 가게 된 금옥이는 날듯이 기뻤다. 잔뜩 흐려진 아버지의 낮을 보지 않게 되었다는 것이 그에게는 기쁨이 아닐 수 없었다.

1927년 가을, 금옥의 외삼촌 고하경(열사)이 사촌 고하정의 뒤를 이어 간도 용정으로 떠나게 되었다. 당년의 간도—용정은 러시아 연해주 조선인들이 우러러보는 서울로, 글 읽기 좋은 고장으로 명성이 높았다.

"공부하려면 그래도 용정으로 가야 한다!"

구지욕에 불타던 연해주 조선인학생들은 이렇게 자기들의 갈구를 토로했었다. 금옥이도 용정에 가고 싶었지만 나어린 소녀였기에 용단을 내리지 못하고 있다가 외삼촌에게서 소식이 와서야 부모를 따라 길을 떠났다.

금옥이는 배움의 천 리 길을 도보로 걸어 1929년 봄에 연변 땅인 연길현 봉소평(오늘의 민주촌)에 이르러 발을 멈추게 되었다. 금옥의 어머니는 용정 우장리에 세집을 잡고 금옥이를 사립 대성중학교 2학년에 진학시켰다. 학교에서 금옥이는 조공동만도 엠엘파 계통의 주요 골간이며 소선대 총책임자인 외삼촌 고하경의 영향 그리고 이 조직의 주요 책임자인 김철 등 혁명자들의 영향을 받아 혁명의 장도에 오르게 되었다. 얼마 후엔 조직의 파견을 받고 사립동홍중학교에 넘어가 학생신분으로 지하선전사업에 투신하였고 1929년 11월에 있은 『광주만세운동』에서 두각을 드러내기 시작하였다.

1928년에 첫 중공당조직이 연변 땅에 뿌리를 내렸다. 1930년 중공동만 특별 지부에서 상해 '5·30참안' 다섯 돌을 기념하여 군중적 폭동을 발기하자 조공당 동만도의 여러 파들도 적극 호응해 나섰다. 화룡현 용신사 동량어구의 하승리 부근에서 김근(열사)을 총책임으로, 김철(열사)을 총지휘로 하는 '폭동지휘부'가 설립되었다. 리금옥은 '폭동지휘부'의 배치에 따라 폭동격문을 살포하는 책임을 짊어졌다.

1930년 5월 30일 밤, 용정 일대의 군중 100여 명이 동산 '대륙고무공장' 부근에 은밀히 모여들었다. 한 책임자가 폭동을 선포하면서 이 밤에 용정을 까막나라로 만들어야 한다고 강조하였다.

용정 시가지엔 "일본제국주의를 타도하자!", "소련을 옹호하자!"는 폭동격문들이 산지사방에서 흩날렸다. 일제 놈들은 용정 시가지안을 참빗질하기 시작했다. 이 골목 저 골목을 에돌아 집에 들어선 리금옥은 제꺽 가마를 들고 삐라를 방고래 안에 감추었다. 그리고는 어디론가 사라져버렸다. 그런데 6월 10일에 승지촌 하승리 부근에 설치된 폭동지휘부가 파괴당할 줄이야. 폭동지휘부의 식모가 밀정이었던 모양이었다. 불의의 습격을 당한 폭동지휘부 주요 성원인 강학제는 김철 등 동지들을 피신시키고 홀몸으로 싸우다 희생되었고 포위돌파 중 허벅다리에 관통상을 입은 김철은 체포된 후 용정영사관에 끌려갔다가 희생되었다. 소식을 접한 리금옥은 가슴이 찢어지는 듯 했다. 자기를 혁명의 한길로 이끌어주던 김철 동지가 아니었던가! 금옥이는 간악한 놈들을 요정내지 못하는 것이 한스럽고 원통했다.

지도자를 잃고 나니 혁명 활동은 더구나 어려움을 겪게 되었다. 그러던 그해 가을 어느 날 밤, 뜻하지 않던 총 소리가 용정의 밤 정적을 깨뜨렸다. 중국 측 상포국의 엄숙한 경고도 마다하고 아무런 증건도 없이 거들먹거리며 중국육군대 구역에 들어섰던 일본경찰 두 놈이 중국육군대의 총에 맞아 한 놈이 즉사했다는 것이다. 이 사건으로 용정시가지는 계엄 상태에 들어갔다. 바로 그날 저녁, 연길현 의란구에서 온 중공의 한 책임자가 금옥이네 집에 있다가 수색망에 걸려들었다. 금옥이네 집에서 유숙하던 학생들도 금옥이와 함께 용정영사관에 끌려갔다.

금옥이는 정희라는 가짜 이름으로 신분을 폭로하지 않고 놈들의 물고문과 뭇매질을 이겨냈다. 놈들은 그의 외태머리를 잡아채며 바른대로 대라고 위협했지만 금옥이는 종시 모르쇠를 놓았다. 아무런 단서도 쥐지 못한 놈들은 금옥이를 내놓지 않을 수 없었다. 영사관에서 풀려나온 금옥이는 자기의 이름을 리정숙이라고 고쳤다.

1930년 8월 13일, 중공연화중심현위가 화룡현 평강구에서 건립되었다. 10월에 중공동만 특위가 정식으로 건립되면서 연화중심현위도 연화현위로 개칭되었다. 그해 9월에 리정숙은 중국공산당에 가입하였고 뒤이어 중공연화현위 첫 부녀위원으로 부임되었다. 리정숙은 현위의 동지들과 함께 현내 각지로 다니며 당의 기층조직을 건립하고 봉건전통에 예속된 광범한 부녀들을 조직, 발동하는 간고한 사업을 추진시켰다.

어느 한번 평강구에 내려간 리정숙은 일부 부녀들이 야학에 나오고 싶어도 오지 못한다는 정황을 헤아리게 되었다. 수천 년을 내려오며 부녀들을 속박한 봉건쇠사슬에 매여 지금까지 몸부림치는 여성들의 처지가 안쓰러워 리정숙은 가슴이 쓰렸다. 그는 야학에 나온 여성들을 둘러보며 입을 열었다.

“우리 여성들은 남자들의 노예가 아니지요. 여성으로서 혁명에 나서자면 먼저 인간으로서 남자의 예속으로부터, 봉건의 멍에로부터 벗어나야 합니다. 조선민족이 일제의 예속에서 벗어나자 해도 부녀군중이 조직되어 일떠서지 않으면 안됩니다.”

그의 말은 마디마디가 야학에 나온 부녀들의 심금을 울려주었다. 부녀해방으로부터 민족해방까지 담론한 리정숙의 말은 부녀들에게 희망과 용기를 북돋우어주었다.

허나 열풍처럼 불어치던 당내 ‘좌’적 경향은 동만에 막대한 영향을 끼치었다. 중공만주성위에서 일련의 ‘좌’적 모험계획을 제정하고 시달함에 따라 당 조직과 단조직, 공회조직 등은 무장폭동을 준비하는 총행동위원회로 합병하였다. 중공연화현위에서도 폭동을 당의 중심과업으로 삼았으며 연화현 총행동위원회가 연화현위를 대체하였다. 일체는 폭동을 위하여 흥분하고 들끓었다.

러시아 10월사회주의혁명 승리 13돌을 맞으며 현에서는 도회지와 농촌에서 대규모적인 지방군중폭동을 단행하기로 결정짓고 준비사업을 다그쳤다. 선전삐라 등사임무를 책임진 리정숙은 저도 모르게 연해주에서 처음 10월혁명 소식을 듣던 일을 생각하였다. 혁명의 함의도 터득하지 못하고 덩달아 기뻐서 야단이었던 그날이 어제 같은데 오늘 자기가 그 승리를 위해 싸우고 있지 않는가!

용정영사관에서는 사처에 끄나풀을 늘여놓고 호시탐탐 노리며 냄새를 맡았다. 기념일을 하루 앞둔 1930년 11월 6일 일제 순경들이 현위연락소를 불의에 습격하였다. 연화현과 용정구위의 간부 및 기타 동지들 40여 명이 단번에 체포되었다. 리정숙도 체포되어 영사관 유치장에 갇혔다. 하지만 신분이 폭로되지 않은데다가 나들이 가는 농촌여성처럼 차렸기에 인츰 풀려나왔다. 리정숙은 새로 조직된 현위와 인차 연계를 맺고 파괴된 조직을 복구하는 투쟁에 뛰어들었다.

1931년 2월에 연화현위는 용정으로부터 연길현 무산촌으로 본부를 옮겼다. 그해 봄, 연화현위는 화룡, 연길 두개 현으로 갈라지고 연길구위가 연길, 의란, 팔도 등 3개 구위로 갈라졌다. 리정숙은 현위의 지시에 좇아 새로 구성된 팔도구위 산하의 태양묘, 횡도하자, 룡암동, 봉림동, 물레거우, 상발원 등지에서 기층 당 조직과 부녀회 건립을 도와주었다.

이듬해 봄, 리정숙은 상발원 부근에서 다시 적들에게 걸려들었지만 다행히 신분이 폭로되지 않은 덕에 적들의 손아귀에서 벗어날 수 있었다. 그 뒤 리정숙은 당의 파견을 받고 조선 함흥제사공장에 가서 한시기 노동운동에 종사하였다.

1933년 초, 연길현 내의 왕우구, 석인구 등 항일유격구들에 건립된 소비에트정부는 항일의 수요에 좇아 인민혁명정부로 개칭되었다. 리정숙은 항일유격구와 백색구역을 넘나들면서 지하활동을 견지하였다.

그해 10월의 어느 날, 리정숙은 로투구구위 산하의 태평구 일대에 나섰다가 적들에게 체포되어 국자가 일본영사관에 압송되었다. 놈들은 리정숙을 얕보고 쉽사리 꺾어 놓을 줄 알았는데 얼마 안가 자기들이 오산했음을 알아차렸다. 놈들의 얼굴에서 야비한 웃음이 사라지고 살기가 번뜩이었으며 악착같은 고문이 이어졌다. 하지만 리정숙을 굴복시키지는 못했다. 임신 중인데다 냉돌방에서 보내면서 고문까지 당하다보니 리정숙은 그만 병이 나 더는 지탱할 수조차 없게 되었다. 놈들은 리정숙을 가석방하지 않으면 안 되었다.

정숙의 병은 중했다. 남편 염응철(외삼촌의 연줄로 알게 된 혁명자. 1933년에 봉소평 리정숙의 집에서 결혼. 후에 조선에서 체포되어 희생됨.)이 조선에 파견되어 가다보니 친정어머니가 고춧가루장사를 해서 리정숙의 병구완을 해주었다.

1934년에 리정숙은 딸을 낳았다. 젖이 없다보니 갓난애는 태어나자부터 어머니 젖 한모금도 먹어보지 못하고 외할머니 손끝에서 자랐다. 아버지 얼굴을 한번도 보지 못한 유복녀, 외할머니를 어머니로 아는 가긍한 딸, 리정숙은 고시랑대는 딸을 두고 몇 번이나 눈물을 흘렸는지 모른다. 모성애를 몰 붓지 못해 눈물을 흘리는 리정숙이었지만 신념만은 송죽 같은 여인이었다. 자리에 누워서도 그녀는 항시 근거지에 마음을 두고 있었고 자기집을 적후투쟁에 나선 동지들의 비밀연락소로 쓰게 하였다. 어머니를 통해 국자가의 형편을 알아서는 동지들에게 제공해주고 또 위험에 직면한 동지들을 여러 번 구해주었다.

그러던 어느 날, 연길영사관 순사들이 느닷없이 그의 집에 나타났다. 보석 받은 몸이라 놈들이 찾아오는 것은 비일비재이지만 그날따라 왜놈과 한통속이 된 조선인순사들만 우르르 쓸어든 것이다. 리정숙은 병석에 시달리는 몸이었지만 놈들을 준절히 꾸짖었다.

"이렇게 누추한 집을 찾아주니 고맙긴 하오만 다 같은 조선 사람이라면 놈들 앞에서 설설 기지만 말고 정세를 똑똑히 내다보길 바라오. 일제는 조만간에 망할 것이오. 그때 가서 주구의 신세가 어떠하리란 걸 당신들은 잘 알아야 할 것이오."

마디마디가 폐부를 찌르는 말이라 순사 놈들은 찍 소리도 못하고 돌아섰다. 그런데 리정숙의 병은 차도를 보일 줄 모르고 점점 더 악화되기만 했다.

1936년 2월 18일 리정숙은 24세의 애 된 나이로 이 세상을 하직하였다. 그렇게 갈망하던 새 세상을 보지 못하고. 임종시에 리정숙은 어머니와 모여든 사람들에게 혁명은 꼭 승리한다면서 "혁명승리 만세!"를 기운껏 불렀다.

생명의 최후 순간에도 혁명자의 신념을 명기한 리정숙은 조선민족의 훌륭한 딸이 되기에 손색이 없다.

정씨 가문의 여인들

항일의 피어린 나날에 당년의 유서 깊은 화룡현 약수동엔 정태준이란 노인이 살고 있었다. 그의 일가 13명 중 항일열사만 해도 6명인데 그중 4명은 정노인의 두 딸과 두 며느리다.

김 옥 주

(1906-1935)

김옥주는 정태준 노인의 맏며느리인데 1906년생으로서 당년의 연길현 세린하 사람이다. 1920년경에 그는 약수동의 정룡이와 결혼하고 정노인의 맏며느리로 약수동에 자리 잡았다.

그 뒤 얼마 안되어 남편은 용정 사립동흥중학교에 입학하게 되었다. 학교에서 남편은 마르크스주의를 접수하고 혁명의 장도에 오르게 되었는데 그의 영향을 받고 옥주는 계급적으로 각성하여 갔다.

1925년에 남편은 동흥중학교를 졸업하고 약수동에 돌아와 동무들인 박상활, 박세진, 김세준 등과 함께 6년제 사립약수학교를 발판으로 군중들의 계급적각성에 목적을 둔 사회주의 사상 계몽운동에 뛰어들었다. 옥주는 그들을 도와 야학을 꾸리며 러시아

10월혁명의 승리와 마르크스－레닌주의사상을 널리 선전하였다. 이어 약수동에 반일삐라가 흩날리고 조공당동만도 엠엘계통의 반제동맹, 농민회, 청년회, 부녀회, 소년회 등 군중단체가 연이어 나타났다. 옥주는 부녀회책임을 맡고 남편과 더불어 약수동을 혁명의 요람으로 키워갔다.

김옥주는 그 후의 1928년 사립약수학교와 사립협동학교(지금의 룡문소학교 전신) 5·1국제노동절기념 연합시위, 1929년 말의 조선 광주학생반일시위, 1930년 『붉은 5월』투쟁, 1930년의 추수폭동에서도 지도자의 하나로 활약하였다. 그때 그는 이미 중공당원이었다.

옥주의 집은 당 조직의 지하교통소였다. 중공동만 특별지부로부터 1930년 8월 13일에 약수동에서 건립된 중공연화중심현위에 이르기까지 왕경 등 동지들은 흔히 이 지하교통소를 통하여 현위 산하 개산툰, 로투구, 용정, 삼도구, 평강, 연길, 옹성라즈, 하마탕, 나자구, 훈춘 등 구위와 연계를 가지었다.

옥주는 지하교통소의 비밀연락원으로 되어 당의 지시를 제때에 여러 구위들에 전하였다.

1930년 10월에 중공동만 특위가 설립된 후 김옥주는 특위조직부장으로 부임한 원 현위서기 왕경을 따라 특위통신원으로 활동하였다. 그때 특위서기 료여원은 국자가에 약방을 꾸리고 약방주인으로 나타났으며 성위에서 파견되어 온 특위군위서기 양림(조선족)과 왕경도 국자가에 세집을 맡고 활동하고 있었다. 특위선전부와 비서처는 연화현위 소재지인 조양천 무산촌에 자리 잡은 데서 옥주는 국자가와 무산촌 사이를 자주오고 갔다.

1930년 10월에 중공훈춘현위와 왕청현위가 설립됨에 따라 연화중심현위는 연화현위로 개칭되었다. 연화현위도 2개 현으로 나누어야 하였다.

1931년 봄에 무산촌 부근 마을에서 특위와 연화현위의 주요 지도자 등 10여 명이 참가한 회의가 열리었다. 회의는 3~4일 간 열리였는데 이 회의에서 연화현위를 연길, 화룡 2개 현으로 나누기로 결정하였다. 이 결정에 의해 특위통신원인 김옥주와 김춘휘는 특위선전부장 주건을 따라 달라자에 가서 중공화룡현위를 건립하기 위한 준비사업을 다그쳤다. 한 달 가량의 시간을 들여 모든 준비가 완료되었다.

이해 5월에 채수항(달라자 사람)을 서기로 하는 중공화룡현위가 달라자에서 정식으로 조직되었다. 현위성원들은 잠시 군사부장과 청년부장을 두었는데 의란구의 방상범이 군사부장을 맡고 개산툰의 전혁이 청년부장 겸 공청단현위서기 직무를 맡았다. 이와 더불어 옥주는 현위의 파견으로 평강구에 소환되어 중공평강구위 부녀위원으로 부임하였다.

1931년 가을과 이듬해 봄에 공산당이 지도한 추수춘황투쟁이 료원의 불길처럼 타올랐다. 김옥주는 구안의 광범한 부녀들을 이 투쟁에로 궐기시키기 위하여 동분서주하였다. 한 데서 신분이 드러나 당지에서 투쟁을 견지하기가 어려웠다.

1932년 2월에 안도현 소사하에서 중공안도구위가 건립되었다. 서기는 평강구에서 간 토산자 쟈피거우 출신의 안정룡(원명 안정규)이었다. 김옥주는 당 조직의 파견을 받고 소사하에 가서 구위 부녀위원 책임을 맡았다. 그는 구위서기와 함께 구위산하의 소사하, 대사하, 서북차 등지로 다니며 한 패 또 한 패의 투쟁골간들을 당 조직의 둘레에 뭉쳐 세웠다.

1932년 음력 10월 하순부터 11월 초순, 약수동을 눈에든 가시처럼 여겨오던 투도구 영사분관과 경찰서에서는 한달도 못되는 기간에 연속 세 차례의 대토벌을 감행하여 옥주의 시아버지 정태준 등 10여 명 동지가 원수의 총칼아래 쓰러지고 옥주집을 망라한 10여 채가 잿더미로 되었다.

김옥주가 사업차로 약수동에 돌아왔을 때는 차마 눈뜨고 볼 수 없는 살풍경이었다. 그것도 시아버지의 환갑날이 제사날로 되었으니 억이 막히었다. 옥주는 시아버지 등 후사를 처리하고 시어머니를 가까운 이웃에 부탁하고는 세 아이—3살내기 막내아들 봉춘이를 업고 9살내기 아들 해봉이와 12살내기 해순이의 손목을 잡고 설한풍을 맞받으며 안도현 소사하로 떠나갔다.

그 후 안도구위는 활동지대를 영경 일대의 사문자(영경향 요탄촌)로 옮기었다. 사문자는 안도구위의 근거지로서 여기에는 소사하, 대사하 일대에서 활동하던 수십 명의 당원, 단원과 혁명군중들이 모이었다. 옥주는 유격대지부위원 책임까지 맡아보았다.

중공안도구위는 화룡현위의 지도를 받았다. 투쟁의 수요에 따라 그들은 안도정부를 세우고 근거지의 일상 사무를 돌보았다. 1934년 겨울에 안도구위와 정부는 현위의 지시를 받고 새로 개척된 처창즈 근거지 왕가점으로 이동하였다.(1971년 8월 13일 채만규 구술) 이에 앞서 어랑촌 근거지의 군민들은 이미 처창즈로 옮겨왔었다.

그러던 1935년 2월에 김옥주는 주숙지와 꽤나 떨어진 유격대 주둔지에 가서 총지부대회에 참가하고 산속으로 돌아오다가 밀림 속에서 범을 만나 아까운 목숨을 잃었다. 이 시기의 구체적인 사연에 대해서는 알 수가 없지만 옥주의 3남매는 졸지에 사랑하는 엄마를 잃고 지주 집 말몰이, 남의 집살이신세로 되어 눈물겨운 나날을 보내야만 했다. 게다가 아버지 정룡 마저도 30년대 남만의 항일무장투쟁에서 쓰러졌으니…

복 정 순

(1910-1933)

복정순은 1910년생이고 연길현 삼도만 사람이다. 그는 20년대 후기에 정태준 노인의 둘째 며느리(둘째 아들 정창근의 아내, 항렬로는 창근이가 막내)로 들어선 후 지하교통소로 이름난 이 항일 가정에서 후근부장 역할을 놀았다. 이들 큰집의 아들, 딸, 며느리가 모두 바깥으로 도니 후근부장은 명실 공히 정순이었다.

정순이는 조선여성답게 예절 바르고 얌전하고 곱살하게 생긴 타입이었다. 그는 1929년에 벌써 조공당 엠엘계통의 공청단에 가입하여 혁명의 생애를 시작하였다. 그는 1931년 6월에 중국공산당에 가입하고 약수동 반제동맹 회원으로 활약하였다.

약수동 혁명의 터전은 정태준 노인 가정이었다. 지하교통소가 이 집에 설치된 데서 오가는 외지 혁명자들은 거의 모두가 이 집을 거치었다. 어떤 혁명자는 이 집에서 한달, 두 달씩 머무르기가 일쑤였다. 당평강구 부녀위원이었던 차정희나 공청단평강구 아동국장 황옥순 등이 그러하였다. 그때마다 정순이는 군소리 없이 혁명자들의 시중을 잘해나갔다. 하여 누구나 그의 성품을 두고 외우지 않은 사람이 없었다.

우리 일손이 딸릴 때면 바깥통신연락에도 곧잘 나섰다. 한번은 멀리 장인강에도 발자취를 남기었다. 달라자, 개산툰 일대에 나타나기도 하였다. 조직의 수요라면 그는 언제나 발 벗고 뛰어다니었다.

1932년 음력 11월 4일, 투도구 영사분관과 그 경찰서 놈들은 약수동에 대해 2차 대토벌을 감행하였다. 이날 토벌에서 박상활, 황용정, 김동산, 전춘복 등 10여 집이 불에 타고 시아버지이며 공산당원인 정태준 노인 등 8명이 참혹히 살해당했다. 놈들은 정태준, 김순희 등 8명 동지를 정순이네 집에 가두고 기관총소사를 한 뒤 불을 달아놓았었다.

피눈물이 쏟아지던 그 나날에 복정순이는 5살내기 딸 봉선이를 연길현 도무거우 6촌집에 맡기고 마음을 돌같이 굳게 먹고 2살 되는 아들 봉산이를 업은 채 안도현 처창즈로 찾아 갔다. 처창즈에서 그는 결연히 유격대에 참가하여 무기를 들고 적들과 싸웠다.

1933년 8월의 어느 날 정순이는 처창즈 서남차에서 봉산이를 업은 채 무장자위단 놈들과 조우하게 되었다. 그러다가 적탄에 맞아 쓰러진 채 다시 일어나지 못하였다. 그런 줄 알리 없는 어린 봉산이는 어머니 젖가슴을 헤치면서 젖 달라고 울어대기만 하였다. 돌이 갓 지난 아기로서는 그럴 수밖에 없는 참혹한 현장이었다.

나중에 자위단 놈들은 어린 봉산이를 포승줄로 목을 매여 끌고 다니다가 나무에 달아매고 죽이었다. 악착하기 그지없는 놈들은 강제로 끌어온 군중들 앞에서 "공산당 놈은 새끼마저 없애버린다."고 소리 지르며 야수성을 그대로 드러냈다.

정 보 배

(?-1933)

정보배의 출생시간은 물론 그의 생애에 대해서는 모르는 실정이다. 그는 약수동 태생으로서 정태준 노인의 맏딸이고 정룡의 손아래 여동생이다. 1930년도에 중국공산당에 가입하고 약수동 부녀회 골간으로 뛰었다.

보배는 1930년에 화룡현 대동구 혁명자 문동훈과 결혼하였다. 이해 가을 추수폭동에서 남편은 놈들에게 불행히 체포되어 서울 서대문형무소에 압송되었다가 옥중에서 희생되었다. 보배는 비분을 속으로 삼키며 이를 악물고 투쟁에 나섰다.

1932년 겨울 약수동에 대한 적들의 세 차례 대토벌 후 정보배는 조직의 파견을 받고 현안의 달라자구로 지대를 옮기었다. 그 이듬해 초에 그는 적들의 토벌에서 불행히 희생되었다.

정 경 옥

(1911-1934)

정경옥은 1911년에 정태준 노인의 막내딸로 태어났다. 여자로는 막내지만 항렬로 정창근(복정순의 남편) 위이다. 사람이 수수하고 무던하다고 하여 동지들로부터 '털털이'로 불리었다. 성격은 급한 축이지만 부리부리한 두 눈에는 항상 정기가 흘러넘치었다.

경옥이는 1928년에 6년제 사립약수학교를 졸업하고 용정에 가서 사립대성중학교에 입학하였다. 그는 학교시절에 진보적 청년단체에 가입하고 학생운동에 종사하다가 신분이 드러나 졸업을 앞두고 외지로 망명하였다. 그 후 약수동에 돌아와 혁명하다가 1931년 초에 중국공산당에 가입하였다. 이해 초에 그는 중국육군대 놈들에게 체포되어 연길감옥으로 압송되었다.

그때 연길감옥에는 여자 '정치범' 8명이 있었다. 그중에는 훗날

의 중공동만 특위부녀위원 김영신(열사)과 옥중에서 뜨개보를 떠
서 유명해진 훗날의 연길현 유격대 전사 김정길(열사), 1929년 조
선 광주학생성원시위에서 소문 떨친 장인강의 문두찬(열사) 등이
돌출한 대표이다.

경옥이를 질색케 한 것은 왕청현위 부녀위원으로 있은 최선일
이었다 한다. 그는 연길감옥에 투옥된 후 혁명의 전도에 대해 반
신반의하면서 바깥혁명은 전부가 망가진 것으로만 보았다. 그래서
그의 입에서는 지금의 혁명은 '시기상조'라는 어구가 거침없이 흘
러나왔다.

혁명에 몸 바친 정경옥이로서는 용납할 수 없는 사람이었다.
그는 최선일이와 도리를 따지다가 실망한 나머지 옥중의 동지들
과 "저 사람은 사상이 변했다."고 툭 찍어 말하였다. 출옥한 후
최선일이 김영신의 뒤를 이어 당동만특위 부녀위원으로 뛸 때 정
경옥은 분개하여 "저런 꼴을 해가지고도 사업한다."고 조소하였
다. 그 후 최선일이는 과연 혁명을 견지하지 못하고 물앉아버렸
다고 한다.

옥중에서 정경옥에게 가장 큰 영향을 준 것은 중공왕청현위 부
녀위원으로 활약하다가 체포된 김영신이었다. 그의 고매한 인품과
혁명투쟁경력은 경옥이에게 깊은 인상을 남기었다. 그들은 뜻이
맞아 인차 무랍 없는 사이로 되었는데 경옥이는 영신이를 '언니'
라고 허물없이 불렀다.

경옥이의 존경을 자아낸 이는 또 김정길이다. 어느 날 김정길
은 간수를 통해 뜨개실과 뜨개바늘을 사서는 흰 종이에다 연필로
도안을 그리며 뜨개를 뜨기 시작하였다. 뜨개보를 떠선 뭘 하는
가고 묻자 정길이는 기념으로 뜨는데 죽은 후에라도 유물이 될

거라고 환히 웃었다. 여러 달이 지나 뜨개보를 다 뜨자 뜨개보엔 한자 스물일곱 자가 새겨졌는데 그 뜻은 이러하다.

"연길현 제4감옥에 갇힌 김정길이 고통 속에서 신음하면서 뜬 뜨개보, 청년여성들이여 세계해방의 노래 높이 부르라."

"야, 멋지다!"

경옥이는 감탄을 금치 못하였다. 적들이 낌새를 채지 못하게 하려고 글을 밑에서부터 위로, 오른편에서부터 왼편으로 수놓은 자체가 걸작이었다. 경옥이는 정길이의 두 손을 꼭 잡으며 목숨이 붙어있는 한 끝까지 싸워가자고 속심을 터놓았다.

1932년 3월에 괴뢰만주국이 서면서 특사령이 내렸다. 정경옥 등 8명은 대사를 받고 옥에서 풀려 나왔다.

경옥이는 약수동에 가서 한동안 머물면서 조직의 심사를 받은 후 조직의 신임으로 개산툰으로 가서 개구 농민협회 부녀부책임을 맡았다.

이해 봄에 일제 놈들은 개산툰 일대의 사광사 사장 정문권을 암살하고 공산당의 소행이라고 떠들어댔다. 사실 정사장은 추수춘황투쟁을 지지, 성원한 사람으로서 놈들의 눈에 날만도 하였다. 헌데 사실의 진상을 모르는 정사장의 아들 정국현(18살)은 꼬임에 들어 아버지의 원수를 갚겠다면서 선구무장자위단에 들어갔다.

사태는 극적으로 악화되어 갔다. 당개구 구위에서는 정경옥에게 임무를 주어 정사장의 큰집에 들여보내었다. 처음에 그들은 펄쩍 뛰었지만 경옥이가 같이 밤을 지새우면서 하나하나 까밝히는 데서 태도가 많이 누그러들었다. 경옥이는 재차 그 집에 들어가 내심하게 설명하면서 진지한 태도를 보여주었다. 사실의 진상이 밝혀지자 정국현과 그의 일가족들은 일제 놈들을 더없이 증오하면서 다시 혁명을 지지, 옹호하는 켠으로 돌아섰다. 이에 따라 선구 자위단도 해산되고 일제 놈들의 음모는 실패로 돌아갔다.

정경옥이는 동지들과 함께 자주 구안의 기층조직들을 찾아주었다. 하루는 후동의 부녀회원모임에서 그는 이렇게 말하였다.

"… 부녀들에게 있어서 가장 아픈 것이 무엇이겠습니까? 매매혼인, 맏며느리제도지요. 이는 모두가 사회문제입니다. 우리가 지주, 자본가와 일본제국주의를 때려 엎지 않고서야 이 사회문제를 해결할 수 있겠습니까, 없습니다. 우리 부녀들도 일떠나 싸워야 합니다. 싸워야 광명한 길이 열립니다…"

경옥이의 말은 사리에 맞았다. 그만큼 경옥이는 철저한 혁명자로 소문이 높았다.

혁명자도 피와 살로 된 사람이었다.

1932년 가을 이후 구위의 여러 기관들은 당구위를 따라 자동골의 연두봉으로 지대를 바꾸었다. 적들의 토벌은 끊임없었지만 경옥이는 조금도 움츠러들지 않았다.

1932년 이해 12월 초의 어느 날 정경옥은 당구위 부녀위원인 차정희의 손을 잡더니 울먹거리었다. 정희가 웬 일인가고 재우쳐 묻자 그는 '약수동' 우리 집이 불을 맞았는데 아버지도 비참하게 살해되었다고 비분을 터놓았다. 그 뒤에는 또 보배언니가 대구에서 '토벌'에 죽었다고 흐느끼었다.

차정희는 남의 일 같질 않았다. 개구로 오기 전에 그는 약수동에서 활동하면서 경옥이네 집에 거처했는데 정태준 노인과 그들 일가의 사랑을 몹시 받았었다. 정희가 그의 손을 꼭 잡아주며 마음을 크게 먹으라고 하자 경옥이는 자기가 마음이 약해서 그런 것이 아니지만 우리 지식들 모두를 혁명에 내세우고 뒷바라지를 해온 아버지를 생각하면 눈물이 절로 난다고 동을 달았다.

1933년 초에 정경옥은 조직의 지시로 화룡현 어랑촌 근거지로 들어갔다. 약동하는 근거지의 현실은 그의 마음을 후덥혀 주었다. 그의 얼굴에는 내내 웃음이 가실 줄 몰랐다. 했으나 그는 무거운 기분 속에 휘말려들어야 했다. 이해 초부터 시작된 이른바 반 '민생단'투쟁은 정경옥이란 이 낙관적인 동지마저 스쳐 지나지 않았다. 청백함을 호소할 데조차 없었다. 누구와 어울리면 누구를 잡아가두는 판에 그는 애매한 동지들을 연루시킬 수 없었다. 별수가 없었다. 이 가혹한 현실에서 정경옥은 살아남을 방도를 찾아야 했다. 그냥 앉아 죽을 수는 없었다. 이제나 저제나 세월이 가면 해명될 때가 있겠지 하고 근거지의 중국인당원인 오씨와 살림을 꾸려서야 무서운 고비를 넘길 수가 있었다. 그는 근거지의 생산대에서 묵묵히 일하면서도 당 조직을 믿었으며 혁명승리에 대한 신심을 저버리지 않았다.

근거지에 대한 일제 놈들과 위만군 놈들의 토벌은 계속되었다. 근거지는 갈수록 지탱하기 어려워 1934년 가을부터 근거지의 군민들은 새로 개척한 처창즈 근거지로 옮겨가기 시작하였다. 그러던 이해 늦가을의 어느 날 정경옥은 처창즈 일대에서 적들과의 한차례 조우전에서 영용히 희생되었다.

《부 록》

　약수동 정태준 노인의 집 안에는 항일열사만 해도 6명이다. 즉 정태준, 정룡, 김옥주, 복정순, 정보배, 정경옥이다. 해방 후 정씨 일가는 1957년 4월 17일에 정태준, 정룡, 김옥주, 복정순의 열사 증은 냈으나 정보배와 정경옥은 열사증을 내지 못하였다. 그때까 지만 해도 이 가정에서는 그들의 최후를 증실할 만한 증명인 들을 찾지 못하였었다. 후에 필자가 여러 자료들을 찾으며 당년 약 수동과 어랑촌 등지에서 활동하였던 항일 노선배들을 방문하면서 실마리를 찾아내었다. 그러나 그들도 정보배와 정경옥의 최후가 영용한 희생이라고는 똑똑히 찍어 말하나 직접적인 목격자는 아 니어서 상세한 것은 말할 수가 없었다.

박 할머니

(?-1935)

당년 산간지구에 자리 잡은 화룡현 어랑촌 항일유격 근거지 병기공장에는 동지들로부터 "우리의 할머니"라고 친절히 불린 60대의 한 조선족 여인이 작식대원으로 근무하고 있었다. 그의 이름은 수수께끼로 남아있지만 성은 박씨, 본은 밀양으로 전해지고 있다.

박 할머니의 내력도 수수께끼이다. 지난날 조선서 살길을 찾아 온 곳이 연변 화룡현이라고는 하지만 딱히 어느 고장인지는 똑똑치 않다. 어랑촌 근거지에 대한 전문자료를 뒤지니 그때 병기공장이라고 통틀어 일컫는 작탄공장과 무기수리공장에는 작식대원이라야 둘로 알려지는데 하나는 병기공장 책임자인 박영순의 아내이고 다른 하나는 이름도 밝히지 않은 월청구 사람이라는 여인이다. 무리가 아니라면 이 월청구 여인이 박 할머니라고 보아진다.

그때 개구와 대구라고 불리어진 개산툰 일대와 달라자 일대는 화룡현 구역에 속했다. 개산툰 일대의 월청사도 화룡현의 한개 행정급사였다. 조선 어느 고장에서 화룡현 월청사의 어느 마을로 이사해 온 박 할머니의 일가는 20세기 20년대 후반부터 앙양되기 시작한 조선족인민의 반일투쟁의 물결에 휘말려 들게 된다. 그러다가 1932년 봄 이후 개시된 일제 놈들의 대거 '토벌'에서 할머니의 남편과 큰아들, 며느리는 참혹하게 피살되고 단란하던 가정에는 할머니와 17살의 막내아들 둘 밖에 남지 않았다. 그래서 박 할머니는 복수를 맹세하고 막내와 함께 새로 개척된 어랑촌 근거지로 전이하는 개구유격대 장촌대의 뒤를 따라 어랑촌 근거지에 들어섰다.

그때가 새해를 코밑에 둔 1932년 12월 말 경이다. 근거지의 평강구위 부녀부에서는 할머니의 소행을 높이 평가하고 먼저 휴식을 권고했지만 할머니는 우리 유격대와 고락을 같이 하겠다면서 무슨 일이든 맡겨달라고 간청하였다. 이리하여 할머니는 어랑촌에서 서남쪽 목도고개 너머 천수동 산속에 자리 잡은 병기공장에 가서 작식대원이 되고 막내는 갓 조직된 화룡현 유격중대 2소대 대원이 되었다.

막내가 유격대에 입대하는 날 박 할머니는 이렇게 말했다고 한다.

"너도 새해면 나이 열여덟인데 어리지 않다. 인젠 당당한 사내대장부라 할 수 있다. 아버지와 형님들의 원수를 네가 갚지 않으면 누가 갚겠니. 아무쪼록 유격대에서 잘 싸워나가라. 나도 늙었지만 혁명에 도움 되는 일을 하겠다."

그만큼 할머니의 머리 속에는 온통 남편과 아들, 며느리를 죽인 원수 놈들을 찾아 칼을 박을 생각뿐이었다. 근거지에서 열리는 여러 가지 회의와 모임에 참가하고 현위와 구위동지들의 연설을 들으면서 그는 자기 생각이 너무나 유치하다는 것을 비로소 느끼게 되었다. 후에 그는 병기공장의 책임자 박영순을 만났을 때 "이제는 혁명이 무엇인지 좀 알았다"면서 감개무량해 했다.

박 할머니가 처음 천수동에 들어설 때 박포수로 통하는 박영순은 어디로 갔는지 보이지 않았다. 후에 알고 보니 그는 달라자 사람으로서 금곡 동북방 산속 수리바위에 병기공장을 꾸리고 동지들과 함께 칼창, 막대창, 곤봉 등과 연길작탄을 만들다가 1932년 봄에 조직의 파견으로 동만 각 현을 찾아다니며 작탄제조기술을 전수하게 되었다.

그러던 박영순이 자기소속 어랑촌 근거지에 돌아와 천수동에 들어선 것은 박 할머니가 병기공장에 온 직후이다.

병기공장의 동지들은 자기들 책임자에게 박 할머니를 소개하면서 "둘도 없는 우리의 할머니"라고 자랑을 늘여놓았다. 박영순은 공손히 인사를 올리었다.

"할머니, 식구가 한 사람 더 늘었습니다. 노년에 이렇게 젊은 것들이 폐를 끼쳐서 황송합니다. 내 이름은 박영순이라고 합니다. 박 포수로 통하지요. 아들처럼 마음대로 욕하고 사랑도 해주십시오."

"나 같은 늙은 것에게 무슨 인사를 그렇게 과하게 하오. 우리 병기공장의 책임자라니 혁명하는 길에서 이 늙은이도 잘 가르쳐 주오."

할머니는 송구스럽게 인사를 받으며 속심 말을 터놓았다.

"내사 이제 예순 고개를 금시 넘었는데 그 몹쓸 살림고생, 맘고생 때문에 머리가 세었소. 그렇다고 어려워 말고 혁명에 필요한 일이면 서슴없이 맡겨 달라구."

"할머님이 혁명하시는 일은 저희들이 내어주는 낟알을 끓이는 것입니다. 나무도 우리가 다 해드리겠어요."

그 할머니에 그 아들이었다. 그들은 첫 대면에 벌써 마음이 통해 못하는 말이 없었다.

헌데 박 할머니에게는 또 남다른 고민이 따로 있었다. 한뉘 농사일에 부대껴 온 할머니는 이제 닥쳐올 보릿고개를 생각지 않을 수 없었다. 고민 끝에 그는 미리 손을 쓰기로 맘먹었다.

1933년 이른 봄에 박 할머니는 아무도 모르게 병기공장 부근의 산들을 돌아보며 호박포기나 심을만한 양지쪽들을 점찍어 두었다. 그리고는 짬짬이 치마폭에 보습을 숨겨가지고 다니며 백여군데의 땅을 뚜지고 철따라 양말목에 싸가지고 온 호박씨를 심어나갔다.

이뿐이 아니었다. 험한 산속을 오르내리며 포기마다에 거름을 듬뿍듬뿍 주고 두세 벌의 김까지 매놓았다. 하지만 할머니의 소행을 누구도 몰랐다.

박 할머니의 예견은 옳았다. 이해 보릿고개를 앞두고 근거지의 식량난은 극도에 달하였다. 병기공장의 동지들은 극심한 더위와 고역 속에서 메질을 하면서도 낟알 한 알 구경하지 못하였다.

이럴 즈음에 박 할머니가 난데없는 애호박 한 광주리를 이고 들어왔다. 뒤늦게야 그간 할머니의 노고를 헤아린 동지들은 가슴이 찡하며 흐르는 눈물을 금할 수가 없었다. 나갈 때마다 삭정이를 묶어가지고 오니 그런 줄로만 안 자기들 소행이 부끄럽기만 하였다.

박 할머니는 식구들 저마다에게 애호박국 한 사발씩 퍼놓았다. 풀물로 끼니를 에때우던 그네들에게는 고기국도 비할 수가 없었다. 천하일미면 어찌 이날의 호박국에 비기랴!

박 할머니는 바로 이런 분이었다. 동지들이 시간을 패가며 작탄 하나라도 더 만들어 원수 한 놈이라도 더 죽여 버리는 것이 할머니의 마음이었다.

1933년 그해 늦은 가을, 적절히 말하면 겨울이라는 것이 옳을 것이다. 용정 쪽으로부터 달려든 일본군수비대는 수백 명의 위만군을 앞세우고 살기등등하게 어랑촌 근거지에 달려들었다. 그 수는 무려 근 천 명에 달했는데 중기에 대포까지 끌고 오니 그 기세가 이만저만이 아니었다.

이날 선두에 나선 위만군 놈들은 만군 중에서 가장 악질적이라는 '홍슈톨(紅袖頭)' 부대였다. 일본 놈들이 어랑 근거지에는 술과 아름다운 처녀가 많으니 진공점령하기만 하면 여자를 마음대로 데리고 놀며 살 수가 있다고 기만술책을 쓰니 얼빠진 놈들은 눈에 쌍불을 켰다.

그 번 토벌에 앞서 화룡현위에서는 어랑촌을 몽땅 비워버리고 혁명군중들을 목도고개 지나 샘물골과 버섯골(머구앤즈)에 들여보낸 뒤 부대를 고지마다 적당히 배치하고 적들을 끌고 다니며 족치기로 결의하였다. 과연 적들은 야지골부터 버섯골을 지나 천수동 남산을 진공하다가 매복전에 걸려 무리죽음을 당했다. 밤이면 모닥불을 피워놓고 숙영하다가 기습전에 쫄딱 녹아났다. 박 할머니의 아들(이름을 모름)만 해도 혼자서 적 한 개 반은 소멸했을 것이라고 한다.

적들은 수백 명의 주검을 냈다. 7일 간이나 헤덤비던 어리석은 놈들은 끝내 패주하고 말았다.

이 소식을 들은 박 할머니는 너무도 반가와 어쩔 바를 몰라 했다. 그것도 막내가 단신으로 숱한 적들을 요정했다고 하니 말이다.

박 할머니는 내내 기쁨에 도취되어 병기공장의 동지들에게 밥감주를 만들어 내놓았다.

"어서, 어서 마시오. 인자들이 작탄하나라도 더 만드니 그만큼 위력이 더 큰 것이 아니겠소."

동지들에게는 그러는 할머니가 친어머니같이 느껴졌다. 어느 결에 감주사발이 굽이 났다. 이 감주를 만들기 위해 서리 내린 밭에 나가 보리이삭을 훑고 돌피이삭을 주어다가 정성들여 말리어 가루를 낸 할머니였다.

헌데 이게 웬일 일가, 1934년 봄의 어느 날 얼굴이 팅팅 붓고 살빛이 까맣게 질린 박 할머니가 동지들의 앞에 나타났다. 박영순이 어디 편치 않은 가고 물어도 괜찮다며 대답을 회피했다.

저녁 식사 후 조용한 방안에서 박영순은 다시 곁에 다가 앉았다. 나중에 할머니는 한숨을 내쉬며 아들이 죽은데 갔다 왔다고 실토정하였다.

"아니 그게 무슨 말씀입니까?"

박영순은 소스라치듯 놀랐다.

"정말이오. 막내는 '민생단'죽음을 당했는지는 모르겠지만 어미 심정이야 어찌 하겠소. '개'로 죽었다지만 까마귀가 뜯어먹을 것이 아까워서 내손으로 파묻어주고 왔소…"

할머니의 주름 덮힌 얼굴에서는 눈물이 마구 흘러내리었다. 박영순이 그럴 수가 없다며 알아보겠다고 하니 할머니는 박포수에게 영향이 미친다며 극구 막아 나섰다. 박영순도 비분의 눈물을 쏟고야 말았다.

어랑촌 근거지에서 이른바 반 '민생단'투쟁이 시작된 것은 1933년 봄이었다. 원 평강구 농민협회 책임자로 있다가 근거지에 들어와 어랑촌 당지부에서 당 생활을 하던 리화춘이 선참 '민생단'에 몰려 살해되더니 매일이다시피 사람들이 죽어나갔다. 이해 가을에 동만특위 조직부장이라는 김성도가 순시를 와서 현위 조아범과 머리를 맞대더니 대내 반 '민생단'투쟁은 제2차 고조를 일으켰다. 1934년 봄에 이르러서는 악성적으로 번져갔다.

적들의 '토벌'에서 희생된 동지들은 극히 소수였으나 '민생단' 잡이에서는 싹쓸이를 당했다. 버섯골에 있을 땐 심하면 하루에 10~15명씩 죽어나갔는데 달라자 금곡 출신만 해도 10여 명이나 생죽음을 당했다. 당 조직과 정부는 물론이고 유격대도 무리죽음을 당했으니 박 할머니의 아들이라고 무사할 수 있었을까.

그날 밤 박영순이 수리한 보총을 가지고 전방에 나간 사이 박 할머니는 동지들의 만류도 마다하고 최전방으로 떠나갔다. 자기 일가의 마지막 사람인 자기가 최전방에서 용감히 싸우는 것으로 남편과 아들들이 어떤 사람이었는가를 나타내겠다고 떠났단다.

그 후 박 할머니는 최전방 작식대원으로 활약하였다. 동지들은 나많은 그를 후방으로 돌려보내려고 애쓰다가 물앉고 말았다.

1934년 가을부터 일제침략자들은 우리 동만 여러 근거지에 대한 전대미문의 대 '토벌'을 개시하였다. 어랑촌 근거지도 예외가 아니었다. 이해 겨울에 적들은 박격포와 기관총 등 정예한 무기로 장비하고 일시에 버섯골 일대에 덮쳐들었다. 그 수는 이루 헤아릴 수가 없었다. 그해 봄에 화룡연대(1933년 말에 연대로 개편)의 1중대와 4중대가 처창즈 일대에 진출하여 처창즈 개척전투에 뛰어든 뒤여서 근거지에는 2중대와 3중대 2개 중대밖에 없었다. 우리 전사들이 적들을 끌고 다니며 용감히 싸웠으나 싸움은 갈수록 우리에게 불리하여만 갔다.

병기공장의 동지들도 최전방에 나아갔다. 그러던 동지들은 전방 철수 때에 골짜기의 얼음물에 빠져 두발을 다 얼군 박 할머니와 맞뛰었다. 그때 그는 동지들의 부추김을 받으며 간신히 걸음을 떼고 있었다.

박 할머니는 병기공장의 동지들에게 업히어 다시 '자기 집'으로 돌아왔다. 군의를 불러다가 대책을 강구했으나 할머니의 발가락은 모두 물려 앉고 두발은 몽당발이 되고 말았다.

그러나 할머니의 결심은 드팀없었다. 그는 기회를 보다가 다시 전방 작식대에 가담하였다. 팔의 힘이 진해서 작탄을 직접 뿌릴 수는 없어도 전방에서 작탄이 작렬하는 소리를 직접 듣고 원수놈들이 거꾸러지는 것을 직접 제 눈으로 보는 것이 소원이라는데는 누구도 말려내지 못하였다.

적들의 동기 대 '토벌'은 갈수록 험악하게 번져갔다. 때는 이미 근거지의 군민들이 육속 처창즈로 전이한 뒤여서 버섯골과 천수동에 남았던 화룡연대의 2중대와 3중대는 연대부의 명령을 받고 적들을 뿌리치고 전이할 준비로 서둘렀다.

그러던 어느 날 박 할머니는 처창즈 에로의 전이를 앞두고 천수동 일대에서 있은 한 차례의 전투에서 용감히 전사하였다.

병기공장의 참된 어머니—박 할머니는 이렇게 동지들의 곁을 떠나갔다. 그것도 어랑촌 근거지를 마감 짓는 전투에서 애석하게 갔다.

영웅어머니

(?-1934)

지난 세기 30년대 중반 동북인민혁명군 제1군 독립사 후방밀영에는 사랑도, 가정도, 목숨도 다 바쳐 싸운 "영웅어머니"－리부평 어머니가 있었다. 세월이 반세기 남짓이 흘러간 오늘에 와서 그에 대해 아는 것이 많지 못하지만 혁명 활동에 참가한 후의 그의 투쟁역사는 천만 사람들의 심금을 울려주기에 충분하다.

반석현 서버리하투는 60여 세대의 조선족이 모여 사는 산간 마을이다. 리부평 일가는 여기서 사는 대다수 사람들과 마찬가지로 남의 소작을 부치며 근근득식으로 살아왔다. 집에는 삶의 기둥인 남편과 아들 셋이 있었는데 매일 아글타글해도 살림이 쪼들려 말이 아니었다. 무엇 때문에 생활은 갈수록 엉망인가, 그때까지만 해도 리부평은 아리송하기만 했다.

20년대 후기에 조선인공산주의자들인 리동광, 오성륜 등이 반석 일대에 가서 마르크스－레닌주의를 전파하고 러시아 10월혁명을 소개하며 혁명조직을 결성하기 시작하였다. 1930년 7월에는 중공반석현위가 조직되었는데 현위 산하 반동, 반북 2개 구위와 이통, 쌍양 2개 특별지부, 7개 지부의 80여 명 중공당원들 모두가 조선족이었다. 이때에야 리부평은 가난한 사람들이 늘 추위와 기아에 허덕이는 것은 일제 놈들과 봉건통치배들 때문이며, 삶의 길은 이 자들과 싸우는 길이라는 것을 비로소 깨닫게 되었다.

1931년 8월에 중공반석현위는 중공반석중심현위로 승격되고 그 소재지를 서버리하투에 두었다. 따라서 리홍광을 대장으로 하는 '반석 노농의 용군', 즉 남만유격대가 조직되면서 서버리하투는 반석항일유격근거지의 중심으로 되었다. 리부평의 일가식솔은 모두 적위대, 유격대원, 부녀위원, 소년아동단원으로 되어 남달리 존경받는 혁명 일가로 되었다.

1931년 9·18사변 후 반석을 중심으로 한 이통, 쌍양, 동풍, 해룡, 류하, 휘남 등지에서 공산당이 지도하는 반일투쟁이 거센 물결을 이루었다. 리부평은 부녀회원으로 활약하면서 중공만주성위 순시원 양림(조선족), 리홍광이 지도한 반석 일대의 1932년 『4·3』, 『5·1』, 『5·7』 농민폭동에 참가하였다. 5월 7일, 리부평은 부녀회 책임자 조명신(열사)의 지도하에 4000여 명 봉기대오의 일원이 되어 길해철도인 로령 구간의 수십 리 철도파괴에서 헌신적으로 싸웠다.

1932년 봄, 개잡이대(즉 적위대)에서 활동하던 생떼 같던 남편이 일제 놈들에게 추격을 당하는 리홍광 대장을 엄호하다가 불행히 체포되어 생매장을 당했다. 맏이가 또 리부평의 지지하에 아버지의 원수를 갚겠다고 리홍광의 유격대에 참가하였다. 그러던 그는 일년도 못되어 깍지산전투에서 장렬히 전사하였다. 거듭 친인을 잃은 참혹한 현실은 리부평의 가슴에 너무나 아픈 상처를 남겼지만 그는 결국 꺼꾸러지지 않았다. 여성은 약하지만 강자이다. 그는 슬픔과 비애를 백배의 복수심으로 바꾸었다.

반석유격 근거지의 존재는 적들의 불안을 자아냈다. 1932년 9

월부터 일본군과 위만군은 버리하투, 홍스라즈를 중심으로 한 반석유격근거지를 대거 '토벌'하였다. 남만유격대는 양정우, 리홍광의 지휘하에 1933년 1월부터 6월 사이에 무려 60여 차례의 전투를 벌였다. 버리하투에서만 하여도 6차례나 적들과 피어린 싸움을 벌려 일본군과 위만군 100여 명을 소멸하고 근거지를 지켜내었다. 리부평은 근거지의 혁명군중들과 함께 유격대에 물과 탄약, 음식 등을 날라 갔고 담가대에 참가하여 부상자들을 구원하기도 하였는데 유격대 원호사업의 선두에는 언제나 리부평 부녀회원이 서있었다.

1933년 9월 18일, 남만유격대는 서버리하투에서 동북인민혁명군 제1군 독립사로 개편되었다. 사장에 양정우, 참모장에 리홍광이 임명되었다. 10월에 제1군 독립사의 주력부대는 반석항일유격근거지를 떠나 강남－몽강 쪽으로 남하하게 되었다.

10월의 어느 날 저녁 무렵 부대가 서버리하투 마을 동쪽 가에서 당지 군중들과 눈물겨운 작별을 할 때었다. 중년에 이른 리부평이 기운 포대기에 어린 아들을 들쳐 업고 리홍광 참모장의 두 손을 꼭 잡았다.

"리대장(반석 일대 군중들이 리홍광을 친절히 부르는 칭호), 이앤 열일곱 살이라지만 아직은 철 모르기우다. 그저 제 아버지와 맏이, 동지들의 원수를 갚으라고 입대 시키우다."

"어머님은 참으로 훌륭한 분이십니다. 자식들을 모두 혁명에 바치니 … 부디 몸조심하십시오!"

리부평과 그의 일가를 너무나 잘 알고 있는 리홍광 참모장은 격동되어 뒷말을 잘 잇지 못하였으며 억실억실한 두 눈에는 맑은 물기가 어리었다.

“어머니, 추운데 어서 들어가시라요. 나 꼭 잘 싸울게요.” 어깨가 쩍 벌어지고 몸집이 옹골차게 생긴 둘째가 어머니 리부평을 걱정하여 말한다.

“오냐, 꼭 인간답게 싸워야지 …” 리부평은 둘째의 옷을 쓸어주다가 머리를 돌리었다. 뜨거운 눈물은 벌써 두 볼을 적시며 흐른다.

“출발!” 대오 앞에 나선 리홍광 참모장은 드디어 출발명령을 내리었다.

부대가 동쪽밀림으로 사라진 지도 이슥하건만 리부평은 그 자리를 떠날 줄을 몰랐다.

부대가 떠나간 이후 마을은 텅 빈 것만 같았다. 적들이 쳐들어온다는 소문이 뒤숭숭하여 마을은 보다 을씨년스러웠다. 마을중앙에 자리 잡은 리부평의 초막집은 더없이 쓸쓸해 보였다.

그때였다. 섬직한 말발굽 소리가 사립문가에서 멎더니 웬 사나이가 뛰어내렸다. 알고 보니 맏이의 딱친구 태술이었다. 그는 폭로된 부대가족을 주력부대를 따라 몽강 쪽으로 전이시키라는 중심현위의 지시를 갖고 왔다. 그날 밤으로 10여 명의 부대가족들은 태술이와 리부평의 인솔하에 비밀리에 까치봉 쪽으로 전이하였다. 그들은 새벽녘에 까치봉에서 근거지 여러 마을에서 모여든 100여 명의 부대가족들과 회합한 뒤 이튿날 저녁 다시 행군길에 나섰다. 그들은 깍지산에서 떠나 사흘 만에 화전 부근의 야산에 이르렀다.

그날 밤 대오는 또 다시 전이길에 올랐는데 도중에 한 산비탈에서 적 ‘토벌대’와 맞띄었다. 설상가상으로 잠에서 깨여난 막내가 막 울음을 터뜨리려 했다. 까닥 하면 100여 명의 대오가 생사

판에 오를 판국이었다. 리부평은 100여 명의 목숨을 두고 주저할 사이 없이 칭얼거리는 아이의 입을 손으로 꽉 막았다. 아이는 한참 발버둥치다가 천천히 팔다리를 뻗어버렸다. 어머니는 삽시에 맥이 탁 풀어졌다. 다행히 척후병으로 나선 두 무장대원이 적진에 총알을 들씌우며 '토벌대' 놈들을 다른 곳에로 유인하여 팽개친 데서 숨소리가 간간하던 어린 막내는 다시 맥이 뛰기 시작하였다. 천명이라면 진짜 천명이랄까, 리부평의 얼굴에는 막내의 소생으로 하여 기쁨이 함함히 피어올랐지만 또 근심이 꼬리를 물었다. 두 번 다시 이런 일이 나타난다면 그 후과를 상상할 수도 없게 되는 것이다. 리부평은 어린 막내를 남에게 주려는 모진 마음을 먹었다. 맏이가 희생되고 둘째의 생사도 기약할 수 없지만 그렇다고 남에게까지 위험을 주며 막내를 안고 있을 수 없었다.

이튿날 새벽녘에 석암 끝에 다다랐다. 후속 부대의 연락원 태술이가 셋째를 싼 포대기를 꼭 안고 리부평 어머니와 석별의 눈물을 나누었다. 태술이가 이윽토록 발길을 떼지 못하자 리부평이 재촉하였다.

"빨리 가라는 데두… 아무 때 건 해방이 되는 날엔 찾을 수 있겠지!"

태술이는 드디어 희생된 전우의 막내 동생을 안고 산 아래 중국인 마을로 내려갔다. 부평이는 태술이와 셋째가 저 멀리 사라질 때까지 오래오래 손을 흔들었다. 자식을 혁명에 내놓고 오늘 또 이렇게 세상모르는 막내와 이별하는 이 시각의 어머니의 심정을 하늘과 땅이나 알는지.

만석, 화진 일대의 태고연한 밀림 속 밀영이다. 이 밀영은 혁명군 제1군 제1사의 피복공장과 후방병원으로 이루어졌는데 리부평이 밀영의 책임자로 되었다. 그는 부상당한 혁명군전사들을 위해 밥도 짓고 옷도 깁고 간호도 하다가 리홍광 부대에 입대한 둘째가 희생되었다는 비보를 받게 되었다.

둘째의 이름은 홍순일이다. 리홍광이 이끄는 제1사의 주력부대가 남정한 후 홍순일이 소속된 후속부대는 주력부대를 찾아 몽강쪽으로 이동하였다.

시간은 1934년 이른 봄이다. 후속부대가 화전의 동쪽 송화강변에 이르렀을 때 불현 듯 2000여 명의 적 토벌대와 조우하게 되었다. 홍순일은 20여 명의 전사들을 거느리고 후속부대의 철거를 엄호하기 시작하였다. 그들 20여 명은 절대적으로 우세한 적 토벌대와 하루 낮을 꼬박 싸우며 적 수십 명을 소멸하였으나 나중에 탄알이 다 떨어져 모두 장렬히 희생되었었다.

둘째의 희생, 생각하면 하늘도 무심하였다. 일년 남짓한 사이에 리부평은 남편을 잃고 또 두 아들을 왜놈과의 싸움터에서 잃었다. 셋째마저도 신변에 없다 보니 친인 넷을 잃은 셈이었다. 그러나 리부평은 이 뼈저린 고통을 속으로 묵새길 뿐 울고불고 한탄하지 않았다. 그는 밤낮 없이 밀영지 일에 온 힘을 기울었다.

헌데 속을 태우는 것은 식량난이었다. 이해 겨울(1934년) 제1사 사장으로 된 리홍광은 제1사 주력부대를 이끌고 환인, 홍경 등 압록 강변으로 진출한 지도 어언간 근 두 달이 되어오는데 소식이 묘연하였다. 밀영에 식량이 동강난 지도 40일이 넘는다. 밀영주위의 소나무, 느릅나무, 떡갈나무ㅡ전부의 껍질을 벗겨 대식품으로 했지만 기아를 쫓을 길이 없다. 리부평은 밀영의 생활을 개선하려고 작식 대원들과 피복 공장의 여성들을 동원하여 눈보라치는 산비탈에서 눈 속을 파헤치며 눈 밑에 깔린 마른 버섯을

줍고 주었다.

그런 어느 날 이른 새벽, 야무진 총 소리가 밀영지 동쪽방향에서 울렸다. 마침 적정은 아니었다. 새벽보초를 나갔던 리근호 대원이 수림 속을 헤집는 노루에게 불질했던 것이다. 리근호는 늘어진 노루 한 마리를 끌고 흐뭇해 돌아섰다. 어느새 총 소리를 듣고 달려 나온 리부평과 몇몇 경상자들은 억이 막혔다. 며칠 전 적들의 비행기가 수림상공에 나타나 악선전삐라를 던진 것을 상기하니 더욱 그러했다. 리부평은 여전사 영숙이를 보고 말했다.

"영숙이, 속히 밀영을 옮겨야겠네, 총 소리는 이미 밀영을 폭로시켰네."

"어머니, 제가 그만 소홀했댔습니다…"

어깨에 부상을 입고 후방병원으로 왔던 리근호, 이 리근호는 자기가 만회할 수 없는 국면을 초래했음을 심히 느끼었다.

눈 덮인 원시림에 새날이 푸름푸름 밝아온다. 리부평은 리홍광 사장이 준 십 련 발 모젤권총을 허리에 차고 경상자들을 조직하여 중상자들을 전이시키는 한편 혁명군의 가족 전체를 피복공장의 군복전이에로 내세웠다.

리부평은 한 경상자와 같이 담가를 들고 임시밀영지인 말발굽산 소나무 숲으로 향했다. 담가에는 한 중상자가 실리였는데 지칠 대로 지친 부평은 그만 눈 속에 푹 주저앉았다.

갑자기 자지러운 총 소리가 들려왔다. 방향은 한 5리가량 떨어진 원 밀영 주위였다.

"어머니, 적들이 벌써 밀영을 포위한 것 같습니다." 영숙이가 담가를 내려놓으며 다급히 말했다.

"글쎄 말이요. 아직도 왕 동무와 피복공장 부대가족들 몇이 있는데 …”

리부평은 백 지도원과 영숙이한테 두 명의 경상자를 데리고 밤 새껏 남겨놓은 발자국을 메우게 하면서 리 사장이 올 때까지 꼭 견지하라고 당부하고는 지체 없이 원래의 밀영 - 생사의 마당에로 돌아섰다.

어느덧 밀영에서 그리 멀지 않은 골짜기에 이르렀다. 리부평은 큰 봇나무 뒤에서 인차 모젤권총을 빼어들었다. 토벌대 놈들은 이미 밀영의 귀틀집을 수색하면서 불을 지르고 있었고 밀영의 서쪽산등성이에서도 총 소리가 어지러이 들려왔다. 놈들이 음폐한 왕 동무를 찾고 있다는 것은 불보 듯 뻔한 일이었다. 왕 동무를 구원하는 것이 무엇보다 요긴했다.

더 지체할 겨를이 없었다. 리부평은 서쪽 산등성이에 대고 몇 방 갈기었다. 밀영 주위에도 연발사격을 가하자 불을 지르던 몇 몇 왜놈들이 번들 나가 넘어졌다.

불의의 총 소리는 적들을 놀래었다. 밀영을 수색하던 놈들과 서쪽산등성이를 수색하던 놈들이 모두 리부평의 유인술에 걸려들 었다. 그는 침착하게 이 나무에서 저 나무에로 옮기면서 달려드 는 놈들을 쏘아 넘겼다.

교활한 왜놈장교가 리부평 혼자뿐인 것을 발견하고 산채로 잡 으라고 고래고래 소리 질렀다. 리부평이 그놈을 향해 방아쇠를 당겼지만 격침 소리만 날뿐 탄알이 없었다. 리부평은 급기야 권 총을 눈 속에 파묻었다. 총이 없게 되자 얼마 못가 왜놈들에게 체포되어 밀영으로 끌려갔다.

이때는 벌써 붉은 태양이 밀영을 비추고 있었다. 밀영중심지에 이르니 피복공장에서 미처 전이하지 못한 박연 대장의 아내와 신체가 허약한 두 명의 부대가족과 열돼 살 되는 처녀애가 꽁꽁 묶인 채로 끌려왔다.

왜놈장교가 유격대들이 간 곳을 대라고 윽박지른다. 리부평이 무언으로 그자를 쏘아보자 성이 난 장교 놈은 리부평의 멱살을 잡고 큰 소나무에로 태질한다. 그리곤 부하들을 시켜 처녀애를 활활 타오르는 불무지에 처넣었다.

"아— " 리부평은 비명을 지르며 눈을 감았다. 이번에는 장교 놈이 군도로 만삭이 된 박연 대장 아내의 배를 쿡 찌르더니 또 불속에 밀어 넣었다.

악착한 왜놈장교는 아직도 선지피가 뚝뚝 떨어지는 군도를 들고 리부평에게로 돌아섰다. 리부평은 지그시 입술을 깨물었다. 그의 눈에서는 강의한 빛이 흘렀다.

"내가 말하마. 나를 따라 오너라!"

"요시요시!"

왜놈장교는 너털웃음을 치면서 리부평의 뒤를 따랐다.

불무지를 지날 때 리부평은 번개같이 돌아서더니 바싹 뒤를 따르는 왜놈장교 놈을 덥석 끌어안고 불무지 속으로 뛰어들었다.

"앗!" 소리와 함께 장교 놈은 불속에 처박히었다. 타오르던 토막나무들이 와그르르 넘어지며 왜놈장교와 리부평의 위에 허물어져 내렸다.

의외의 사태였다. 어정정해 있던 놈들이 저들 장교를 끌어냈을 땐 이미 늦었다. 새까맣게 탄 왜놈장교는 죽어서도 희생된 리부평의 두 손에 모가지가 쥐여져있었다.

바로 이때 밀영주위에 총 소리, 수류탄 소리 요란하였다. 발자국을 메우며 맞은 켠 산등성이까지 이르렀던 영숙이는 한눈에 리홍광 사장이 거느린 주력부대란 것을 알아보았다. 그들은 압록강을 건너 동흥성 전투에서 큰 승리를 거두고 근거지로 돌아오는 길이었다. 혁명군의 불의습격에 적들은 무리로 쓰러졌다. 영숙이도 놈들에게 복수의 명중탄을 퍼부었다. 불과 20분도 못되어 전투는 혁명군의 승리로 끝났다. 100여 명 토벌대 놈들이 모조리 전멸되었다.

후속부대 연락원이었던 태술이와 밀영의 여대원 영숙이는 부대 장병들과 함께 리부평의 시체 앞에서 비통하게 흐느꼈다. 리홍광 사장의 근엄한 얼굴에도 눈물이 흘러내렸다. 그가 모자를 천천히 벗자 제1사 전체 전사들도 리 사장을 따라 천천히 모자를 벗었다.

"동지들, 오늘 우리는 인민혁명군의 영웅어머니이신 리부평 동지를 잃었습니다. 리부평 동지는 우리 조선족, 아니 중화민족의 훌륭한 어머니이십니다. 우리는 꼭 어머님의 원수들을 모조리 소멸하고야 말 것입니다."

리홍광 사장의 비장하고 힘 있는 말소리는 우뢰가 되어 태고연한 장백산 밀림 상공에 메아리쳐 갔다. 때는 1934년도가 며칠 안 남은 어느 날 아침이다. 희생될 때 리부평은 50대의 나이었다.

(림선옥, 김운룡)

소라륵밀강에 몸을 던진 여인

(?-1936)

동북인민혁명군 제3군의 항일전사 장상룡의 아내 장의숙은 숱한 수수께끼를 남기고 저 세상으로 간 항일 여전사이다. 그만큼 그에 대해 아는 것이 많지 못하다. 안다면 그가 일제 놈들에게 체포되어가다가 소라륵밀강(小羅勒密河)에 몸을 던졌다는 비장한 최후뿐이다. 가혹한 전쟁 년대는 가끔 가다 이렇게 후세에 유감을 남기기도 한다.

1934년 가을 이후 탕원 유격대에서 활동하던 흑룡강성 통하현 대고동 사람 정병삼(조선족)이 통하현 표하 일대에 돌아가 반일선전사업과 대중발동사업을 벌리게 되었다.

통하현은 1928년부터 혁명의 불길이 타오른 유서 깊은 고장이다. 처음 공산당원인 전동원, 최일 등이 이 고장에 나타나 비밀선전활동을 벌리었는데 황포군관학교출신이고 광주봉기 참가자인 최용건도 가끔 이 고장에 나타났다. 1928년에 20살로서 대고동 대지주 리가 놈의 소작살이를 하던 정병삼은 이런 선각자들에 의해 계급의식이 싹트며 혁명의 길에 나섰었다. 그의 영향으로 병삼의 두 남동생과 장상룡, 리충희, 김대홍, 리봉빈 등 농민들이 1935년 봄과 여름 사이 동북반일연합군 조상지부대에 입대하였다.

1935년 이해 여름, 장상룡은 일제 놈들의 부역에 끌려가 소 수레를 몰고 있었다. 그는 밭이 묵어빠진다는 구실을 대고 겨우 이틀간 말미를 맡았는데 놈들은 그가 돌아오지 않을까봐 소수레를 두고 가게 했다. 분통이 터진 상룡은 말대꾸를 했다가 한바탕 얻어맞았다. 얼굴이 피투성인 채로 집에 돌아온 그는 잠자리에서 아내를 떠보았다.

"중국인친구 장경재와 같이 유격대에 갈까 하는데 혼자 집에서 부모를 모시고 어린 것을 키울 만 할까?"

이는 이제까지 처음 하는 말이 아니었다. 도리대로 말하면 남편의 생각은 그르다고 볼 수 없었다. 일제 놈들과 싸우겠다는 것이 뭐가 나쁘겠는가, 다만 남편이 간 후 황폐해질 밭이며 기울어져갈 집이 근심될 뿐이다. 시아버지, 시어머니에 이제 태어날 어린 것ㅡ이를 생각하면 장의숙은 한숨이 절로 났다. 남편의 품에 안긴 장의숙은 남편도 모순상태에 빠져있다는 것을 직감적으로 느낄 수 있었다.

"여보, 난 당신 곁을 떠나지 않을 테요."

상룡은 아내를 애무해주며 정겹게 속삭이었다. 허나 그는 이미 입대하기로 가결을 짓고 집에 온 몸이었다. 아내가 잠에 취한 사이 장상룡은 살금살금 일어나 농짝문을 열고 솜옷을 꺼내고는 이윽토록 아내를 지켜보다가 집 문을 나섰다.

잠에서 깨여난 장의숙이 자리를 차고 일어나니 농문이 열려지고 솜옷이 없었다. 설마 하고 바깥에 나가 보아도 휑뎅그렁하기만 하였다. 소 수레 가지러 간 모양이라고 제 나름으로 추측해보았지만 말 한마디 없이 떠난 것이 미심쩍었다. 낮에 그는 시부모의 뒤를 따라 밭에 나가 임신 7개월이 된 사람 같지 않게 걸싸게 김을 맸지만 정신은 밭에 있지 않았다. 그가 근심하는 일이 끝내 현실로 다가왔다.

이튿날 새벽(시간으로 말하면 1935년 여름의 어느 날 새벽이다.) 장의숙은 문 두드리는 소리에 화들짝 놀라 깨어났다. 경찰 놈들이 우르르 쓸어들더니 수염을 기른 난쟁이 왜놈이 야단질이다.

"우릴 따라 갓, 네 남편 우리 창고에 불 질렀소 도망쳤소까!…"

"예?"

장의숙은 그길로 경찰서에 끌려가 모진 심문을 받았다. 2차 심문 시 야마모도나로란 감독경위 놈이 짐승 같이 야욕을 채우려다가 성사 못하니 한 왜놈과 위만 경찰더러 피대와 참대꼬챙이를 가지고 되게 굴라고 호통 쳤다.

그날 밤 장의숙은 유치장에서 혼수상태에 빠진 채 조산을 했다. 다행히 한 감방에 갇힌 조씨라는 중국인 여인이 살뜰히 거들어준 데서 갓난애는 무사하였다. 이튿날 장의숙이 정신을 차리니 갓난애는 조씨의 적삼에 싸여있고 조씨는 자기 웃옷 안을 뜯어가지고 산모의 몸을 닦아주고 있었다. 의숙이 감격에 목이 메여 입술을 달싹거리자 조씨가 정찬 손길을 던져왔다.

"너무 괴로워 말아요. 댁의 남편은 꼭 올바른 길을 걸을 거야요. 꼭 살아나가서 남편을 기다려요. 앤 아무데서 태어났든 괜찮아요. 그 어디든 감옥이니깐요."

정이 폭폭 드는 중국인 여인이었다. 용기를 내여 그의 사정을 물으니 하는 말도 보통 여인이 아니었다.

"내가 하는 일도 댁의 남편이 하는 일과 같답니다. 놈들이 날 가만 놔두지 않을 거예요. 난 죽어도 인민대중은 다 죽이질 못할 걸요…" 잠간 후 말은 다시 이어졌다. "도움을 청하고 싶군요. 출옥하거든 쌍수툰에 가서 왕성안 노인을 찾아 제 남편 정영의 기별을 알아봐줘요. 그리고 내가 벌리에서 돌아오는 길에 체포됐는데 아무것도 승인하지 않았다고 말해줘요. 두 오누이는 친정어머니한테 맡기고 항일연군 제4군의 옛 관계를 찾아 가시라고 전해주세요. 빠를수록 좋다고. 아직 적들은 그일 모른답니다…”

그러는 조씨는 안경을 벗어들고 얼굴을 돌리었다. 이윽고 적들은 이 공산당원 조씨가 그녀를 살뜰히 돌봐준다고, 사상공작을 한다고 채찍질을 마구 해댔다. 머리카락이 뭉텅뭉텅 빠지고 얼굴은 온통 시퍼런 멍이다. 두 손으로 머리를 싸쥐니 손등은 말이 아니다. 적들이 조씨를 끌어갈 때 그는 이를 악물고 떳떳이 걸어나갔다. 문어구에서 조씨는 머리를 돌리더니 그녀－장의숙에게 최후의 미소를 보냈다. 조씨는 이렇게 떠나갔다.

출옥한 이튿날 오후 장의숙은 쌍수툰에 가서 왕 노인을 찾았다. 그때 왕 노인은 마당에서 땔나무를 손질하고 있었는데 때는 이미 늦었다. 조씨의 남편 정영은 열흘 전에 공산당혐의 범으로 몰려 다른 두 사람과 함께 생매장을 당하고 의지가지없는 두 오누이는 왕 노인 내외가 보살펴주고 있었다. 장의숙은 온몸을 부르르 떨었다. 가슴에서 뭉치 같은 불길이 치솟아 오르는 것 같았다.

전날 밤 장의숙은 억수로 퍼붓는 소낙비를 맞은 데서 연 며칠 고열에 시달리며 헛소리를 쳤다. 차도가 보이자 이상스럽기만 하였다. 조씨가 놈들한테 물매를 맞던 일, 쌍수툰에서 지운 저녁, 무덤 앞에서 울고 있던 두 오누이의 모습이 자꾸만 떠오르며 남편을 조금도 원망하고 싶지 않았다. 오히려 기별이나 알고 싶은 마음가짐이 앞섰다. 시아버지도 젊음의 한창 나이에 조선서 독립지사들이 지도한 농민폭동에 참가한 적 있어 시어머니가 기약 없이 5~6년이나 남편을 기다렸다지 않는가. 우리 민족여성은 이렇게 대대로 내려오며 기다림 속에서 살아야 하는가 싶었다.

1935년 9월의 어느 날 시아버지가 손자를 껴안고 찰떡꾸러미를 가지고는 말없이 며느리를 안내하여 산기슭수수밭으로 갔다.

"전에 이 밭 속에서 사람 발자국 소리가 가끔 들렸다네. 듣자니 유격대라나. 이제 여기 앉아서 인기척이 나나 주의해보게. 그러다 유격댈 만나게 될지도 모르지."

그녀는 어린애를 안은 채 기다리고 또 기다렸다. 땅거미 질 때가지 기다리다 못해 일어서려는데 수수밭 속에서 무슨 자취 소리가 났다. 이윽고 수수잎 사이로 군모를 쓴 사나이가 머리를 내밀었다. 항일유격대원이 틀림없었다. 장의숙은 가슴이 막 튀어나올 것만 같았다. 놀랍기도 하고 기쁘기도 하였다.

유격대원은 셋이었다. 그들은 어린애를 품은 여인이 과시 나쁜 사람은 아니라고 짐작이 가던지 경계를 늦추었다. 이때 시아버지가 뛰어와서 반색을 했다.

"여기로 오시오. 내 소개하지. 이 사람이 상룡의 아내이자 내 자부되는 사람일세!"

세 유격대원은 장의숙에게 미소를 보내면서 노인님을 나무랐다.

"참 노인님두, 왜 진작 알리지 않았습니까? 상룡 동문 오늘 …"
왕 동무가 말을 떼자 송 동무가 제격 말을 받았다.

"장 동문 반의 전사들을 데리고 산남으로 긴급임무 수행에 나섰는데 곧 돌아올 겁니다."

장의숙은 뒤늦게야 그들 부자가 같은 일을 하고 있다는 것을 알았다. 오늘 일도 그러했다. 시아버지는 수수밭 약속을 미리 짜놓고 자기에게만 알리지 않았었다.

그들은 구면이기라도 하듯 쑥대를 깔고 앉아 이야기꽃을 피웠다. 왕 동무는 장상룡이 유격대를 찾아 온 경위를 자상히 소개하고는 몸 성히 잘 있으니 근심 말라고 덧붙이었다.

밤이 퍽 깊었다. 작별의 시각에 송 동무가 괴춤에서 돈을 꺼내어 노인에게 맡기었다.

"노인님, 소금과 간에 절인 고기 그리고 고약을 부탁드립니다. 아무튼 조심하세요."

"걱정들 말게!"

다음에 만날 시간을 약속하고 서로 자리를 떴다. 유격대원들이 몇 발자국 발을 떼서야 장의숙이 입을 열었다.

"장 동무한테 전해줘요. 아이가 컸구, 저도 유격대에 들어가련다구요."

그 뒤 장의숙은 과연 남편을 따라 동북반일연합군에 참가하였다. 이 반일연합군에는 사문동, 리화당, 기명산 등 반일의용군대가 망라되었다지만 기실 반일연합군의 핵심은 동북인민혁명군 제3군이었다.

제3군의 기초는 1933년 10월 10일에 흑룡강성 주하현에서 건립된 주하반일유격대인데 유격대 대장은 훗날 항일연군 제3군 군장으로 활동한 조상지이고 유격대정위 겸 당지부서기는 훗날 항일연군 제3군 제1사 정치부 주임 겸 합동유격사령으로 활동한 조선족 리복림이다. 주하유격대는 1934년 6월 29일에 동북반일유격대 하동 지대로, 1935년 1월 28일엔 지방의 청년의용군과 더불어 동북인민혁명군 제3군으로 발전하였다. 이해 3월에 제3군은 사문동, 리화당, 기명산 등 반일의용군과 함께 '동북반일연합군 총 지휘부'를 건립하였다. 장의숙은 바로 이 반일연합군에 입대한 후

부대에서 입당하고 반일연합군 재봉대의 당지부서기 책임까지 짊어졌다.

그 이듬해 1936년 겨울 장의숙 소속부대는 활동부대를 딴 데로 옮기게 되었다. 장의숙이 잠시 집에 와있는데 송 동무가 물건 구입을 왔다. 다음날 밤에 장동무도 집에 들린단다.

이때 동네 개들이 마구 짖어댔다. 금방 송 동무를 노전밑 굴안에 숨기자 적들이 우르르 쓸어들었다. 그자들은 한바탕 복새판을 피우다가 장의숙 일가노소를 소학교자리로 끌고 갔다.

적들은 늙은 양주에게 혹형을 가했다. 그들이 까무러치자 이번에는 장의숙의 웃옷을 벗기고 난로에 달군 부지깽이로 젖가슴을 지지었다. 이럴 즈음에 늙은 양주가 정신을 차렸다. 시아버지는 끔직한 광경에 눈을 감고 시어머니는 부지깽이로 어린것의 엉덩이를 지지는 것을 보고 울음 섞인 소리로 사정했다.

"앨 놔 주시우다. 곰곰이 생각해 보지유."

순간 잠간 까무러쳤던 장의숙은 정신을 차리고 "무슨 말을 하시려고 그래요. 수치예요. 죽어도 같이 죽자요!"라고 하면서 죽기내기로 적들에게 머리를 들이박았다. 심문은 일단 중지되었다.

이튿날 적들은 왜놈경장 하나에 위만 경찰 셋을 붙여 장의숙 등 셋을 수레 세대에 갈라 앉히고 현 소재지로 압송하였다.

수레는 얼음판이 된 소라륵밀강을 따라 움직였다. 다행이라 할까 장의숙과 시어머니는 어린 것이 달렸다고 그랬는지 결박당하지 않았다. 어린것이 젖꼭지에 덥석 매달리는 순간 장의숙은 바늘로 쑤시는 듯한 아픔을 느꼈다. 그보다도 근심되는 것은 앞으로의 혹형이었다. 자기는 물론 시아버지는 믿을 만 한데 시어머니는 어떨는지, 송 동무는 몸을 뺐는지? 내일 밤 남편에게 위험이 들이닥치면? 근심과 걱정이 수레바퀴의 회전과 함께 지지리 장의숙의 가슴에 굴러들었다. 한편 이렇게 곰상스레 당하기보다 기회를 엿보아야 했다.

몸이 얼어든 놈들은 달팽이 모양을 해가지고 총을 엉덩이 밑에 깔고 팔짱을 낀 두 손으로 얼굴을 가렸다. 경장만은 총을 어깨에 멘 채 앞만 내다보고 있었다.

장의숙이 머리를 돌리니 시어머니 곁에 앉아있던 경찰이 보이지 않았다. 뚱보경찰은 강변에서 뒤를 보고 있었다. 마침 주위엔 근처의 촌민들이 물을 길어먹느라 까놓은 얼음구멍이 군데군데 있었다. 이때라고 생각한 그녀는 수레가 얼음구멍 있는 데로 접근하자 젖 먹던 힘을 다해 옆에 쭈크리고 앉아 있는 경찰을 수레 밑으로 밀어뜨렸다. 그리곤 총을 쥐고 수레에서 뛰어내려 앞 수레의 왜놈과 경찰을 향해 소리 질렀다.

"꼼짝 말고 손들엇!" 질겁한 놈들은 사시나무 떨듯 두 손을 쳐들었다.

한편 며느리 외침 소리를 듣고 시어머니가 총을 앗아다가 며느리 발길에 놓았다. 뒤미처 그녀의 시아버지도 수레에서 뛰어내렸다.

바로 그때 뒤를 보고 있던 경찰이 바지춤을 추면서 등 뒤에서 총을 내리었다. 장의숙은 연속 두 방에 그놈을 꺼꾸러뜨렸다. 수레에서 떠밀려 다리갱이 하나가 얼음구멍에 빠졌던 경찰은 전신이 얼음구멍에 밀려들 판이었다.

세 차몰이꾼이 어인 영문인지 몰라 얼떨떨한 사이 시아버지가 너부러진 경찰의 보총과 탄피를 집어 들었다. 왜놈경장과 위만 경찰이 숲 속으로 냅다 뛰자 시아버지는 그 놈을 겨누고 총을 쐈다. 맹랑했다. 헛방이었다. 그는 며느리의 부탁을 명기하고 며느리와 노친한테 손을 들어보이고는 마음을 강하게 먹고 강 언덕으로 걸음을 다그쳤다.

살아남은 세 놈이 언덕의 바위 뒤로 기어 왔다. 시어머니가 그만 탄띠를 빼앗지 않았기에 탄알이 얼마 없다는 것을 그놈들은 알고 있었다. 이윽고 왜놈이 두 여인에게 돌멩이를 던지고는 날창을 쥐고 한 걸음 한 걸음 기어 왔다. 장의숙이 한방을 쏘니 탄알이 떨어졌다. 놈들이 총을 되앗아다가 시아버지의 뒤를 추격한다면 그 후과는 상상하기도 어려웠다.

어쩔 수 없는 순간이었다. 장의숙은 더 고려할 여지도 없이 세 자루의 총을 가슴에 안았다. 다음 얼음구멍을 보다가 울고 있는 어린애한테로 시선을 옮기었다. 마음을 강하게 먹은 그는 총끈을 자기 목에 걸고 지체 없이 얼음구멍으로 뛰어들었다.

장의숙 여인의 눈물겨운 이야기! 지금도 의란현과 송화강기슭의 사람들 속에서는 그 여인의 이름을 모른 채 그날의 비장한 이야기가 길이 전해지고 있다.

(림선옥, 말남)

　　필자가 장의숙의 투쟁사실을 처음 접하기는 1985년이다. 이해 『연변녀성』잡지 제4호에 『이름 모를 그 여인』이란 큰 편폭의 글이 실렸는데 글에 나오는 이름 모를 여인은 조련찮은 항일 여전사였다. 유감스럽게도 제목 그대로 이름을 알 수가 없었고 생존 연대마저 밝혀지지가 않았다. 한심한 것은 시간개념마저 없어 근본 어느 해 어느 해를 헤아릴 수 없었다. 하여 필자는 제4호에서 『이름 모를 그 여인』 부분을 떼어 내어 정히 보관하였다. 아무 때고 이름이랑 밝혀질 날이 있을 건만 같았다.

　　그로부터 10여 년 세월이 흘렀다. 1998년 4월 12일부터 8월 21일까지 넉 달 기간 필자는 남편과 함께 전문 시간을 내어 항일 열사전기들을 정리하게 되었다. 이 기간 우리 부부간은 60명 항일열사전기를 완수하였는데 『이름 모를 그 여인』이 마음에 걸리었다. 이해 7월 하순에 집중적으로 여성 항일열사전기를 정리하고 이미 정리, 발표한 여성투사들과 함께 『중국조선족 여성 항일 열사전』을 무으려고 작심하였는데 여기에서 빠뜨리면 아마 영원히 햇볕을 보지 못할 수도 있었다. 사명감, 책임감은 우리 부부의 어깨를 지지눌렀다.

　　그런 하루 필자는 여성 열사전기를 정리하던 중 우연히 료녕인민출판사에서 1983년에 출판한 소책자 『피어린 발자국』을 펼치게 되었다. 제75페이지에 이르러 당년 항일연군 제3군 제6사 사부 교

도대 대장 겸 지도원이었던 조선족 정병삼의 글 『항일투쟁의 불길 속에서』가 눈에 띄었다. 제3군이면 『이름 모를 그 여인』과 관계되는 부대가 아닌가, 정신이 번쩍 든 필자는 주의하여 읽기 시작하였는데 과연 81페이지 아랫부분에 『이름 모를 그 여인』이 나타났다. 이름 모를 여인은 다름 아닌 항일용사 장상룡의 아내 장의숙이었다. 우리는 만세라도 부르고픈 심정이었다. 콜럼버스가 신대륙을 발견한 기분이라 할까, 13년이나 모대기던 이름 모를 여인의 이름이 장의숙으로 끝내 밝혀졌으니 어찌 그렇지 않겠는가!

그해(1998년) 7월 26일, 필자는 남편과 함께 상기 글들과 『흑룡강당사자료』에 반영된 해당 자료들을 널리 추적한 후 끝내 장의숙 전기 초고를 써내게 되었다. 허다한 것은 『연변녀성』의 『이름 모를 그 여인』에 준하였으므로 글의 저자 말남(필명)이도 공동 저자로 밝히게 된다.

항일연군의 여전사

(1918-1936)

김려옥은 1918년생으로서 동북항일연군 제2군 6사의 여전사이다. 그가 어디 사람이며 어디에서 어떻게 항일연군에 참가하였는가를 아는 사람이 학계에는 거의 없는 것 같다. 다만 그의 빛나는 최후가 생생하게 후세에 전해질 따름이다.

1936년 3월 동북인민혁명군 제2군은 안도현 ‘미혼진회의’ 결정에 의해 동북항일연군 제2군으로 개편되고 산하에 1사, 2사, 3사 등 3개 사를 두었다. 이해 7월 제2군은 또 금천현 “하리회의~결정으로 제1군과 함께 동북항일연군 제1로군 제2군으로 개편되고 원래의 3개사번호를 4사, 5사, 6사로 바꾸었다. 김려옥은 제2군 제6사의 여전사로 되었다.

이해 7월 김려옥은 비밀행동으로 조장을 맡고 리윤화 등 2명과 함께 류하현 삼원포 경찰서의 내부형편을 정찰하게 되었다. 따라서 당지 군중들에게 반일삐라와 내부 신문을 배포하고 군중을 조직, 발동하는 사업도 겸해하여야 했다. 헌데 리윤화 등 두 전사가 병으로 거꾸러진 데서 일은 첫 시작부터 꼬였다. 과업은 무겁고 시간은 급했다. 김려옥은 세 사람이 세 개 줄에 살포해야 할 삐라와 신문을 한데 묶더니 어쩔 바를 모르는 두 전우에서 이렇게 말했다.

"동무들은 너무 조급해 말고 시름 놓고 병이나 잘 치료해요. 나 인차 돌아올게요."

그리곤 지체 없이 어둠 속으로 사라졌다. 김려옥이 홀몸으로 떠난 후 두 전사는 안절부절 못했다. 온밤을 뜬눈으로 새웠으나 밤으로 돌아온다던 김려옥은 종시 나타나지 않았다. 하루가 지나고 이틀이 지나도 종무소식이었다. 부대에서는 몇 번이나 사람을 띄워 탐문해도 묘연하기만 하였다.

후에야 안 일이지만 사연은 이러했다. 그날 밤 김려옥은 세 사람 분의 삐라와 신문을 지니고 중국인 지하교통원 장 아바이가 있는 버덕 마을로 숨어들었다. 그는 인차 마을의 지하교통망을 통하여 비밀리에 소형군중모임을 가지었다. 모임에서 그는 우리 항일부대가 도처에서 일제 놈들을 족치고 있다는 것을 소개하고 나서 "우리는 망국노로 될 수 없습니다. 중국 땅에 일본 놈들을 들여놓을 수 없습니다. 우리는 힘을 합쳐 일본 놈들을 중국 땅에서 몰아내야 합니다!"라고 덧붙였다.

심장을 탕탕 울리는 호소였다. 모임참가자들은 항일에 이로운 일이기만 하면 발 벗고 나서겠다고 너나없이 다지었다. 모임은 열시가 잘되어서야 끝났다. 김려옥은 군중들의 거듭되는 만류에도 불구하고 아직도 200여 장의 삐라와 신문을 뿌려야 한다면서 기어이 떠나갔다. 그가 자리를 뜬 뒤에야 사람들은 중국어에 유창한 이 처녀가 조선족이었음을 알았다.

비밀모임에는 지하교통원 장 아바이도 참가하였다. 집에 돌아온 그는 담배를 말아 피웠다. 김려옥의 말은 음미할수록 심금을 울리었다. 바로 그때 마을 북쪽 가에서 개 짖는 소리가 들리었다.

속이 철렁한 그가 문을 빠끔히 열고 북쪽으로 더듬어 갔더니 몇몇 경찰 놈들이 려옥의 몸에서 삐라와 신문을 앗아내고 있었다. 마을밖에 숨었던 10여 명 경찰 놈들이 이날 려옥이를 붙든 것이었다. 장 아바이는 놈들과 려옥의 뒤를 미행하다가 그자들에게 걸려들고 말았다.

경찰서 놈들은 려옥이한테서 무언가 알아내려고 그를 경찰서의 한 으리으리한 방에 안내하고 풍성한 음식상을 마련하였다. 경찰서장 놈이 직접 나서더니 그저 부대주둔지와 부대의 작전계획만을 실토하면 당장에서 석방할 뿐 아니라 어떠한 요구도 들어주겠다고 구슬리었다. 서장 놈은 끈덕지게도 달라붙었다. 허나 김려옥의 입에서 튀어나오는 것은 “모른다!”는 말 한마디뿐이었다. 악이 난 서장 놈은 악명이 자자한 뚱뚱보 경찰 놈 ‘개몽둥이’를 시켜 매질을 들이대게 하였다. 개몽둥이는 지칠 때까지 매질하다가 아우성을 쳤다.

“이 계집년, 말할 테냐, 안 말할 테냐?”

“너 따위와 무슨 말할 재미가 있느냐, 똑똑히 알려주마. 난 네 놈들과 싸우는 사람이다.”

려옥이가 모진 아픔을 참으며 대꾸하자 개몽둥이는 투박한 손으로 려옥이의 얼굴을 냅다 쳤다. 그리곤 심문을 들이댔다.

“부대가 어디에 있느냐?”

“산에 있다!”

“어느 산에 있느냐?”

“어느 산에나 다 있다!”

“에익, 독한 년!”

개몽둥이는 욕질하면서 마구 물매를 들이댔다. 려옥이는 정신을 잃고 쓰러졌다. 얼굴은 온통 피투성이였다. 한쪽에 앉아 있던 서장 놈이 눈치하자 개몽둥이는 물통을 들어 찬물을 퍼부었다. 려옥이는 가물가물 정신을 차리었다. 그러자 경찰서장 놈이 능청을 떨었다.

“지금도 늦지 않았다. 말만 한다면 이 자리로 자유를 줄 테다. 식량은 어디서 난거냐?”

“군중들에게서 얻었다!”

“어디 군중들이냐?”

“온 나라의 군중들이다!”

서장 놈은 펄펄 뛰면서 발질을 해댔다. 려옥이는 극심한 아픔을 참아냈다.

“너희들의 무기는 어디서 온 거냐?”

“네놈들 개다리의 손에서 뺏은 거다!” ……

이는 려옥이의 마지막 대꾸었다. 놈들이 뭐라고 씨부렁대도 려옥이는 더는 아예 입을 열지도 않았다.

적들은 김려옥이를 사형장에 내세웠다. 숱한 백성들이 끌려왔다. 생명을 마감 짓는 시각 려옥이는 군중들을 둘러보며 열변을 토하였다.

“여러분! 괴로워 마세요. 이 려옥이가 죽어도 천만의 려옥이가 일어나고 있습니다. 모두가 힘을 합쳐 일제 놈들을 이 땅에서 몰아냅시다! …”

김려옥은 류하현 삼원포에서 장렬히 희생되었다. 18살의 뜨거운 심장이 고동을 멈추었다. 그는 피와 생명으로 수백 명 부대동지들의 안전을 담보하였다.

그가 희생된 후 적들은 장 아바이를 석방하였다. 장 아바이는 김려옥의 최후를 부대에 알려야 한다고 생각하고 비바람 속을 헤치며 50여 리 밤길을 조여 부대주둔지를 찾았다.

김려옥이 동지들의 곁을 떠난 지 닷새째 되는 날 밤이다. 장아바이한테서 늦게나마 전우의 자초지종을 듣게 된 부대전사들은 서로 오열을 터뜨렸다. 그들은 다시는 생기로 넘치는 김려옥의 모습을 볼 수 없었다.

잊지 못할 여성항일영웅

(1884-1938)

20세기 30년대 중기 항일연군 제2군 제6사의 장백에로의 진출을 말할 때면 잊지 못할 한 여성항일영웅을 상기하게 된다. 이 여성항일영웅의 이름은 조오선이다. 그는 장백현 가재수전투시 자기의 생명으로 부대의 진격로를 열어놓은 조선민족의 훌륭한 어머니이다.

조오선은 1884년 3월 23일생으로서 본시 조선 함경남도 북청군 하거서 임자동에서 살았었다. 살기가 너무도 어려워 그들 일가가 오두막이며 장롱 등속을 팔아 말을 한필 사가지고 명태 짐을 싣고 후치령을 넘어선 것이 삼수군 개운성이다.

개운성은 해발 1200미터를 넘도는 고원지대이다. 조오선 일가는 그곳에 부대를 일으키고 농사를 지었는데 생활은 도시 피일줄 몰랐다. 남편과 큰아들 병설은 할 수 없이 길 닦기, 함지 팔기 등 품팔이에 나섰으나 입에 풀칠하기조차 어려웠다.

그래도 살아야 했다. 남편 류광윤은 머루골에 가서 남의 밭을 부쳐주는 일에 나서고 나어린 병설은 머슴살이로 들어갔다. 조오선은 어린 둘째와 셋째를 데리고 장진 쪽으로 가서 품을 팔았다.

한 가족이 모인 것은 이듬해 4월이었다. 그때 압록강 건너에 가면 소작도 얻을 수 있고 쌀도 꿔 먹을 수 있다는 말이 가끔 들리었다. 그래서 그들 일가는 아예 장백현 신방자 가재수로 다시 옮겨 앉게 되었다.

가재수는 장백현 팔도구향에 속하는 조선인 마을이다. 압록강이라야 불과 30리쯤 밖에 안된다. 팔자 탓인지 중국 땅 가재수에서의 생활도 지긋지긋하기만 하였다. 소작도 짓고 품도 팔며 종일 쉬지 않고 돌아쳐도 그냥 하루 세끼 장만하기 어려워 굶주림에 시달려야만 했다. 한숨만 나갔다. 어린것들 몰래 눈물을 훔친 적도 얼마인지 모른다. 왜서 이렇게만 살아야 하는지, 조오선은 한숨을 떨칠 수가 없었다. 1936년 초가을에 박덕산이라고 변명한 항일연군 제2군 6사의 정치공작원 김일이 이 마을에 나타난 후에야 조오선의 안색은 차차 맑아졌다.

김일은 진실한 신분을 속이고 조선서 벌이를 온 사람으로 위장하였다. 그는 마을 사람들과 같이 김도 매고 거두매도 하면서 밭을 붙이기 시작하였다. 처음 그의 주위에 하나 둘 사람들이 모여들더니 그 수는 차츰 늘어만 갔다. 후에는 산속 어디엔가 식량을 운반하기 시작하더니 광목도 사들이고 노동화와 내의도 사들여서 산으로 가져갔다. 1937년에 이르러 가재수와 그 일대는 항일연군 제2군 6사와 4사, 제1군 2사가 활동하는 주요 구역으로 되더니 가재수에는 지하교통소까지 세워졌다. 조오선은 이 지하교통소의 연락원과 반일회 부녀회원으로 되어 항일연군에 정보도 제공하고 식량도 날라 갔다. 또한 마을의 여인들을 이 대열에로 불러내왔다. 뒤늦게야 그는 일본침략자 및 그 앞잡이들과 싸우는 이 길만이 진정 삶의 길임을 깨달았던 것이다.

그 후 적들이 '토벌'을 일삼으며 교통요도를 봉쇄하고 경제봉

쇄를 실시하였지만 항일연군과 인민군중 간의 혈연적 관계를 두절할 수는 없었다. 1937년 봄에 조오선은 강 건너 신방자로 자주 다니며 적지 않은 광목을 구입하였다. 그는 이 광목들을 물동이 안에 넣어 수차에 걸쳐 집에 가져 온 후 강가에 나가 물을 긷는 것처럼 하다가 버드나무 숲에서 기다리는 주삼룡 농민에게 넘겨주었다. 그러면 주삼룡은 이 광목을 가마니에 넣어 밤도와 산속의 비밀연락소로 가져가군 하였다.

이해 여름에 김일(6사 8연대 1중대 지도원)이 비밀리에 조오선을 찾아 다왜자 부근 산굴에 5명의 상병원이 있는데 약품을 구할 수 없겠는가고 물었다. 그러면서 연락신호와 지점을 약속하였다.

며칠 후 조오선은 나무하러 가는 것처럼 꾸미고 아들을 데리고 집 문을 나섰다. 그가 겨우겨우 걷는 모양새를 내니 적들은 의심하지도 않았다. 그는 강을 무사히 건너가 약품을 약속지점에까지 가져갔다. 그 후에도 그는 수차나 식량과 약품을 보내어 부대의 5명 상병원이 상처를 가시고 부대로 돌아가게 하였다.

겨울이 가까워 오자 부대에는 겨울내의들이 많이 수요 되었다. 조오선은 주삼룡 농민과 함께 마을의 여인들을 데리고 압록강건너 후창군 나중리로 갔다. 돌아올 때 그들은 산 내의들을 사람당 여러 벌씩 껴입고 나루터의 순사 놈들을 얼려 넘기었다.

1937년 겨울 항일연군 제6사의 일부 부대가 장백현 북대정자의 류가대원(劉家大院) 일대에서 활동하였다. 식량이 떨어진 지도 벌써 여러 날이 되었다. 그들은 나무껍질을 벗겨 삶아 우려먹을 수밖에 없었다. 부대에서 파견한 군수부관 교방의를 통하여 이 소식을 알게 된 조오선은 안절부절 못하였다.

그럴 만도 하였다. 가재수 마을에는 이미 경찰분주소가 들어앉고 촌공서까지 세워져 식량을 운반한다는 것은 그야말로 목숨을 내미는 것이나 진배없었다. 목숨을 바치는 일은 대수롭지 않았지만 식량을 빼돌리는 일은 여간 쉬운 일이 아니었다. 그래도 해내야 하였다. 조오선은 잠간 생각을 굴리더니 마을의 지하교통소 최봉수 농민을 찾아 대책을 강구하였다. 마을여인들이 소통하더니 적지 않은 식량이 모아졌다. 조오선과 주삼룡 농민은 10여 명의 군중과 줄을 달고는 적들의 감시망을 감쪽같이 넘어섰다. 식량은 곧추 백석라자 평전자의 비밀연락원한테로 전해졌다.

조오선은 항일연군 원호뿐 아니라 김일과 손잡고 김성국 등 청년들을 항일연군에 입대하도록 하였다. 처음에 그들은 지원자들을 곧추 부대로 보냈는데 부대에서는 그 가족들에 미칠 화를 고려하여 도로 돌려보냈다. 그리곤 다시 와서 체포해 가는 형식을 취하니 경찰들도 얼떨떨해 속히 었다.

1937년 겨울 항일연군 제2군 6사는 사장의 지도하에 몽강현 마당거우밀영에서 군정학습을 하다가 다른 항일연군 부대들과의 협동작전하에 1938년 봄부터 압록강연안에서 춘기공세를 벌였다. 6사는 이해 4월 한 달 기간에만 해도 동에 번쩍 서에 번쩍 하면서 장백현과 림강현 일대에서 연속 작전하였다. 가재수 전투는 그 가운데의 한 진공전투이다.

이날 어둠이 소리 없이 깃을 펼 때 가재수 동북쪽 산마루에 부대가 나타났다. 차단조와 제1, 제2 습격조는 지정된 방향으로 소리 없이 숨어들었다.

제1 습격조가 동문습격임무를 맡았다. 그들은 동문 쪽에 다가가 보초 놈을 번개같이 까 눕히고 성문을 열고 경찰분주소와 동북쪽 포대를 습격하였다. 제2 습격조는 서남 포대를 습격한 후 지체 없이 경찰분주소를 들이쳤다. 담벽과 전주대들엔 격문이 나붙고 삐라가 도처에 흩날렸다.

그러나 북쪽포대를 점령하지 못하였다. 경찰들은 북쪽포대에 밀려들어 완강히 저항하였다. 그때까지도 습격조들에서는 북쪽포대로 통하는 문을 찾지 못하였다.

북쪽포대에서 두어 집 사이를 둔 곳에 반일부녀회원 조오선의 집이 있었다. 지휘부에서는 인차 한 개 반 전사들을 조오선 어머니에게 보내어 도움을 청하였다. 그때 조오선은 포대에서 날아오는 총알을 피하기 위하여 나어린 두 아들을 껴안고 부엌아궁이 앞에 엎드려 있었다.

“어머니! 저 포대로 통하는 문이 어느 쪽에 있습니까, 어떻게 엽니까?”하고 반장이 물었다.

“저놈들이 묘하게 만들어 놓아서 어둠 속에서 찾기 어려우니 날 따라오오.”하고 대답하곤 조오선은 바당 구석에 있는 도끼를 집어 들고 바깥으로 나갔다.

“어머니! 위험합니다. 가리켜만 주십시오.”

반장이 말하였으나 조오선은 제잡담 탄우 속을 헤치며 달려 나갔다.

어느덧 조오선은 도끼로 북쪽 널문을 찍기 시작했다. 도끼질 소리가 쩡쩡 울리자 적들은 문 쪽에 대고 사격하였다. 조오선은 불행해 적탄에 다리를 맞고 쓰러졌다. 급해 맞은 반장이 조오선 어머니한테로 달려갔다. 쓰러졌던 조오선은 불사조마냥 다시 일어서서 도끼를 휘둘렀다.

드디어 대문이 부서졌다. 그러나 조오선은 다시 적탄을 맞고 쓰러졌다.

항일연군전사들은 55살에 나는 조오선 어머니가 목숨으로 열어 놓은 진격로로 내달아 마침내 포대 안의 적들을 요정내고 가재수 전투에서 승리하였다.

한숨과 눈물 속에서 지긋지긋 살아왔던 가재수의 한 어머니! 반일회 부녀회원으로 활약하면서 헌신적으로 부대를 원호하였던 혁명의 어머니! 사랑스런 두 아들을 뒤에 남기고 서슴없이 사선 으로 육박한 조오선 어머니! 그는 실로 우리 민족이 낳은 항일의 여성영웅이었다.

장백 땅에 피 뿌리다

(1914-1938)

오늘의 용정시 덕신향 금곡촌은 전에는 항일열사만 해도 수십 명이나 되는데 훗날 중공화룡현위 제5임 서기 김일환의 미망인이었고 항일연군의 여전사였으며 장백 땅에서 피 뿌린 리계순은 이들 수십 명 가운데의 한 사람이다.

1

금곡촌은 광복전에 화룡현 덕신사의 한개 행정촌이었다. 1914년 음력 11월 15일(양력 12월 31일)에 리계순은 이 마을의 한 가난한 리씨댁에서 삶의 계주봉을 받아 쥐었다. 털면 먼지뿐인 살림이라 아버지 리원백은 아글타글 돌아쳐도 처녀애로 자라난 리계순을 학교에 보낼 힘마저 없었다.

그 세월에 금곡촌에는 사립원동학교가 있었다. 1928년에 조선 경성감옥에서 출옥한 외지 한 혁명자가 장창환이라고 변성명하고 아내와 같이 원동학교에 와서 교편을 잡았다. 그의 도움으로 리계순은 이해 여름에 늦게나마 원동학교에 들어가 공부할 수 있었다.

장창환은 교원 신분으로 속이고 아내와 같이 금곡 일대에 혁명의 불씨를 뿌리기 시작하였다. 마을에는 야학실이 꾸려지고 장씨 아내가 부녀강습을 맡았다. 그때 금곡에는 길림, 국자가, 용정 등지에 가서 공부하는 학생들이 채수항을 비롯하여 30여 명이었다. 그들이 때때로 마을에 돌아와 함께 손을 펴니 반일분위기는 날로 짙어갔다.

계순이 원동학교에 다니면서 혁명에 어섯눈을 뜰 때 길림사범학교에 다니던 오빠 리지춘이 마을로 돌아왔다. 이때의 오빠는 공부만을 위해 고학하는 단순한 학생이 아니었다. 길림사범학교에 다닐 때 그는 길림육문중학교에 다니는 나젊은 혁명가 김일성의 지도를 받으며 혁명투쟁에 나섰다가 고향 마을을 혁명화 할 웅심을 지니고 귀향을 단행하였었다.

리계순은 오빠와 장창환, 채수항 등의 영향 밑에서 혁명에로 강단을 내리었다. 하기에 그는 원동학교에서 매 주일 정기적으로 가지는 강연회연단에 선뜻 올라 일제 놈들과 지주, 자본가들의 죄악을 폭로하면서 모두가 힘을 합쳐 일본제국주의를 이 땅에서 몰아내고 지주와 자본가들을 소멸해야 한다고 열변을 토하였다.

마을에는 조공당조직이 뿌리를 내리면서 조공당이 지도하는 부녀회, 소선대, 농민협회, 반제동맹 등 군중단체가 결성되었다. 계순이는 앞장서 소선대에 가입하여 삐라살포와 보초, 통신연락 등에 열성을 보이었다.

1928년 12월에 공산국제에서는 전문 결의를 지어 '일국일당'제의 원칙에 따라 조선공산당을 해산하고 중공당에로의 가입을 호소하였다. 1930년 5·30폭동 이후 투쟁의 시련을 겪은 원조공당의 당원들이 개별수속을 거쳐 중국공산당에 가입하기 시작하였다.

1930년 6월 이후 마을의 리지춘, 장창환, 김정숙 등 한 패의 동지들이 선참 비밀리에 중국공산당에 가입하더니 채수항을 서기로 하는 금곡 지하당지부가 정식으로 조직되었다. 중공당이 지도하는 공청단, 부녀회, 소선대, 농민협회, 적위대 등 혁명단체들이 재조직되기 시작하자 리계순은 부녀회에 참가하여 맹활약을 보이었다.

1931년 5월 1일에 금곡촌의 수백 명 군중들은 당 조직의 조직 밑에 원동학교 뒷골안에 모이여 5·1절 기념대회를 가지었다. 이여 일제의 주구 김경선과 신룡문이를 호되게 투쟁하였다. 리계순은 김정숙 등과 함께 마을의 부녀들을 투쟁에로 궐기시켰다. 1931년 가을의 추수투쟁과 1932년 봄의 춘황투쟁에서도 리계순은 쇠 소리가 나는 투쟁골간이었다.

1932년 4월에 중공당원인 김익춘(김경욱이라고도 불렀음.)이 달라자구위 농민협회책임자로 부임되었다. 그는 워낙 약수동 사람인데 금곡촌에 친척들이 있었다. 훗날 화룡연대의 여전사 김정옥도 금곡촌 출신으로서 그의 사촌 여동생이었다. 이런 고로 1907년생인 익춘이는 나이가 많아서 금곡촌에 가 원동학교를 다니며 공부를 하였다. 이 시기에 그는 자기보다 예닐곱 아래인 리계순을 알게 되고 후에 사랑을 속삭이게 되었다 1932년에는 이미 부부 관계로 널리 알리어졌다.

김익춘이 달라자구구위 춘황추쟁의 제1선 총책임자로 나서게 되자 리계순은 그를 도와 투쟁의 골간으로 나섰다.

한데서 김익춘이와 리계순, 공청단 대구구위 책임자 리지춘 등은 적들이 주목하는 대상이 되어 마을에 배기지 못하고 산으로 숨어 다녀야 했다. 그 가운데서도 추수춘황에서 선두에 나선 김익춘과 리계순은 더욱 그러하였다. 이때의 리계순은 이미 공청단원이었다. 대구 당, 단 구위에서는 전문 연구하고 현위의 비준을 거친 뒤 리계순과 그의 남편을 현위가 자리 잡은 평강구약수동으로 전이시켰다.

2

1932년 여름에 약수동으로 이동한 후 리계순은 황용정을 대장으로 하고 김일환의 동생 김동산과 김순회의 남편 손태익을 부대장으로 약수동 적위대에 편입되었다. 남편 김익춘은 구위의 지도 밑에 훗날의 화룡현 유격대 대장이며 열사인 김세와 손잡고 평강구 유격대를 재건하는 간고한 사업에 나섰다.

약수동 적위대는 현위와 구위 여러 기관들을 보호하고 주구를 청산하며 무기를 탈취하는 등을 주요 과업으로 내세웠다. 리계순이 일마다에서 남자들에 못지않게 선두에서 모범을 보인 데서 이해 8월에 당 조직에서는 그를 제때에 중국공산당 당원으로 받아들이었다.

이해 9월의 어느 날 리계순은 오빠 리지춘이 놈들에게 비참히 학살되었다는 비보를 접하였다. 사연은 이러했다.

그날 대구공청단 책임자인 리지춘은 동지들과 함께 산속인 알미대의 동굴에서 회의를 하고 있었다. 헌데 팔도하자(남양평) 경찰서의 김순사와 리순사가 어느 결에 낌새를 챘다. 이자들은 30여 명의 무장자위단을 거느리고 밤중에 동굴을 포위하고 리지춘 등을 체포하였다. 이튿날 이른 새벽에는 마을을 물샐틈없이 포위하고 수색전을 펼치더니 몇몇 청년들을 붙잡아 리지춘 등과 함께 한곳에 모아세우고 밀집소사를 한 다음 빈집에 떠밀어놓고 불을 질렀다. 두벌죽음을 당한 것이다.

리계순은 원수들의 만행에 치를 떨었다. 리지춘은 그에게 있어서 둘도 없는 사랑하는 오빠이고 자기를 혁명의 길에로 손잡아 이끌어준 스승이기도 하였다. 비통에 잠긴 리계순은 다음날 새벽에 머리채를 풀고 가위로 뭉청 잘라 정성스레 달비를 지었다. 그리고는 어머니에게 다음과 같은 내용의 편지를 썼다.

"어머니! 제가 집을 떠난 후 오빠마저 세상을 떠났다니 얼마나 괴로우시겠습니까. 그러나 슬퍼하지 마세요. … 원수들에게 눈물을 보이지 말아야지요. …"

"어머님께 저의 달비를 보내드립니다. 제가 오랫동안 어머니 곁에 가지 못하더라도 나를 보듯이 이 달비를 보십시오. 혁명이 승리하는 그날까지 부디 몸성히 계실 것을 바라마지않습니다."

리계순은 조직의 도움으로 이 달비와 편지를 어머니에게 보내고는 적위대 일에 발 벗고 나섰다.

헌데 화는 눈썹에서 떨어진다더니 남편 김익춘이 또 놈들의 토벌에서 거꾸러졌다. 그는 도무지 이 현실을 받아들일 수가 없었다.

평강구 유격대가 재건된 후 대장 김세는 당 조직의 파견을 받고 안도산속의 중국육군대 속에 들어가 구국군 쟁취사업에 나서고 남편이 임시대장사업을 맡아보았다. 그러던 어느 날 유격대는 세린하의 한 악질주구 백호장을 죽여 버렸다가 놈들의 추격을 당했다. 약수동 뒷산언덕에서 놈들의 포위 속에 든 순간에 김익춘은 적들을 자기한테로 끌며 동지들을 엄호하다가 장렬히 희생되었다. 놈들은 공산당을 잡았다면서 익춘의 목을 매여 세린하 대지주 손가 놈의 대문 앞에 달아매기까지 하였다.

하늘은 무정하기만 하였다 했으나 리계순은 비통에만 잠겨있을 수가 없었다. 그는 비통을 용케도 이겨내고 백배의 힘으로 일어섰다.

1932년 가을 이후 중공평강구위는 구유격대와 함께 현위의 지시에 따라 선참으로 산구에 위치한 어랑촌에 진출하여 근거지 개척에 나섰다. 따라서 당현위와 구위 여러 기관이 이동하고 현안의 삼구, 대구, 개구 유격대의 장총대들도 육속 근거지에 들어가 12월에 화룡현 유격대로 개편되었다.

어딜 보나 생기로 넘치는 우리 세상이었다. 리계순도 조직의 배려로 신생한 어랑촌 근거지로 들어갔으나 이 첫 시기의 투쟁자료가 보이지 않는다. 비밀공작이여서 항일투사들도 회억을 남기지 못한 처지이다.

3

1933년 2월 12일(음력 1월 18일)에 어랑촌 13용사 전투에서 중공화룡현위 제4임 서기 최상동이 불행히 희생된 후 현위 조직부장 김일환이 제5임 현위서기로 부임되고 리계순은 현위비서로 되어 김일환의 신변에서 사업하게 되었다. 그러다가 김일환과 재혼하고 어랑촌 서남쪽의 야지곬 어구 외딴집에서 생활하게 되었다.

두 번째로 맞이한 남편이지만 리계순은 일찍 달라자를 주름잡았던 이 혁명가 남편을 더없이 사랑하며 시어머니 오옥경, 5촌 조카 김선이와 더불어 남편의 발이 되고 팔이 되어주었다.

남편 김일환은 어랑촌 '1·18'반격전에서 큰 손실을 입은 현유격대를 조속히 춰 세우기 위하여 불철주야로 사업하였다. 때론 주변의 구국군 손장상 대대에 들어가고 때론 천수동에 자리 잡은 병기공장에 찾아가 화룡현 수류탄을 만들어 낼 것을 요구하고 때론 현위 산하의 중공안도구위를 지도하여 유격대 편입사업을 드세게 내밀었다. 이에 바친 리계순의 숨은 노력은 얼마인지 모른다.

1933년 봄에 화룡현 유격대는 드디어 '1·18'의 엄청난 손실에서 벗어나 시초의 한 개 중대로부터 3개 중대를 가진 대대로 발전하였다. 이에 따라 현위와 당평강구위에서는 한 패 또 한 패의 견실한 동지들로 비행선전대를 무어 적점 영구에 파견하였다. 이에 대비하여 리계순은 적들이 우글거리는 용정에 들어갈 것을 요구하였다.

이해 여름에 리계순은 남편의 지지와 당 조직의 파견으로 박파 등 여러 동지들과 함께 선후로 용정 시가지에 숨어들었다. 박파 등이 파괴된 당, 단 지하조직복구에 나설 때 리계순은 홀몸으로 일본 놈들이 자주 드나드는 한 국수집 잡부로 들어갔다. 점차 그는 주인마누라의 환심을 사고 국수배달이란 이 자리에 들어섰다. 때론 순사 놈들이나 부잣집에서 일본 놈들을 청할 때면 국수를 나르는 척 하면서 놈들의 담화를 엿들으며 수집한 정보들을 내선을 통해 제때에 근거지에 전하였다.

이 무렵에 소선대 화룡현위 책임자 박파가 주구의 밀고로 적들에게 체포되었다. 적 첩보기관의 주시가 따르는데서 리계순은 조직의 지시를 받고 인차 용정을 벗어나 근거지로 무사히 돌아갔다.

어랑촌 항일유격 근거지의 흥기는 적들의 지대한 불안을 자아냈다. 일제 놈들은 1933년 봄과 여름의 수차의 토벌에 이어 이해 가을에 또 일만 연합 '토벌'대를 무어 수백에 달하는 병력으로 어랑촌 근거지를 대거 진공하였다. 현위에서는 여러 가지 정보에 근거하여 적들의 움직임을 판단하고 근거지를 비우기로 결정하고 리계순한테 근거지의 군중들을 안전지대로 피신시키는 사업을 맡기었다.

적 '토벌'대가 근거지 본부에 들어섰을 때는 근거지 군민들이 모두 산속의 샘물골과 버섯골으로 전이 한 뒤였다. 악이 난 놈들은 근거지의 집들에 마구 불을 지르고 살기등등하게 버섯골 쪽으로 짓쳐나갔다. 이때 유격대는 손장상 구국군부대와 첫 협동작전을 벌리고 버섯골 어구 작살바위에 매복해 있다가 불의습격을 들이댔다.

전투가 한창 벌어질 때 리계순은 부녀들을 조직하여 아군부대에 밥과 물을 보내주었다. 적들이 패주한 뒤에는 구국군부대를 찾아 위문하고 아동연 예대를 내세워 위문공연까지 하였다.

근거지의 군민들은 모두가 하나같이 김일환을 위수로 하는 현당위의 두리에 똘똘 뭉쳐 근거지를 철옹성처럼 굳건히 지켜갔다.

헌데 웬 날벼락 일가, 리계순이 일환과 같은 남편을 둔데 대해 가슴 뿌듯해 할 때 남편은 하루아침에 현위서기 직무에서 해임되어 온 가족을 데리고 처창즈에 가서 구국군 쟁취사업에 나서란다. 때는 1933년 11월의 악몽과도 같은 나날인데 후에 밝혀지는데 의하면 '민생단'사건과 연관이 없길 않았다. 앞으로 현위와 구위의 간부들은 모두 노농출신의 사람들 가운데서 선발해야 한다고 한 동만특위의 '좌'적 지시는 '민생단' 잡이의 전주곡에 불과하였다.

4

1933년 11월에 계순이 일가는 처창즈로 간 후 세대주 성씨를 리 씨로 변성명하고 처창즈 동쪽 골에 있는 중국인지주집에 일군으로 들어갔다. 남편이 농사를 엄폐로 구국군 공작에 나설 때 계순이는 부녀공작에 뛰어들었다. 시어머니 오옥경은 통신공작, 조카 김선이는 아동공작에 나서니 온 집 안 모두가 기계치륜처럼 물려 돌아갔다.

처창즈의 사업이 성과적으로 진척되어 갔다. 1934년 가을 이후 어랑촌 근거지의 군민들은 선참으로 새로 개척한 처창즈 근거지로 전이하기 시작하였다. 바로 이때 남편은 정식으로 ‘민생단’의 혐의를 받다가 1934년 음력 11월(양력 12월)에 끝내 당 조직에 의해 비밀리에 살해당했다. 계순이와 시어머니, 조카-세 여인은 서로 붙안고 비분의 눈물을 쏟았다.

그런데 일은 여기에서 끝나지 않았다. 노당원인 시어머니는 당적을 제명당하고 계순이는 ‘민생단’ 혐의추적을 받았다. 이듬해 봄에 조카 김선이는 옥수수를 심을 때 너무도 배고파 못쓰게 된 옥수수알 몇 알을 먹었다고 ‘민생단’ 혐의로 체포되어 3일간이나 묶이어 지내야 했다. 15살밖에 안된다는 데서 일주일 만에 놓여 나오니 계순이는 너무도 억이 막혀 시어머니와 같이 밭머리에 나가 한바탕 통곡하였다 했으나 계순이는 혁명을 염오하거나 근거지를 떠나려고 하지 않았다. 그는 강심을 먹고 일어나 투쟁을 견지하는 것으로 남편이 어떤 사람인가를 증명하려고 하였다.

1935년 음력설이 지나 연길현 여러 근거지의 혁명군중들이 또 처창즈에 밀려들었다. 자그마한 처창즈에 군중만 해도 500명을 훨씬 넘어서니 처창즈의 식량 사정은 극도에 달했다. 군중들은 나무껍질과 풀뿌리로 목숨을 부지할 수밖에 없었다.

그때 조카 김선이는 근거지 적위대에 참가하여 집단생활을 하고 계순이는 시어머니와 함께 처창즈 북산에 초막을 지어놓았다. 만삭이 된 그는 몸을 힘겹게 움직이면서도 매일 부녀와 군중들한테 가서 곤란을 이겨내고 투쟁을 견지하자고 고무하여 주었다. 그의 완강한 투쟁정신은 사람들은 심히 감동시키었다.

1935년 이해 봄에 계순이는 딸 정자를 낳았다. 몸이 너무 허약하여 젖이 나올 리가 만무하였다. 헌 두루마기에 싸인 갓난애는 배가 고파서 울기만 하였다. 계순이는 가슴이 미어지는 것만 같았다.

어느 날 적위대에 갔던 김선이가 아기를 보러 왔다. 세 식구는 오래간 만에 모여앉아 소나무껍질로 저녁을 굼때웠다. 문뜩 계순이가 시어머니에게 이런 물음을 던지었다.

"어머니, 앞으로 우리 정자랑은 이런 것을 먹지 않겠지요?!"

"아무렴, 우리가 지금 이런 것을 먹는 것은 애들이 더는 먹지 않게 하기 위해서이지!" 시어머니는 아기를 들여다보면서 낙관적으로 말하였다. 계순이는 어린 것을 위해서 넘어가지 않는 소나무껍질을 또 억지로 넘기었다. 미래를 사랑하는 사람들의 힘은 이토록 컸다.

1935년 여름 이후 처창즈 근거지에 대한 적들의 토벌은 더욱 우심해졌다. 이해 봄에 다시 군중해산문제가 제기되었으나 누구 하나 산에서 내려가려 하지 않았다.

음력 10월에 수백에 달하는 적들이 세 갈래로 나뉘어 처창즈 근거지에 일시에 덮쳐들었다. 항일부대는 여러 날이나 싸웠지만 나중에는 일부 소부대만 남기고 음력 10월 9일(양력 11월 4일)에 내두산 일대로 전이하지 않을 수 없었다. 근거지 해산문제가 다시 일정에 올라 청년들은 앞 다투어 부대에 편입되고 노약자와 부녀들은 조직의 지시에 의하여 무조건 하산하여야 했다.

그러나 계순이는 시어머니와 함께 죽어도 산 아래로 내려가지 않겠다고 뻐기었다. 하여 김일네 집 안(부처간)과 남창수네 집 안

(삼형제), 강일수네 집 안, 리계순네 집 안(네 식구) 도합 16명 '민생단' 연루자가족들은 먼저 서남차 골짜기에 초막을 지어놓고 남아서 계속 싸울 것을 결의하였다. 후에는 동남차 골짜기 막바지에 귀틀집 하나를 지어놓고 단합살림을 꾸리었다. 리계순네 가정은 말 그대로 계순이와 시어머니 오옥경, 조카 김선, 딸애 정자네 식구이다. 에누리 없는 청일색의 낭자군이었다. 집 안에 있을 사람은 다 있어야 한다고 살다 보면 남자의 일손이 그리울 때가 많았다. 그때마다 16명의 대가정 성원들은 서로 믿고 받들었지만 삼형제 중 맏이인 남창수는 더욱 그러하였다. 처음에는 서로 의지하며 으레 그러려니 했지만 시간의 흐름 속에서 그것은 애틋한 사랑으로 번져갔다. 계순이의 시어머니도 남달리 원심을 쓰는 창수를 두고 눈치를 모르는 바가 아니었다.

1936년 새해에 들어선 어느 날 시어머니는 며느리를 조용히 찾아 남창수가 좋으니 마주서 보라고 귀띔하였다. 처음에는 아닌 보살을 했지만 그 마음을 어디에 감출 수 있으랴. 마음은 있어도 시어머니 앞에서 선뜻 말을 내지 못했던 그는 시어머니의 처사가 돋보이기만 했다.

후에 리계순은 조직의 비준으로 남창수와 결혼하고 부부간이 되었다. 꼭 김일환이 희생되어 2년 만에 있은 세 번째 재혼이다.

동남차 막바지에 단합살림을 꾸린 후 이들네 집 안은 산속에 남아있는 사람들과 연계를 가지고 반일자위대를 조직하였다. 계순이와 김선이는 이 자위대의 여대원으로 되었다.

1936년 음력설을 앞두고 그들은 한 개 분대를 거느리고 8연대를 찾고 있는 김명주를 만났다. 그한테서 3사 8연대(후에 6사 8연대)가 안도현 경내에서 활동하고 있다는 소식을 듣고 그들의 도움으로 8퇀과 연계를 가지었다.

8연대 연대장 전영림은 리계순네 모두를 연대의 특수반으로 받아들이는데 동의하였다. 이는 겨울이 발버둥질치는 1936년 이른 봄의 일이다. 총을 잡고 원수 놈들과 싸우려는 리계순의 소망은 마침내 이루어졌다.

전영림의 8연대는 동북항일연군 제2군 제6사 소속이었다. 6사 8연대의 이 특수반에는 젖먹이 정자도 있는가 하면 나이 많은 오옥경 시어머니도 있어 부대에 시끄러움을 끼치기가 일쑤였다. 한번은 적의 '토벌'대와 맞띄어 그 자리에 은폐했는데 첫돌이 갓 지난 정자가 배고프다고 울어댔다. 전체의 목표가 노출될 시각에 계순이는 더 생각할 겨를도 없이 저고리 솜을 꺼내 아기의 입에 틀어막았다. 아기는 낯빛이 파랗게 질려갔다. 다행히 시어머니가 내 아들의 후대는 이것뿐이라며 입에 솜을 빼고 아이를 안은 채 산속으로 천방지축 깊이 들어간 데서 아이는 구사일생으로 사경에서 벗어날 수 있었다.

더는 부대에 시끄러움을 끼칠 수 없었다. 시어머니는 어린 정자를 데리고 하산을 결심했다.

이별이 각일각 다가오는 이 시각에 계순이는 철모르는 유복녀를 누가 앗아가기라도 하듯 꼭 업고 시어머니를 따라나섰다.

"이 사람 며느리! 내가 살아있는 한 정자도 살아있을 것이니 근심 말고 잘 싸우게!"

시어머니는 며느리를 막아서며 정자를 받아 업었다. 무슨 낌새를 느꼈는지 정자는 어머니한테 가겠다고 기를 쓰면서 울어댔다. 시어머니도 울고 계순이도 흐느꼈다. 시어머니는 강잉히 정자를 들쳐 업고 급급히 그 자리를 떴다.

정자는 울음을 그치지 않고 내내 발버둥질이다. 그러는 살붙이가 너무 불쌍해서 계순이는 막 달려가며 시어머니를 불렀다. 그러건 말건 시어머니는 뒤도 돌아보지 않고 산 아래로, 산 아래로 내려가기만 하였다. 드라마처럼 펼쳐지는 눈물겨운 인생이별사의 한 페이지였다. 그 후 그들은 서로 다시 한번의 면회도 가져보지 못하였다.

5

그 후 6사 8연대는 1936년 봄과 여름, 가을 내내 안도현과 무송현 일대에서 활동하다가 이해 11월에 6사 사령부의 명령을 받고 장백현 희샤즈거우 밀영으로 움직이었다.

그해 따라 강산 같은 눈이 일찍이도 내려 부대의 행군은 여간 어렵지가 않았다. 해산 후 몸을 쳐 세우지 못한 계순이는 이를 악물고 대오를 따라섰다. 그러다가도 노숙할 때면 작식대원들의 선두에서 돌아치면서 전사들의 식사를 마련하였다.

행군은 계속되었다. 몸이 허약한 리계순은 발에 심한 동상을 입어 더는 대오를 따를 수가 없었다. 연대부에서는 그와 몇몇 부상자, 노약자들을 무송현의 후방밀영에 남아 치료하도록 조치를 대고는 계속 길을 다그쳤다. 조카 김선이는 계속 부대를 따라갔다.

한동안의 치료를 거쳐 리계순의 동상은 차도가 보이었다. 1937년에 잡아든 후 계순이와 그의 동지들은 무송현의 후방밀영을 떠나 끝내 장백의 희샤즈거우 밀영에 이르러 오매에도 그리던 부대의 넓은 품속에 안기었다. 이 밀영에서 리계순은 6사 사장 김일성을 처음 뵈었고 사령부에 남아 일을 보게 되었다.

허나 리계순은 심한 동상이어서 계속 치료하지 않으면 안되었
다. 그는 주력부대를 떠나기가 싫어 한사코 버티었다. 눈물을 흘
리며 전투부대에서 싸우게 해달라는 데는 난감하기만 하였다.

사장이 직접 그와 담화를 나누었다. 사장은 담화에서 동상이
얼마나 무서운지 모르는 것 같은 데 나의 아버지도 동상 때문에
돌아가셨다면서 앞으로 싸울 기회는 많으니 당장은 병원에 가서
치료를 받으라고 타일렀다. 그리고는 제때에 치료하지 않으면 발
가락이 몽땅 썩어 문드러져서 지팡이에 의거하는 불구자가 될 수
있다고 주의를 주었다.

리계순은 눈물을 흘리면서 백두산 최후방 밀영으로 불리는 횡
산밀영으로 갔다. 횡산밀영에는 간부 요양소와 무기수리소, 재봉
대실, 후방병원 등이 있었는데 계순이는 이 밀영에서 서로 헤어
진 지 일년도 훨씬 넘는 박영순이와 재봉대원 박수환이를 만났고
2군 정위 위증민을 다시 상봉하였다. 계순이는 1936년 봄에 처창
즈 일대에서 6사 8연대에 입대한 뒤 8연대를 찾아 온 위증민을
처음 만나 보았었다.

1937년 음력설을 이틀 앞두고 6사 사장이 횡산밀영으로 찾아
왔다. 음력설날(2월 11일) 리계순은 작식대원들과 함께 손수 음식
을 만들어 사장과 정위 등 지도자들에게 대접하였다. 마침 박영
순이 위증민의 지시로 깡통으로 국수분틀을 만든 데서 귀한 '손
님'들을 밀국수로 대접할 수 있었다.

횡산밀영에 머무르는 사이 밀영의 손 의사는 사장께 계순이 자
기치료만이 아니라 스스로 간호원 노릇과 작식대원 노릇을 하면
서 몸을 혹사한다고 회보하였다. 이에 밀영을 떠나기에 앞서 사
장은 리계순을 찾아 "다른 일에는 일체 손을 대지 말고 병을 떼

는 일에만 전력하라. 그렇지 않으면 병을 떼지 못한다.”고 엄하게 충고하기에 이르렀다.

1937년 3월초에 2군 6사의 주력부대는 장백현을 떠나 무송 일대에로의 원정길에 올랐다. 리계순 등은 회샤즈거우 밀영에서 홍두산 밀영으로 가는 태고연한 밀림 속의 천연바위굴로 옮겨갔다. 이것이 바로 후세에 이름난 백두의 홍두산림시병원－바위굴 병원이다.

바위굴병원에는 40대의 중국인 손 의사와 2사 군수부장 박상활, ‘4련 로톨’, 리계순, 4중대장 리두수, 중국인청년 왕 동무 등이 있었다. 그중 손 의사와 군수부장, ‘4련 로톨’은 발에 심한 동상을 입었다. 손 의사도 동상을 입기는 하였으나 좀 경한 편이어서 의사의 직책을 이행할 수 있었다. 손에 부상을 입은 왕 동무는 식량공작과 연락임무를 맡았다. 마지막에 온 리두수는 갓 지난 홍두산 전투에서 왼쪽다리에 부상을 입은 터였다.

어느덧 봄이 오고 여름이 왔다. 1937년 6월 4일 조선 보천보 전투가 있은 후 6사에서는 바위굴병원에 편지와 선물을 가득 보내왔다. 리계순은 눈물이 글썽하여 빨리 동상치료를 끝내고 부대로 돌아가 원수와 싸우리라고 맘먹었다.

리계순은 바위굴병원에서도 환자이자 간호원, 작식대원이었다. 이해 여름 박상활이 통조림통으로 만든 톱으로 이레 동안에 썩어드는 열 발가락을 잘라낼 때 리계순은 박상활을 꼭 붙들고 어깨를 들먹이며 흐느꼈다. 다 자른 후에는 또 정성을 다해 돌봐드리었다.

그해 8월, 6사에서는 한 개 소대를 파견하여 바위굴병원에서 몇 리 떨어진 곳에 귀틀집 한 채를 지어주고 한초남과 5명 전사들을 각기 후방병원책임자와 식량공작원으로 파견하였다. 이와 때를 같이하여 고락을 나누던 손 의사는 병이 나아 부대로 돌아갔지만 동상인데다가 년 초에 임신까지 한 리계순은 계속 병원에 남아있어야 했다.

1937년 겨울이 찾아왔다. 어느 날 아침 왕 동무와 리두수는 관솔을 얻으러 귀틀집을 나섰다. 이럴 때 끄나풀을 통하여 밀영지를 알아낸 적들은 감쪽같이 포위를 치고 조여들고 있었다. 얼핏 보아도 적들은 200명쯤은 될 것 같았다.

사태는 위급했다. 한초남은 사부로 연락을 떠났는데 집 안엔 리계순과 박상활, '4련 로톨'이 누워있었다. 귀틀집 북쪽 200미터쯤 되는 곳에 있던 리두수는 왕 동무를 사부에 보내 급보를 전하도록 하고 귀틀집을 향해 걸음을 옮겨놓았다.

바로 이때 귀틀집 문이 벌컥 열리더니 박상활이 고함을 지르며 벼랑 쪽으로 내달았다. 그는 적을 유인하려고 벼랑가까지 갔다가 권총을 빼들고 한발 밖에 없는 탄알로 원수 한 놈을 쏘아 넘기고 벼랑 아래로 몸을 날리었다. 리계순과 '4련 로톨'은 박상활과 다른 방향으로 내닫다가 허리치는 눈 속에서 체포되었다. 리두수는 진대나무에 걸려 쓰러졌다가 곰이 들어갔던 진대 속에 몸을 감춘데서 구사일생으로 살아났다.

6

리계순 등은 장백현성에 설치된 감옥으로 끌려갔다. 적들은 진짜 공산당을 붙잡았다고 웃음주머니가 흔들흔들했다. 그러나 심문과 고문으로도 리계순의 입을 열지 못하였다. 12월 23일에 리계순이 감옥에서 몸을 풀고 남자애를 낳은 데서 적들은 잠시 손을 늦출 수밖에 없었다. 감옥에서 아기를 기를 수 없어 갓난애는 인차 다른 사람에게 넘겨주어야 했다.

며칠 후에 리계순은 적들에게 사람들 앞에서 연설할 기회를 달라고 하였다. 적들은 '반성연설'을 획책하면서 1937년도 막가던 12월 26일에 리계순을 현성의 한 소학교 마당에 끌어냈다. 마침 그날이 장날이라 적들은 조선 혜산 쪽에서 넘어오는 장사꾼들도 모조리 지금의 실험소학교 자리에 모이게 하였다.

그때는 적들이 항일연군부대가 몽땅 소멸되었다고 떠들던 때라 진상을 모르는 군중들은 그렇게 믿는 사람이 적지 않았다. 리계순은 군중들과의 만남을 한차례 항일선전의 기회로 간주하고 떳떳이 군중들 앞에 나섰다. 그는 핍박에 못 이겨 끌려 온 군중들을 둘러보면서 열변을 토하기 시작하였다.

"… 나는 비록 죽지만 조선인민혁명군(압록강량안의 조선 사람들에게 그렇게 알려졌음) 으로 불리며 장백 땅을 휩쓸던 항일연군 6사 부대는 살아있으며 사장 동지도 살아있다. 일제 놈들은 꼭 패망하고 우리 민족이 해방될 날은 멀지 않아 올 것이다. 우리 모두 힘을 합쳐 일본침략자들을 이 땅에서 몰아내자 …"

군중들은 뒤숭숭하였다. 질겁한 적들은 군중들을 막아 나서며 바삐 연단에 올라가 리계순의 입을 막느라 야단을 부리다가 도로 감옥에 끌고 갔다.

'반성연설'은 항일선동으로 번져 졌으니 적들은 놀라도 되게 놀랐다. 이자들은 죽음을 각오한 사람들의 힘이 얼마나 큰가를 실제로 체험하고 맥을 버리었다.

6사 사령부에서는 후방병원의 참변을 알지 못하였다. 사령부에서는 후에 한초남과 김정필에게 식량을 지워 보냈으나 가까스로 살아남은 리두수만이 부대로 돌아왔다. 뒤미처 사처로 파견한 정찰조에 의해 리계순이 장백현 감옥으로 끌려간 지 10여 일만에 피살되었다는 비통한 소식이 전해졌다.

사연은 이러했다.

적들은 리계순한테서 아무것도 기대할 수 없었다. 그래서 사형장에 내세우기로 결정했는데 "공산당 여자가 '귀순'했다."고 굉장하게 떠들어 놓은 뒤여서 공개적으로 죽일 수가 없었다. 하여 1938년 1월의 어느 날 적들은 리계순을 장백현 리수구의 대호에 가만히 끌고 가서 잔인하게 살해하였다.

리수구 대호에는 세 호의 조선족 세대가 살고 있었다. 적들이 물러간 후 그들은 눈물을 흘리면서 열사의 유체를 고이 묻어주었다.

1972년 5월 1일에 장백현에서는 열사의 무덤을 현성의 탑산 남쪽가에 이장하고 비석을 세웠다. 1988년 5월 6일에는 중조 두 나라의 해당 부문과 일군들이 참가한 의식을 가지고 리계순 열사의 유골을 장백으로부터 조선으로 옮겨 갔으며 조선 평양의 '대성산 열사릉'에 고이 모시었다.

해당 자료에 의하면 리계순의 시어머니는 산에서 내려간 후 혁명이란 이 두 글자를 마음속에 간직하고 굳세게 살아가면서 손녀를 살리느라 고생이 많았다고 한다. 계순의 친정어머니는 이 사실을 알 수가 없어 외손녀의 생사여부로 골몰하다가 조선전쟁이 끝난 후 김일성종합대학에 다니는 외손녀를 만났고 딸 계순이 남긴 달비를 외손녀에게 넘겨주었다고 한다.

리계순이 1937년 12월 23일에 감옥에서 낳은 갓난애는 그와 남창수의 소생이었다. 이 갓난애는 남충일이라고 불렀는데 남의

집에서 자라다가 후에는 무송현 우전국 국장으로 사업했으며 최
근 연간에 사망하였다.

훈춘현 출신의 여전사

(1915-1938)

　동북항일연군 제2군 5사에는 리신금이라고 부르는 한 여전사가 있었다. 그는 1915년생이고 훈춘현 중강자 사람이다. 고향은 조선 함경북도 어랑이라지만 살림이 하도 궁색하다보니 철모르던 유년시절에 벌써 부모를 따라 눈물을 휘뿌리며 두만강을 건너야만 하였다.

　이국땅에서도 생활은 뒤죽박죽, 불쌍한 신금은 학교 갈 나이에도 공부와는 담을 쌓고 부모의 일손을 돕지 않으면 안되었다. 암담하기만 했던 소녀시절은 돌이키기만 해도 신물이 났다. 1930년대 동만 각지에서 거세차게 타오르기 시작한 혁명의 불길에 접해서야 그는 잃어버린 소녀시절을 되찾은 듯 했다.

　당년의 훈춘현 대황구는 혁명의 불길이 일찍 타오른 고장이다. 1930년 여름과 가을 사이 중강자를 비롯한 황구, 청수동, 빙랑구, 중구, 북구, 영안 등지에는 당 조직이 뿌리를 내리고 당의 구위까지 조직되었다. 신금의 일가는 모두 혁명투쟁에 깊숙이 몸을 잠갔다. 이는 10대의 리신금에게도 깊은 영향을 주어 1931년 가을과 이듬해 봄의 추수춘황 때에는 벌써 부녀회원으로 싸우게 하였다. 그는 투쟁에 궐기한 군중대오의 선두에서 악패 지주들의 고

리대문서 등을 태워버리고 그자들의 양식창고를 터뜨리고 친일주구들을 한바탕 청산하였다.

1932년 초에 대황구 두도령의 심산 속에 밀영이 세워지고 공산당이 지도하는 별동대가 조직되었다. 그 뒤 별동대는 유격대로 개편되어 신생한 대황구 항일유격 근거지를 지켜 싸웠다. 연구 유격대와 더불어 훈춘현 유격총대로 편성된 것도 1933년 1월의 일이다.

리신금은 매일 팽이처럼 돌아가도 바쁜 줄을 몰랐다. 그는 부녀회원들과 함께 유격대 원호사업에 발 벗고 나섰으며 근거지보위전에 용약 뛰어들었다. 적들의 '토벌'은 매일과 같이 계속되어 근거지 1000여 명 사람들 중 살해되고 체포되고 흩어진 혁명군중들이 반수 이상에 달했다. 허나 준엄한 현실은 리신금의 투쟁의지를 동요는커녕 더 굳세게 하였을 뿐이었다.

1934년 가을, 근거지의 100여 명 혁명군중들은 유격대를 따라 왕청현 금창으로 전이하게 되었다. 새 근거지에서 황구, 연구, 두황자 3개 구위는 한 개 구위로 합병되고 그 산하에 금창, 두황자, 동남창 화소포 4개 기층당지부가 세워졌다. 리신금은 금창 부녀회책임자로 되어 맡은 바 직무에 충실하였다. 이때의 그는 언녕 중국공산당 당원이었다.

1935년 봄에 이미 동북인민혁명군 제2군 독립사 4연대로 개편된 훈춘연대는 고정된 유격 근거지를 떠나 광활한 지대로 진출하게 되었다. 리신금도 4연대 4중대의 여전사로 되어 부대를 따라 북만 원정길에 올랐다.

북만의 로무허즈 방향으로 행군하던 어느 날 리신금 소속 4중대는 어느 한 골짜기를 톺다가 적 '토벌대'와 맞띄게 되었다. 의

외의 사태 앞에서 4중대는 조우전을 시도하는 한편 신속히 오른쪽 산등성이에 올랐다. 적들이 이미 더 높은 봉우리를 차지한데서 4중대는 적을 감당하기가 어려웠다. 부대는 근거지 해산시 받아들인 신입대원들을 안전지대에로 전이시켜야 했다. 리신금도 후퇴하는 대열 속에 섞이었으나 어린애를 업고 산비탈 숫눈길을 헤치자니 목에서는 것불내가 확확 났다. 기를 쓰며 달렸지만 종시 뒤에 떨어지고 말았다. 벌써 적 두 놈이 30미터 거리를 두고 접근한 데서 리신금의 처지는 자못 위태하였다.

이렇듯 위기일발의 시각에 리신금은 산 중턱에서 신입대원들을 호위하는 한 대원을 만났다. 그의 엄호사격에 신금은 마침내 산마루 턱밑에 이르렀다. 그가 놀란 가슴을 눅잦히며 돌아다보니 자기를 엄호하면서 퇴각하던 그 대원이 적탄에 맞아 이깔나무 옆에 쓰러져 있었다. 신금은 얼른 어린애를 내려놓고 쓰러진 대원한테로 도로 달려 내려갔다.

때는 이미 늦었다. 호위대원은 벌써 숨을 거두었다. 리신금은 비분의 눈물을 쏟으면서 전우의 총을 으스러지게 부여잡았다. 그는 적들에게 복수의 명중탄을 퍼부으면서 산판으로 퇴각하기 시작하였다.

허나 산등성이는 벌써 에돌아 올라 온 적들이 차지하였다. 신금은 급기야 옆으로 빠지었다. 아차, 산등성이에 두고 온 어린애는? 신금이는 주춤하였다. 울고 있을 살붙이, 이 세상에 왔다가 미처 피지도 못하고 이슬처럼 사라져야 할 살붙이를 생각하니 발길이 저도 모르게 산 위로 움직였다. 찰나 그의 뇌리에는 번개가 일었다. 어린애를 구하려면 투항하든가 죽는가 하는 두 길 밖에 없다. 심장을 도려내는 아픔이 쿡 하는 소리를 내며 가슴에 마쳐

오는 듯 하였다.

어린애냐, 혁명이냐? 그는 일순 흐트러진 생각을 다잡으며 입술을 깨물고 산판을 가로지르기 시작하였다. 눈물도 마른 듯 혁명을 위해서는 철 같은 마음을 먹어야 했다.

그 후 리신금은 희생된 전우의 총을 잡고 북만으로 들어갔다. 그는 수년을 하루와 같이 북만과 동만의 산야를 주름잡으며 목단강 북쪽 산림철도습격 등 허다한 전투에 참가하여 용맹과 슬기를 떨치었다.

그러던 어느 날 리신금은 어느 한 전투에서 손목에 부상을 당하였다. 4중대 중대장은 그를 밀영에 남아 치료하도록 하였으나 그의 마음을 움직이지 못하였다. 신금이는 더구나 한적한 것이 싫었다. 시간만 있으면 생사를 모르는 어린 것이 자주 눈에 밟혀 왔다. 조금이라도 한가할세라 그는 달갑게 작식대원으로 되어 부대의 뒷근심을 덜어 나섰으며 고된 행군 뒤에는 우등불가에서 졸음을 말리며 대원들의 옷을 깁기도 하였다. 틈나는 대로 손 놀릴 사이 없이 대원들의 빨래를 해주는 것은 예상사한 일이었다.

1938년 7월 중순, 리신금은 5사 부대를 따라 경박호 수력발전소습격전에 참가하였다. 일제 놈들의 공정사무소가 날아나고 고역에 시달리던 많은 노동자들이 해방을 받았다. 수력발전소는 훼멸성을 띤 파괴를 입어 적들은 쩔쩔매며 돌아갔다. 리신금은 통쾌하기 그지없었다. 이어 부대는 녕안으로부터 돈화로 통하는 한 구간도로를 파괴하여 적들의 교통을 마비상태에 빠뜨렸다. 이 파괴전에서 리신금은 남성전사들 못지않게 솜씨를 보여 부대의 치하를 받았다.

연이은 습격전, 파괴전은 일제 놈들을 당황망조하게 하였다. 피눈이 된 적들은 항일연군의 뒤를 짓궂게 물었다. 5사 부대는 진한장의 지휘하에 뒤따르는 적들을 거듭 타격하면서 액목현에 진출하였다. 액목현에서 부대는 앞뒤로 물고 드는 적들의 역량을 분산시키기 위하여 세 개 방향으로 나뉘어 활동하였다.

리신금 소속부대는 적들을 감쪽같이 따돌리고 액목현 삼도령의 무인지경을 헤치었다. 연일 계속되는 고난의 행군에서 비상용 미시가루마저 거덜 났다. 햇곡식은 바라볼 수도 없는 철이어서 풀을 뜯어먹으며 무인지경을 돌파해야 하였다. 게다가 무더운 여름날 온몸이 물자루가 되다 보면 까딱 움직일 힘도 없었다.

고난의 강행군이었다. 여러 날 굶은 부대전사들은 나무그늘에 누운 채 정신을 추지 못하였다. 리신금도 혼미해지는 정신을 가까스로 가다듬었지만 이렇다 할 방도가 떠오르지 않았다. 모든 것이 작식대원으로서의 가마목 운전을 잘하지 못한 자기 책임만 같아 괴롭기 그지없었다. 무슨 좋은 수가 없을까? 각가지 생각에 골몰하던 그는 비칠거리며 자리에서 일어섰다. 그는 무작정 산비탈로 내리 기었다.

이때 어디선가 시냇물 흐르는 소리가 들리었다. 순간 어렸을 때 재롱을 피우며 가재를 잡아먹던 일이 생각났다. 정신이 한결 밝아진 그는 행여나 하는 기대를 걸고 시냇가로 기어갔다. 과연 개울바닥의 돌 밑에는 가재들이 우글거렸다. 물도 얕았다. 신금은 온 힘을 다해 한말 가량의 가재를 잡았다. 웃옷을 벗어서 그 속에 넣어가지고 돌아오니 전우들은 뒤늦게야 사연을 알고 눈물이 글썽하였다. 전우들은 하나, 둘 자리를 차고 일어났다. 그들은 신금이를 따라 개울가로 가서 밀가루포대로 두 자루나 가재를 잡아냈다. 가재를 그릇에 삶으니 참으로 별맛이었다.

마침내 부대는 기력을 회복하고 다시 고난의 행군 길에 올랐다. 행군 총화시 리신금은 부대지휘관으로부터 높은 찬양을 받았다.

5사 부대는 고난의 행군을 마치고 액목현 횡도하자 남쪽에 있는 로송령 밀림 속에 초막을 치고 휴식의 한때를 보내었다. 어느 날 아침 보초선에서 신호 총 소리가 울리었다. 사태를 헤아렸을 땐 적 '토벌대'가 이미 어둠을 타서 포위진을 친 뒤였다. 리신금은 최일 정치지도원이 인솔한 7~8명의 대열을 따라 산등성이를 바라고 올라갔으나 그곳은 이미 적들이 점령하고 있었다. 딴 데로 빠질 수가 없었다. 적탄이 빗발치듯 날아왔다. 죽음을 각오한 전우들은 적들과 피비린 육박전을 벌였다. 최일 지도원과 기관총대 서병섭 반장은 적들을 자기들한테로 끌다가 장렬한 최후로 마쳤다.

요행 그곳을 빠져 서쪽 산비탈에 가대였으나 그곳도 적들이 앞을 막았다. 사태는 험악하게 번져갔다.

이때 리신금음 "내가 엄호할 테니 동무들은 어서 저쪽 산비탈에 붙으세요."하고 소리치고는 적들을 맞받아 나가며 사격하였다. 다른 전사들이 말려도 허사였다. 이미 조성된 사태 앞에서 어찌할 수 없는 그들은 인차 숲 속을 꿰지르며 저쪽 산비탈에 붙어 엄호사격을 하였다.

리신금은 적들이 겹겹한 포위 속에 들었다. 치명상을 입은 데서 운신하기조차 어려웠다. 그러나 이 완강한 여전사는 계속 맹사격을 퍼부었다. 그는 탄알이 떨어지니 마지막 수류탄으로 적들을 무더기로 쓰러 눕히었다. 나중에 그는 총에서 격발기를 뽑아 달려드는 원수 놈의 면상을 맞받아쳤다.

악이 난 적들은 리신금을 향해 마구 난사하였다. 자지러운 총

소리와 함께 리신금이 외치는 만세 소리가 들리었다.

5사 부대는 충직한 여전사 리신금을 잃었다. 전우들이 적들 앞에 드러난 위기일발의 시각에 그는 결연히 나서서 자기 한몸으로 한 가닥의 혈로를 열었다. 그때 위기에서 구출된 전우들이 있었기에 그의 비장한 최후가 후세에 길이 전해지게 되었다. 그는 자기의 피와 생명으로 동북항일무장투쟁사의 한 페이지를 빛나게 장식하였다.

제4군과 5군에서

(1902-1938)

허현숙은 북만 항일연군의 이름난 여전사이다. 허나 자료가 결핍하여 세상 사람들에게 잘 알려지지 못하고 있는 실정이다. 지금도 그의 생평사적이 잘 발굴되지 못하여 유감을 남기고 있다.

가담 가담의 자료를 들추니 허현숙은 흑룡강성 목릉현 사람으로서 후에 향양촌에서 농사를 지으며 혁명 활동을 벌리고 있는 황옥청을 알게 되고 결혼하게 되었다는 것이 알려질 뿐이다. 그때 투쟁방식은 포스터와 삐라 살포였다. 그들은 이런 형식으로 지주 놈들의 착취를 까밝히고 모두 한맘으로 뭉쳐 일제 놈들과 싸울 것을 호소하였다.

1929년에 황옥청 등 10여 명 동지들이 목릉현 팔면통 지방공안국에 갇히었다. 허현숙은 갖은 방법을 다하여 그들과 내통하는 한편 투쟁을 잠시도 멈추지 않았다. 두 달 푼히 지나 남편 등이 풀려 나온 후 그들의 투쟁열성은 보다 부풀어 올랐다.

1930년에 허현숙은 남편과 함께 중국공산당에 가입하였다. 이듬해 남편이 목릉현 하성자 구위서기로 되고 또 중공목릉현위 선전위원으로 되었다. 허현숙은 남편을 협조하면서 부녀회사업에 살손을 붙었다.

1931년 11월에 황옥청은 당 조직의 지시에 좇아 밀산현 하다하 일대에 가서 중공밀산현위의 준비사업에 나섰다. 투쟁의 수요에 따라 허현숙도 아이들을 데리고 남편과 동행하여 밀산현에 가서 새로운 투쟁에 뛰어들었다.

한때 중공밀산현위(1930년 10월)가 존재하긴 했으나 얼마 가지 못하여 파괴당하였다. 후에 중공밀산구위가 조직되고 당원은 근 100여 명으로 늘어났다. 이런 시기에 황옥청이 아내와 더불어 밀산현에 나타났다.

1933년 10월, 중공밀산현위가 정식으로 조직되었다. 남편은 현위위원 겸 서대림자, 백포자 지구 구위서기로 당선되었다. 지방 부녀조직의 책임자로 된 허현숙은 남편과 함께 서대림자, 백포자, 마가강, 반라성자 등지에 대중적군중단체인 '반일회'를 비밀리에 묶어세웠다.

1934년 3월 20일에 밀산유격대(일명 민중항일군)가 세상에 나타났다. 그해 10월에 이 유격대는 동북인민항일혁명군과 합병하여 '동북항일동맹군 제4군'으로 개편(그 후의 항일연군 제4군)되었다. 중공밀산현위에서는 부대의 지도역량을 보다 충실히 하고자 박봉남, 리근숙, 황옥청, 허현숙, 김근 등을 제4군에 가서 사업하게 하였다. 황옥청이 제1퇀 2중대의 지도원으로 부임되고 허현숙은 후방사업에 나섰다.

그해 겨울 일제 놈들이 양강골과 대서림자를 토벌한다는 소식이 전해졌다. 이곳엔 혁명자들과 그들의 가족이 자리 잡고 있었다. 4군 당위에서는 그들을 제2연대 유수처가 있는 양목갑으로 전이시키기로 하였다. 그러나 부대는 수시로 이동작전 하여야 하기에 어린애들이 동행할 수 없었다. 이런 현실에 직면하여 허현숙은 세살짜리 딸을 중국인 반일회원의 집에다 맡기고 좀 큰 남자애 둘을 데리고 부대에 가입하였다. 여전사 안순복과 리동숙 등도 아이들을 부근의 중국인집에 맡기었다. 엄마가 혁명에 나서니 있을 곳 없어 중국집에 보내진 이런 어린애들이 그곳에서만도 모두 9명이라고 한다. 큰 애라야 대여섯 살, 어린것은 돌이 갓 지난 아기, 여전사들은 애들의 옷자락에 생년월일, 애의 이름, 부모들의 이름을 적어 천 오래기를 달아주면서 부양할 분들에게 15년 가량이면 돌아올 수 있으니 아무쪼록 잘 키워달라고 부탁하였다. 그러는 여전사들은 살점을 떼어내는 이 시각에 흐르는 눈물을 걷잡을 수가 없었다. 찢기는 엄마들의 가슴엔 퍼런 멍이 들고, 떨어지지 않으려는 애들의 발버둥질에 시뿌연 먼지가 일었다. 부양하려는 중국인들도 혈육이 이별하는 이 광경에 눈물이 글썽하여 거듭 시름 놓고 떠나라고 하였다.

우리 동지들이 전이한 뒤 적 '토벌대'가 덮쳐들었다. 대서림자 등지는 잿더미로 되었다. 불행 중 다행이라고 할까, 그때 남겨놓은 9명 어린애 중 3명이 지금까지 살아 있다고 한다.

1936년 3월, 동북항일동맹군 제4군은 동북항일연군 제4군으로 재편성되고 황옥청이 군정치부 주임으로 임명되었다. 1937년에 이르러 4군은 원래의 700명으로부터 4개 사, 10개 연대 2000여 명으로 늘어났다. 이런 성과에는 황옥청은 물론 허현숙의 숨은 노력이 크게 깃들어 있다고 한다. 그만큼 그는 남편의 가장 미더운 동지이자 조수였다.

1938년 봄에 일본침략자들은 삼강성(지금의 흑룡강성 합강 지구) 일대에 대한 대토벌을 시작하였다. 중공길동성위와 항일연군 제2로군 총지휘부에서는 제4군과 제5군의 주력을 근거지를 떠나

오상, 서란 일대로 전이하기로 결정하였다. 4군과 5군의 서정부대는 목단강지구의 5군 후방기지에서 간부회의를 열고 병력을 집중하여 서정을 다그치기로 하였다. 이해 봄에 황옥청이 4군 1사 정치부주임을 겸임하였다. 그는 4군 주력부대를 따라 서정하게 되었다.

1938년 5월에 제4군과 제5군은 보청에서 출발하였다. 7월 2일에 서정부대는 목단강연안의 삼도통을 습격하였다. 이날 그들은 일본군수비대와 경찰분주소를 까부시고 많은 무기와 탄약, 식량을 노획한 뒤 정식으로 서정을 시작하였다. 제4군과 5군으로 구성된 서정부대에는 여전사들이 적지 않았다. 허현숙도 그중의 한 사람이었다. 그들은 부대와 함께 풍찬노숙하면서 삼도통 전투에 뛰어들었다. 평소엔 선전원, 봉사원이 되어 앞뒤로 뛰어다니며 부대의 사기를 높이었다.

7월말에 부대는 주하현(지금의 상지시) 루산진 전투를 벌였다. 허현숙네들이 전투에서 용감히 싸웠다. 전투에서 큰 승리를 얻었으나 적들이 계속 수많은 병력을 동원하여 짓궂게 달려드는데서 제4군과 제5군은 두 갈래로 나뉘어 행동하게 되었다. 따라서 제4군의 허현숙, 안순복 등 여전사들은 제5군의 부녀퇀(연대)에 소속되어 5군 1사를 따라 전진하였다.

서란, 오상 일대에로의 서정길은 피로 얼룩진 서정길이었다. 허현숙, 안순복 등은 강의한 의력으로 상상하기 어려운 간난신고를 이겨내며 부대와 함께 오상현 경내에 들어갔다. 부대는 경내에서 적들의 첩첩한 포위 속에 빠지었다. 적들은 우세한 병력을 집중하여 대거 진공하였는데 낮에는 수십 대의 비행기가 마구 폭격하고 밤에는 포사격을 퍼부었다. 전투는 도처에서 가열 처절하게 벌어졌다. 아군은 참중한 손실을 당했다. 5군 1사가 적들의 거듭되는 포위망을 헤치고 나왔을 때는 병력이 100여 명밖에 남지 않았다.

그 번 격전에서 허현숙은 적들과 혈전을 벌리다가 불행히 체포되어 오상현 일본수비대감옥에 끌려갔다. 적들은 그에게 부대의 행동부서를 대라고 미쳐 날뛰었으나 그는 거들떠보지도 않았다. 갖은 악형으로도 항일연군의 이 여전사를 굴복시키지 못하였다. 나중에 악착하기 그지없는 놈들은 허현숙을 끌어내다가 무참히 살해하였다.

황옥청은 아내의 희생으로 인한 모진 슬픔을 이겨냈다. 부대의 거듭되는 손실도 그를 거꾸러뜨리지 못하였다. 그해 겨울 그는 사태의 급격한 변화에 따라 부대를 거느리고 보청 일대로 되돌아왔다. 후에 그는 중공길동성위 위원, 항일연군 제2로군 총정치부 주임 중책을 짊어지고 적들과 싸우다가 1940년 2월 20일에 보청현 태평구의 석회가마 있는 곳에서 장렬히 희생되었다.

허현숙과 황옥청의 작은아들 황동순도 항일연군 제4군에 참가하여 꼬마교통원으로 활약하다가 1939년 겨울 밀산현 합달하에서 왜놈들에게 살해당하였다.

허현숙은 이렇게 갔다. 남편도 이렇게 갔다. 작은아들도 이렇게 갔다. 세살짜리 막내딸은 지금 찾을 길이 없다. 그들은 실로 북만 항일연군투쟁사에 길이 남을 혁명 가정으로 되기에 손색이 없다

6사의 '여 장군'

(1916-1936)

　　동북항일연군 제2군 제6사에는 '여 장군'이라고 불리는 한 여전사가 있었다. 그의 이름은 김확실, 1916년도 태생, 연길현 태평구 사람-혁명에 참가하기 전의 그녀의 전부 약력이다.

　　1930년에 김확실은 당 조직의 지도하에 아동단에 가입하고 소선대에 가입하였다. 그는 조직에서 주는 보초, 통신과업을 번마다 훌륭히 수행하였으며 주구청산투쟁에서도 한 몫을 담당하였다. 1931년 가을, 연변 땅을 들썽한 구수하 일대 추수투쟁에서 김확실은 단련을 받고 시련을 이겨냈다. 1932년 봄 춘황투쟁까지 겪은 김확실은 공청단에 가입하였으며 이해 가을에 새로 창설한 팔구 근거지-부암, 석인구로 들어갔다.

　　1933년 봄과 이해 겨울, 일제는 동만 항일유격 근거지에 대해 제1차, 제2차의 '대토벌'을 감행하였다. 1934년 9월부터 이듬해 1월까지 일제 놈들은 또 무려 4개월에 달하는 제3차 '대토벌'를 발동하였다. 연길현의 왕우구, 팔구 등 근거지들은 불바다가 되고 숱한 혁명군중들이 원수의 총칼아래 쓰러졌다. 유격대와 혁명군중들은 날치는 놈들을 피해 사방대 신선동으로 전이하지 않을 수 없었다.

1934년 가을에 김확실은 팔구근거지의 혁명군중들과 함께 삼도만을 거쳐 도무거우 신선동으로 전이하였다.

김확실은 이해 겨울을 신선동에서 보내었다. 하나 신선동은 무릉도원이 아니었다. 원래 식량난에 허덕이던 신선동은 수백 명 군중들이 밀려드니 몸살을 앓았다. 팔구인민정부에서 양식 운반대를 조직하여 백구에 가서 식량을 얼마간 얻어 들이긴 했으나 대부분 식사는 나무껍질과 눈 속의 풀뿌리 등 대식품으로 해결하는 수밖에 없었다.

차츰 민중해산문제가 제기 되었지만 김확실은 죽어도 하산하려 하지 않았다. 1935년 초에 그는 하산하지 않은 혁명군중들을 따라 안도현 처창즈 근거지로 들어갔다.

처창즈 항일유격 근거지는 인가가 희소한 안도현 산속(오늘의 화룡시 서성진 화안촌)에 자리 잡았는데 이곳 동남차 수림 속에는 박영순이 책임진 화룡현 무기수리소와 박수환이 책임자로 있는 재봉대가 이미 활동하고 있었다. 김확실은 조직의 배치로 작식대원이 되어 무기수리소와 재봉대 20여 명 동지들의 식사를 도맡게 되었다.

처창즈에서도 식량사정은 극도에 달하였다. 식량은 근본 이어 댈 수가 없었다. 확실은 숟가락을 흔들며 까지 식량을 아끼다가 대식품 구입에 나섰다. 얻어 들인 것이 나무껍질이나 풀뿌리라 해도 동지들은 그가 손수 마련한 식사면 입 모아 맛있다고 칭찬하였다. 동지들의 이해에 김확실은 가슴이 후더워 났다. 이때의 그는 이미 중공당원이었다.

하루는 "탕!"하는 폭발 소리와 함께 수리소건물이 온통 폭연과 불길에 싸여 뭐가 뭔지 도무지 가릴 수가 없었다. 화룡현 개산툰

자동출신의 강위룡이라는 청년이 '민생단'이란 억울한 누명을 쓰고 유격대가 아닌 무기수리소에서 보통 탄알 재생작업을 하다가 화약을 잘못 건드렸던 것이다. 사람들이 경황없이 무기수리소에서 뛰쳐나올 때 작식대원 김확실은 목숨도 마다하고 무기수리소 안에 뛰어들었다. 그는 여기저기 더듬다가 정신 잃고 쓰러진 강위룡을 찾아 업어 내왔다.

강위룡의 화상자리는 험악하였다. 그때 치료라야 덴 자리에 소독수를 붓고 쪼그려 붙은 낯가죽을 뜯어내고 바셀린을 바르고 붕대를 처매주니 다였다. 다행한 것은 김확실이 간호원이 되어 준 것이다. 그가 매일 밀을 녹여 덴 자리에 바르고 눈곱을 뜯어주고 발을 씻어주며 극진히 돌보니 환자의 상처는 하루가 다르게 나아졌다.

환난속의 정이란 유달랐다. 처녀와 총각은 서로 사랑하게 되었다. 문제로 되는 것은 결혼이었다. 강위룡은 두 차례 오발사고로 '민생단'혐의로 몰린 사람이었다. 그는 확실에게 누가 미친다면서 비밀약혼만 하고 정식결혼은 엄두도 내지 못하였다. 곁에서 부추겨 주어서야 처창즈인민혁명정부에 가서 정식 결혼등록을 하였다.

문제는 여기로부터 시작되었다. 숙반공작위원회에서는 결혼 반달도 되지 않아 김확실을 만보 일대의 왕바버즈 쪽으로 추방하고 그녀를 '민생단' 혐의자 대열에 끼워 넣었다.

억울한 가운데 9개월이 흘렀다. 강위룡이 무기수리소에 소속되어 왕바버즈 일대에서 활동하였지만 두 '민생단' 혐의자는 만나볼 잠간의 자유조차 박탈당하였다. 강위룡이 무기수리기술이 있다 하여 조아범이 지휘하는 2연대를 따라 남만에로의 원정길에 오르니 진짜 영리별이나 다름없었다.

1936년 3월 안도현 미혼진에서 2군 지도간부회의가 열리었다. 이 회의가 바로 ‘미혼진 회의’인데 동북인민혁명군 제2군을 동북항일연군 제2군으로 개편하고 산하에 3개사를 두기로 결정하였다. 이해 2월 경박호 남호두회의 결정에 의해 장백산 지대로 진출하게 된 김일성이 화룡 2연대와 혁명군에 편입된 항일구국군부대로 제3사를 조직하기로 하였는데 무송현 마안산까지 가보아도 2연대는 교하원정에서 돌아오지 않고 사부 정치부 주임 김홍범이 맞아주었다. 여기서 김일성은 마안산 일대의 삼포밀영에 숱한 ‘민생단’ 혐의자들이 있다는 것을 알게 되었다. 마침 ‘민생단’ 혐의자들은 림강 마의 하 쪽으로 식량구입을 가고 없었다. 명령을 받은 그들은 수백 리 산길을 헤치며 삼포밀영에로 돌아왔다. 그들 속에는 훗날 『백두의 불사조』로 이름 높은 리두수가 있는가 하면 김확실과 같이 한창 피어나는 처녀들도 있었다.

3사 사장이 이 ‘민생단’ 혐의자들을 두고 놀라마지 않는데 한 여대원이 불쑥 그의 앞에 나타났다. 보매 키가 늘씬하고 눈이 억실억실하고 용모도 꽤나 예쁘장했는데 한다는 첫마디가 자기는 ‘민생단’이 아니라는 것이었다.

알고 보니 이 대원이 바로 김확실이었다. 그는 1935년 가을 이후 처창즈 근거지가 해산 된 후 본의 아닌 이 특별대열을 따라 안도현 내두산을 거쳐 무송현 마안산으로 진출했었다.

김확실 등 ‘민생단’ 혐의자들은 마안산에서 새 삶을 얻었다. 그들을 지지누르던 ‘민생단’ 문서보따리는 철저히 소각되고 그들 모두가 새 사단-3사에 편입되었다. ‘민생단’ 증거문서장을 불사른 이튿날 그들은 휴식 겸 사냥에 나섰는데 김확실이 단발명중으로 노루 한 마리를 잡아 말 그대로 단연 두각을 나타냈다. 그날 잡은 7~8마리 멧돼지와 노루 중 확실이가 노루 한 마리를 잡았으니 이름 그대로 보통내기가 아니었다.

새 사단이 태어났다는 소문은 날개라도 돋친 듯 파다히 퍼졌다. 밀영에서 앓던 부상병들, 숨어 지내던 사람들, 원 근거지의 반일자위대원들—사처에서 사부로 몰려들어 무송현 동강에 이르니 그 대오는 수백 명으로 늘어났다. 1936년 7월, 금천현 '하리회의' 결정에 의해 3사는 동북항일연군 제1로군 제2군 6사로 개편되었다. 김확실은 6사의 여전사로 되어 무송현 시난차 전투와 서강 전투에서 용맹을 떨치었다.

김확실이 '여 장군'으로 불린 것은 무송현성 진공전투 때이다. 1936년 8월 17일 밤에 6사 부대는 사장의 지휘하에 무송현성을 사면으로 포위하였다. 6사의 돌격대는 동산포대를 점령하였으나 동대문과 북대문을 들이치기로 했던 산림대전사들이 적의 진압에 철퇴하기 시작한데서 아군의 처지는 불리하였다. 지휘부에서는 현성진공계획을 포기하고 적을 끌어내다가 족치려고 동산으로 철퇴하였다.

날이 밝으니 일본수비대, 경찰대 놈들이 개미떼처럼 동산에 몰케 들었다. 6사 부대는 멸적의 총탄을 퍼부었다. '민생단' 혐의에서 해탈된 김확실은 전호 속에서 뛰쳐나와 줄 사격을 퍼부어 단번에 적 여섯 놈을 쓰러 눕히었다. 이날 적들은 수십 명의 시체를 남기고 성내로 도망치고 말았는데 8월 18일 사면팔방에서 적들이 무송으로 들이닥쳤을 땐 우리 항일부대들이 이미 장백현으로 자취를 감춘 뒤였다.

김확실은 무송현성전투에서 이름을 떨치었다. 6사 부대에서는 그에게 금반지표창을 하였는데 '여 장군'이라는 별호는 이때부터 생겨났다.

1936년 8월 무송현성전투이후 6사 부대는 만강물줄기를 따라 되골령을 넘어 장백지대에로 진출하였다. 김확실은 부대를 따라 9월초 2도강 부근의 대덕수, 소덕수 전투에 참가한 후 횡산 일대에 설치된 후방밀영의 재봉대에 넘어갔다.

'여 장군'이라는 별호가 붙은 이 시기에 남만 원정길에 올랐던 강위룡이 몸 성히 6사 부대를 찾아왔다. 그때 6사는 장백현 일대에서 일련의 전투를 벌이며 장백근거지창설에 뛰어들고 있었다. 강위룡 등이 도착한 이튿날 김일성이 강위룡을 찾아주고 수십 리 떨어진 후방밀영에 가서 김확실을 만나보라고 했다. 강위룡은 우물쭈물하며 어색하여 웃다가 천천히 만나도 된다고 아뢰었다.

"동무는 천천히 만나도 될지 모르겠지만 나는 동무 때문에 김확실 동무의 살이 내리는 걸 보고만 있을 수 없소. 두말 말고 곧 떠나도록 하시오."

명령조였다. 그래도 대열편성도 받기 전에 어찌 아내부터 찾겠느냐며 주저할 때 사장이 2연대와 함께 온 여전사들을 데리고 가서 동기용 솜군복을 만들라는 과업을 주어서야 강위룡은 드디어 떠나갔다. 적들도 아닌 내부로부터 오랫동안 억울하게 강제 이별을 당했던 그들 부부는 후방밀영에서 드디어 상봉의 희열을 맛보게 되었다.

1937년 6월 30일에는 형제부대와 함께 조선쪽에서 추격해오는 일제 놈들에게 장백현 간삼봉에서 섬멸적 타격을 주었다. 이해 겨울 김확실은 부대와 함께 몽강현 마당거우 밀영에서 군정학습에 참가하였다. 1938년 봄부터는 압록강 연안에서의 춘기공세에 가담하게 되었다.

　　1938년 하반년 이후 동북항일연군의 항일무장투쟁은 간고한 시기에 들어섰다. 이해 11월 제2군 6사는 동북항일연군 제1로군 제2방면군으로 편성되었다. 김확실은 부대와 함께 걸음마다 피어린 전투를 벌이며 도처에서 적들을 타격하였다.

　　그러던 1939년 2월, 김확실은 몽강현 서패자에서 있은 한 전투에서 장렬히 희생되었다. '여 장군'으로 소문났던 김확실은 그때 24살(만 23살) 밖에 안되었다.

4사 여전사의 장렬한 최후

(1918-1940)

오철순은 연길현 왕우구 사람으로서 1918년생이다. 그의 아버지와 두 오빠가 일찍부터 혁명투쟁에 나선 데서 철순은 어려서부터 그들의 영향을 심히 받았다. 그 뒤 1932년 초 이후 철순은 놈들의 토벌에 아버지를 잃고 유격대에 참가한 두 오빠를 또 피어린 싸움터에서 잃었다. 집에는 어머니와 철순이, 열두 살 밖에 안 되는 여동생 밖에 남지 않았다.

1934년 9월부터 이듬해 1월까지 일제 놈들은 왕우구 근거지에 대한 제3차 대 '토벌'을 감행하였다. 하루, 이틀도 아닌 4개 월, 근거지의 전부 가옥이 타버리고 수백 명 군중이 원수 놈들의 총칼아래 쓰러졌다. 하여 근거지의 나머지 1000여 명 군중들은 더 깊은 산속인 사방대로 들어가지 않을 수 없었다. 철순이 일가 세 식솔도 사방대로 향한 사람들 속에 섞이었다.

사방대 산속의 식량난은 극도에 이르렀다. 근거지 정부에서 식량 운반대를 조직하여 백구에 나가 군중선전교육을 앞세우면서 조그마나마 식량을 구해오긴 했으나 그것으로는 입에 풀칠하기도 어려웠다. 나무껍질과 풀뿌리를 캐서 우려먹지 않으면 안되었다.

이대로 유지하다간 모두가 결딴날 판국이었다. 중공동만 특위에서는 1934년 음력 11월에 군중해산지시를 내렸다. 중공연길현 위에서는 1935년 음력설을 쇠고 특위의 지시를 군중들에게 정식으로 선포하였다. 사방대는 온통 울음바다를 이루었다. 누구나 하산하려고 하지 않았다. 한 달 가량 지나니 차츰 하나둘 사방대에서 떠나갔다. 하나 철순은 죽을지언정 혁명대오를 떠나고 싶지 않았다. 1935년 초에 그는 나머지 400여 명 혁명군중들과 함께 어머니와 여동생을 데리고 새로 창설된 안도현 처창즈 근거지로 들어갔다.

처창즈 항일유격 근거지에는 리도삼을 책임자로 하는 왕우구 정부가 새로 조직되었다. 식량난은 보다 막심하였다. 연일 가도 쌀 한 알 구경할 수 없었다. 때론 식량이 보이긴 해도 숟가락으로 헤어먹어야 하는 처지었다. 했으나 오철순은 굴하지 않았다. 혁명대오의 품에 안겨서는 살아도 영광, 죽어도 영광이었다. 혁명의 길에서 아버지와 두 오빠의 원수를 갚고 이 세상 노고대중의 원수를 갚으려고 윽벼른 오철순이었다.

1935년 음력 10월, 처창즈 근거지는 해산되고 부대는 내두산 근거지를 거쳐 남만의 광활한 지역에 진출하였다. 오철순은 어머니와 여동생을 설복하여 적 통치구역에 내려 보내고 소수의 동지들과 더불어 처창즈 산림 속에 남았다. 대부분은 어린애와 그들 어머니가 아니면 노인, 아동단원들이었다. 별수가 없었다. 조직에서는 그들을 3개 방향으로 분산시켰는데 김원철이 한 개 패를 데리고 미혼진으로 가고 최춘산이 다른 한개 패를 데리고 소황구로 갔다. 나머지 패는 남창수가 데리고 우두양차로 들어갔다. 오철순 등 젊은 축들은 려영준을 대장으로 하는 반일자위대에 편입되어 대전자 서북골의 왕바버즈로 이동하였다.

　　오철순은 반일자위대의 작식대원으로 되었다. 투쟁은 간고해도 그는 삶의 보람을 느끼었다. 이 무렵에 그는 려영준과 사랑의 정을 맺게 되고 서로 고무하며 하나 또 하나의 난관을 헤치었다. 이해(1935년) 철순이는 열여덟 살 꽃피는 나이었다.

　　사나운 겨울이 자리를 내고 새해 봄이 소리 없이 깃을 폈다. 1936년 이해 봄에 처창즈 반일자위대는 새로 항일연군으로 개편된 제2군 군부의 지시를 받고 남만으로 떠나갔다. 군부에서는 또 려영준한테 흩어진 군중들 속에서 한개 중대를 무어가지고 밀영에 오라는 지시를 내렸다. 오철순은 사랑하는 사람과 함께 본지에 남아 흩어진 동지들을 하나하나 찾았다. 며칠 사이에 40여 명으로 헤아리는 반일자위대가 또 조직되었다.

　　문제는 무기가 없는 것이었다. 그래서 려영준 등은 무기구입에 나섰다. 때론 한 자루의 총을 얻기 위해 사선을 헤치며 수백 리 길을 넘나들어야 하였다. 그럴 때면 오철순은 밀영에 남아 후군일에 살손을 붙이며 빈틈없이 일해 나갔다.

　　무기가 해결된 후 반일자위대는 소분대로 나뉘어 활동하였다. 오철순도 이 대오에 가담하여 명월구, 대전자 등지에 가서 적들의 전화선을 절단하지 않으면 교통을 파괴하였으며 자위단실에 불을 질렀다.

　　1937년 3월 오철순 소속 반일자위대 일행 30명은 10여 일 분의 식량과 탄알을 휴대하고 대전자의 왕바버즈를 떠나 남만으로의 원정길에 올랐다. 목적지는 2군군부가 활동하는 무송현인데 연도에 대사하, 소사하, 량강, 이도, 내두산을 거쳐야 하는 근 천리 길이었다.

　　묘령을 지나면 태고연한 원시림이다. 벌써 며칠을 내처 행군하였는데도 끝이 보이지 않았다. 가까스로 밀림을 헤치니 눈 뿌리 아득한 '눈 바다'가 앞을 가로막았다. 그들이 덧신을 해 신고 겨우 '눈 바다'를 조이니 10여 일 분의 식량이 거덜이 났다. 며칠을 더 걸으니 대원 거개가 기력이 쇠잔하여 일어설 수조차 없었다.

반일자위대는 숙영지를 정한 후 움직일 수 있는 사람 모두가 흩어져 눈을 헤치고 참취, 송곳나물, 느타리 등 마른 나물과 잣송이를 찾았다. 헌데 어스름이 깃을 펴도록 작식대원 오철순이 보이지 않았다. 사처로 찾아보아도 허사였다. 혹시 잘못되지나 않았을까? 모두가 마음을 조이었다.

새날이 푸름푸름 밝아왔다. 전우들은 밤새 목이 쉬도록 찾아다니다가 눈 위에 또렷이 찍힌 발자국을 추기 시작하였다. 발자국은 우중충 반공중을 떠인 잣나무 밑에서 동강이 났다. 흔적은 다시 아래 켠으로 움직이다가 두세 길 되는 낭떠러지에서 가뭇없이 사라졌는데 낭떠러지 가에 철순이가 갖고 떠난 자루가 눈 위에 떨어져있었다. 사실은 불보 듯 뻔했다. 낭떠러지 아래에는 머리가 흐트러진 한 사람이 쓰러져있었다.

"철순이!"

려영준이 선참으로 부르며 마구 내려갔다. 동무들도 뒤를 물었다.

"철순이, 정신을 차리오!"

려영준이 철순이를 안아 일으켰다. 철순이 눈을 뜨니 전우들이 그를 빙 둘러쌌다.

"어떻게 찾아왔어요?"

철순이는 눈물이 글썽하여 더 말을 잇지 못하였다. 알고 보니 그는 손에서 떨어져 나간 잣송이를 주우려다가 봉변을 당했던 것이다. 무등 애를 써도 벼랑을 치솟아오를 수 없는 그었다.

드디어 철순이는 숙영지로 돌아왔다. 자기가 보살피던 두 부상병이 꼬박 굶은 것을 보니 얼굴이 뜨거워났다. 그는 인차 자루 안에서 잣송이를 꺼내 불에 구웠다. 막대기로 툭툭 치니 잣알이 떨어졌다. 그리곤 뽑아낸 속 알을 짓찧어 통조림통에 넣고 끓이었다. 한참 후에 배낭에 소중히 간직했던 비상미를 꺼내 두 통조림통에 한줌씩 넣었다.

"쌀! 쌀! 어디서 온 쌀이요?"

철순이에게서 걸쭉한 좁쌀미음을 받아 쥔 두 부상병은 두 손이 떨리기만 하였다. 옆의 동무들도 눈시울이 뜨거워났다. 왕바버즈 밀영을 떠날 땐 식량을 똑같이 나누어가진 그들이었다. 허나 철순이는 여성의 섬세함으로 만일을 고려하여 눈을 쥐여먹으면서 비상미를 아끼고 또 아껴왔으니 말이다.

오철순의 소행은 대원들을 크게 감동시켰다. 이에 힘입은 동무들은 너도나도 일어나 우등불가에 둘러앉았다. 누군가 『유격대행진곡』을 선창하자 모두가 목소리를 합치었다. 기아는 가뭇없이 사라지고 그들은 다시 힘을 내었다.

반일자위대는 꼬박 한 달 반 푼하여 끝내 2군 군부를 찾아갔다. 2군 정치위원 겸 제1로군 부사령 위증민은 무송현 동강의 한 인삼장 널 막에 있다가 그들이 왔다는 소식을 듣고 벌써 밖에서 기다리고 있었다. 그는 오철순 등 매 대원들의 손을 뜨겁게 잡으며 말하였다.

"동무들이 걸어 온 원정의 길은 동북항일투쟁사에 길이 남아있을 것입니다!"

동강밀영에서 반일자위대는 동북항일연군 제2군 교도퇀(연대)에 편입되었다. 오철순은 항일연군의 어엿한 여전사로 되어 동지들과 함께 군사훈련을 받았다. 훈련도중 그들은 명령을 받고 서남차 북쪽 가라거우고개 매복전에 참가하였다. 이 매복전에서 교도퇀은 왜놈과 위만군을 박아 실은 군용자동차 한대를 습격하여 적 10여 명을 격사, 20여 명을 생포하고 숱한 무기와 양식 등을 노획하였다. 그 후 오철순은 또 부대를 따라 림강현 묘령 부근의 밀림 속에 이동하였다가 당지의 위만군 병영 습격 전에 참가하여 솜씨를 보이었다.

묘령전투 후 오철순 등은 제2군 4사에 편입되어 활동하였다. 1938년 겨울에는 화전현 대금장 남골 밀영으로 들어갔다.

이해 섣달 스무 사흗날 밤(양력 1939년 1월 24일) 항일연군 제1로군 총사령 양정우, 부총사령 겸 정치위원 위증민이 소속부대를 거느리고 이 밀영에 들어섰다. 양정우 총사령이 오철순 등 4사 전사들과 친절히 악수할 때 철순이는 격동된 심정을 금치 못하였다. 전설속의 위인인 양정우 장군을 처음 뵙게 되였기 때문이었다.

이윽고 부대 전체가 끼리끼리 삶은 강냉이식사가 한창인데 로금장에 주둔한 일제수비대와 위만군이 곧 달려든다는 적정보고가 전해졌다. 1000여 명 항일연군은 양사령의 전투명령에 따라 신속히 남산고지에 올랐는데 골짜기가 미여지게 쓸어들던 놈들은 숱한 주검을 남기고 패주하였다.

때는 어둠이 가실 무렵이었다. 이날 밤 대부대는 외발자국을 내면서 두도, 류하 쪽으로 전이하였다. 그 다음날 다시 쳐들어오던 1500여 명 적들은 양 사령의 유인술에 걸려 송화강 쪽으로 가버렸다. 부대는 시름 놓고 두도, 류하 부근의 밀영에서 설맞이 차비에 서둘렀다.

설날아침 양사령과 위부사령이 각 중대를 순회하며 설날인사를 하였다. 설날이라 강냉이 가루 떡에 소고기(소 한 마리 잡았음) 넣은 콩장을 먹으니 그 기분이 별스레 좋았다.

낮에는 병사대회-양사령과 위부사령이 선후로 무대에 올라 연설하고 저녁에는 무대 아래에 모닥불을 피우고 흥겨운 오락회를 가지었다. 오철순이 허성숙, 허순선, 황희순, 김철호 등 조선족전사들과 함께 노래를 부르고 춤을 출 때 양 사령은 연속 박수를 치면서 조선족 여성들은 싸움도 잘하고 춤도 잘 춘다면서 칭찬을 아끼지 않았다. 오철순 등이 자기로 창작한, 추위와 기아에 허덕이던 여성들이 손에 총을 잡고 일제와의 항쟁에 나선 주제의 무용은 이날 밤 오락회를 고조에로 이끌었다.

오철순 소속부대는 두도, 류하 부근 밀영에서 한달나마 머무르면서 정치학습과 군사훈련에 참가하였다. 이해(1939년) 3월 11일에는 양정우 사령의 지휘하에 화전현 목기하목재판 습격전투와 돈화현 따푸차이허 진공전투에 참가하였다.

1939년 봄 이후 양정우 사령이 이끄는 부대는 남만으로 다시 진출하고 4사 부대는 위증민부사령의 지휘하에 동만에 진출하여 기동 영활한 유격전을 벌였다. 오철순은 4사 부대를 따라 돈화현과 안도현 일대에서 활동하면서 따푸차이허 부근전투와 위탕골 서북골 전투, 한총령 전투에서 용맹을 떨쳤다.

이해 여름의 어느 날, 위증민부사령이 직접 지휘하는 4사 부대는 마쯔시마 일본소장이 거느리는 일본군, 위만군 토벌대가 돈화현성에서 떠나 따푸차이허로 향한 다음 정보를 입수하였다. 정찰병들이 적의 전화선에다 수화기선을 이어놓고 도청하였던 것이다. 위부사령은 적정을 분석한 뒤 이 한 무리 적들을 일망타진하기로 결의하고 부대를 날 밝기 전에 지정된 위치에 대기하도록 명령하였다. 오철순은 려영준 그리고 4사의 주력부대 100여 명과 함께 한총령 남쪽 아래 길 동쪽 산기슭에 매복하였다.

1991년 11월에 필자는 친구 리철룡, 리성비와 더불어 항일 노간부 려영준을 모시고 찦차로 돈화현, 안도현 일대 전적지를 답사한 적이 있다. 돈화현 한총령 전투지점도 예외가 아니었다. 그때 따푸차이허진 출신이고 따푸차이허진에서 생활하는 중국인노인 사진(沙津, 66살)이 동행하였다. 그의 말에 의하면 당년의 한총령 전투지점 자리는 그제 날 고해루점(高海樓店) 자리이기도 한데 고해루라고 하는 한 중국인이 여기에다 여관 삼아, 음식점 삼아 점(店)을 꾸리고 오가는 차량과 길손을 맞아들였다고 한다.

우리가 전투지점에 이르러 보니 전투지점 왼쪽 켠, 즉 동쪽은 완만한 산이고 산 아래 골짜기에는 시내물이 흐르고 있었다. 산과 시냇물 사이는 조금 트인 개활지 엇다면 전투지점 도로표식은 719킬로미터를 가리키고 있었다. 사진노인은 우리에게 이 길은 흑룡강성에서 시작되어 이도백하까지 곧추 뻗은 국방도로라고 알려주었다. 그는 또 따푸차이허진에서 이곳까지는 22화리(華里), 즉 11킬로미터이고 이곳에서 북쪽의 한총령 영마루까지는 8화리, 즉 4킬로미터이며 북으로 영 넘으면 마오점(馬五店), 이합점(二合店), 한총구(寒蔥溝), 마호(馬號)가 돈화 쪽으로 차례로 이어진다고 덧붙였다.

재미있는 것은 두 노인의 말씀이었다. 사노인은 한총령 전투에서 거꾸러진 적들은 돈화에서 따푸차이허로 와서 원 주둔병들을 대체하는, 다시 말하면 환방(換房)하는 놈들이라고 했는데 려영준 노인은 돈화서 따푸차이허로 오는 토벌대 놈들이라고 주장했다.

그러면서 려영준은 그 자리에서 우리에게 당년 전투경과를 자상히 들려주었다.

그날 적 토벌대는 마쯔시마 일본소좌가 거느린 부대였다. 점심 때쯤 될 가할 때 한총령 영 쪽에서 적의 군용트럭 소리가 들리었다. 이윽고 일본군, 위만군을 꽉 박아 실은 세대의 군용트럭이 서로 일정한 거리를 두고 내려왔는데 위부사령은 앞에 선 트럭을 지나가도록 내버려두었다. 두 번째, 세 번째 트럭이 시름 놓고 매복권 내에 들어섰을 때 위부사령은 사격명령을 내리었다. 아군의 기관총과 보총 등이 일제히 불을 뿜자 적진은 대번에 수라장이 되었다. 일본소좌는 트럭 위에서 망원경을 들고 산 쪽을 기우뚱하다가 기관총사격에 황천객이 되었다. 적들은 별로 반항도 하지 못하고 아군의 집중사격에 녹아났다. 오철순도 4사의 여전사들과 함께 연해연방 총을 쏘아댔다.

전투는 불과 반시간을 넘기지 않았다. 오철순은 부대전사들과 더불어 산 아래로 짓쳐 내려가 싸움터를 수습하기 시작했는데 적들은 트럭 위에 철궤(탄알상자)를 펴고 앉았다가 몰살당했었다. 이날 아군은 적 군용트럭 두 대를 치부시고 소좌 등 수십 명을 전멸하였는데 노획품은 중기관총 1정과 보총 수십 자루, 탄알 수십 상자 등이었다. 그날 오철순은 전우들과 같이 적의 철갑모를 벗어 썼는데 참 멋지었다. 려영준도 뻐드러진 한 놈의 철갑모를 벗기니 철갑모 안에는 대골이 가득 찬 대로였다. 그래서 시냇물에 씻어서 썼다.

싸움터를 수습하면서 보니 적들은 저저마다 누런 군복에 다리에 각반을 치고 가죽신을 신고 소가죽으로 만든 베도재(가방)를 메었다. 베도재마다에는 보리쌀과 입쌀이 조금 들어있고 과자 한

봉지, 소고기 통조림 하나씩 있은 외 변또(밥곽), 물통도 하나씩 들어있었다. 이 모든 것은 그대로 아군의 전리품으로 되었다.

오철순의 얼굴엔 기쁨의 희열이 함뿍 어리었다. 그 후 몇 달 사이 오철순은 승리의 기세로 부대를 따라 천보산 전투 등 수십 차의 크고 작은 전투에 용감히 뛰어들었다. 려영준 항일 노간부가 한총령 전적지에서 들려준 오철순의 전투행로였다.

1939년 6월 하순의 천보산 전투가 있은 후 4사 부대는 안도현 황구령 일대에서 활동하다가 안도현 한요구로 이동하였다. 한요구는 돈화현 한양구 부근에 있는 산간지대로서 왕청 일대에 진출했던 5사 부대도 명령을 받고 뒤미처 한요구에 이르러 4사와 회사하였다. 2개 사의 병력은 500여 명(어떤 자료는 300여 명으로 되었는데 이 수자는 려영준의 말씀이다)에 불과했으나 전투력은 대단하였다.

이해 7월에 4사와 5사는 위증민의 사회하에 안도현 한요구에서 정식으로 동북항일연군 제1로군 제3방면군으로 개편되었다. 이 개편은 1938년 8월의 집안현 노령회의 결의에 따른 것으로서 진한장, 후국충, 조선족 박득범이 각기 지휘, 부지휘, 참모장을 맡았다. 방면군 산하에 13, 14, 15 세 개 연대를 두었는데 오철순이 여전사들과 함께 원 4사 밀영의 재봉대원으로 되고 려영준이 방면군사령부직속 경위중대에 소속되어 위증민부사령과 진한장 지휘를 이어주는 원거리 통신연락에 나섰다.

오철순은 새로 개편된 제3방면군과 함께 한요구에 한 달 동안 머무르면서 정치, 군사훈련을 받았으며 8월 하순에는 부대를 따라 안도현 대사하 습격전투(8월 23일)에 참가하였다.

1939년 하반 년부터 동북항일무장투쟁은 극히 어려운 시기에 들어섰다. 일제침략자들은 수십만 관동군정예부대와 위만군, 헌병, 특설부대, 삼림경찰대, 지방경찰대, 무장자위단을 총동원했는데 남만과 동만의 산간지대 어디라 없이 적들이 쫙 깔리었다. 적들은 항일연군에 대한 전면적인 대토벌에 광분했다. 한데서 오철순 소속 제3방면군은 1939년 이해 가을과 겨울에 주로 소부대로 나뉘어 활동하게 되었다. 13연대가 안도, 왕청, 연길, 동녕 일대에서, 14연대는 액목 일대에서, 15연대는 돈화, 왕청 일대에서 활동할 때 오철순은 재봉대를 따라 돈화현 따푸차이허 서쪽의 4사 밀영에 들어갔다.

4사 밀영을 한양구 밀영이라고도 한다. 이 밀영은 태고연한 산속 밀림지대에 자리 잡은 데서 쉽사리 발견할 수가 없었다. 인가와 동떨어진 밀영이여서 간혹 가다 부대의 통신병들이나 거치여 갈 뿐 동지들의 얼굴을 대하기가 어려웠다. 그러던 1940년 초의 어느 날 항일연군 제3방면군 제13연대의 조선족전사 박춘일은 소속부대를 따라 안도현과 연길현 일대에서 활동할 때 연길현 석인구에서 중국인 조수림과 함께 연대부의 연락임무를 맡고 오철순 등이 자리 잡은 한양구 밀영을 찾게 되었다. 부대의 품을 떠난지 몇 달이 잘되는 오철순과 그의 전우들은 박춘일과 조수림을 대하게 되자 기뻐 어쩔 줄을 몰랐다. 헌데 그 번 만남이 뜻밖의 재난을 가져오리라고는 누구도 생각지 못하였다.

이튿날 아침, 박춘일과 중국인 전사는 밀영을 떠났다가 한양구 어귀에서 적 토벌대와 교전하고 있는 부대를 만났다. 부대는 적들과 싸우다가 놈들을 따돌렸으나 적들은 한양구 밀영의 종적을 알아내고 급습을 들이댔다.

려영준의 회상에 따르면 따푸차이허에서 멀지 않은 지음구골 막바지는 당년 화전과 몽강(지금의 정우현)으로 넘나드는 유일한 코스였는데 지음구 고개 너머에 4사 밀영에 있었다. 당년 남만에서 활동하는 위증민부총사령을 찾아 남만으로 통신연락을 다닐 때면 늘 4사 밀영에 들리어 식량을 보충 받았다고 한다. 더구나 4사 밀영에는 사랑하는 오철순이 있어 더구나 가고픈 심정이었다. 그때마다 오철순은 자기한테 차려진 식량을 갈라서는 보태주군 하였다.

1991년 11월 중순, 답사길에 찦차가 돈화와 안도의 경계를 이루는 동청령에서 고장 난 데서 동청령에서 북으로 13킬로미터 떨어진 돈화현 따푸차이허진에 가서 2~3일 머물러야 했다. 이 기간 첫눈이 푸실 푸실 내리었다. 하루는 필자가 려영준 노인을 보고 그제 날 4사 밀영자리가 어딘 가고 묻자 그는 우중충한 산들로 둘러싸인 서쪽 골을 가리키면서 저쪽이라고 말하였다. 지음구골은 바로 그곳이었는데 첫눈이 푸짐히 내린 데서 직접 답사할 수가 없었다. 그러는 려영준은 이윽토록 그쪽을 바라보더니 한숨을 톺는 것이었다. 어느덧 그의 눈가는 촉촉이 젖어있었다. 불현 듯 집히는 바가 있어 오철순 여사가 희생된 곳이 아니냐고 묻자 머리를 끄떡이는 것이었다.

알고 보니 너무도 비참한 살풍경이었다. 1940년 춘삼월에 려영준은 제3방면군 지휘 진한장의 친필서한을 갖고 1중대 전사 김창룡과 같이 돈화현의 사하진에서 남만의 몽강현 금북골에 계시는 위증민 부사령을 찾아 떠났다. 도중에 그들 둘은 따푸차이허를 지나 지음구골에 들어섰는데 춘삼월의 깊은 계곡에는 한 겨울의 눈이 그대로 쌓여있었다. 어디라 없이 일만군 토벌대들이 욱실거리었다. 토벌대 놈들을 이리저리 피해 지음구골 막바지를 넘어

그쪽의 깊은 계곡에 떨어지니 그 아래 좁은 골짜기에 4사 밀영이
있었다. 그런데 응당 보여야 할 밀영의 귀틀집은 오간데 없고 불
에 타버린 자리만이 그들을 쓸쓸히 맞아주었다. 적들의 토벌을
맞은 것이 분명하였다.

"?"

려영준은 가슴이 무너져 내리는 것만 같았다. 귀틀집자리 여기
저기는 동지들의 주검인데 마당에는 머리칼이 흩어진 두 여인의
주검이 누워있었다. 려영준이 급기야 두 주검한테로 달아가니 그
중 하나가 오철순의 시체였다. 실신할 지경인 려영준이 철순의
시체를 흔들며 마구 불렀지만 오철순은 대답이 없었다 …

오철순은 이렇게 불귀의 나라로 갔다. 불 맞은 귀틀집의 형체
로 보아 려영준과 김창룡이 밀영에 대이기 얼마 전이었다. 철순
이는 가슴과 복부에 총창이 찔리었는데 그의 한손에는 쌀을 넣은
미대가 꽉 쥐여져 있었다. 그는 죽으면서도 미대를 버릴 수가 없
는 모양이었다. 미대는 온통 피투성이고 터진 한쪽 끝에는 피 묻
은 쌀알이 역연했다.

려영준 항일 노간부가 들려 준 오철순과 오철순의 장렬한 최후
였다. 이해(1991년) 려영준은 76살의 고령이었지만 우리와 함께
산을 넘고 들을 지나며 피곤한 줄을 몰라 했다.

항일연군 부녀퇀의 여전사

(1912-1940)

　　최순선은 1912년에 훈춘현 경신구 구사평의 한 가난한 농가에서 태어났다. 그가 여덟 살 때 어머니를 여의고 후어머니가 들어왔는데 후어머니는 인자한 분이었다. 순선은 후어머니를 친어머니처럼 대하며 따랐다.

　　헌데 아버지는 딴판이었다. 한때 독립운동에도 참가했다는 어른이 성질이 괴짜여서 딸까지 팔아먹으려 하였다. 기미를 챈 최순선은 소학교 3학년까지 다니다가 언니 최정신과 함께 대황구에 가서 대황구 3·1학교 4학년에 계속 다니었다.

　　대황구 3·1학교는 조선인반일지사들이 꾸린 학교였다. 최순선은 이 학교에서 공부를 잘했다. 금요일 오후마다 가지는 강연회에서 강연도 제격이었다. 노래 또한 능수, 그가 노래할라 치면 모두가 흥이 나서 귀를 모았다. 여자들도 공부를 잘해야 성공한다, 봉건을 다파해야 힌디 등 내용의 노래는 사람들의 마음을 울려주었다.

　　1925년에 최순선은 고향 경신구에 돌아가 부녀운동에 종사하였다. 그 후 그는 서 씨라고 하는 한 혁명자와 결혼했고 연통라자에 항일 근거지가 세워지자 근거지에 들어가 계속 부여사업에 투신하였다. 그의 임무는 연구구위 부녀위원을 도와주는 것이었다.

그때의 여성사업은 처녀지 개척이 위주였다. 최순선은 구위부녀위원 황정일 등과 같이 마적달, 하다문, 물남포대, 동알라 등지를 자주 찾아갔다. 최순선이 왔다 하면 부녀들이 서로 다투어 모이었다. 그만큼 그도 부녀들 속에 깊이 뿌리를 박았다.

한번은 마적달 위의 한 마을부녀들이 최순선이 강연을 잘한다는 말을 듣고 마을에 청했다. 최순선이 찾아가자 마을의 한 팔간집에 노인들까지 근 80명이 빼곡히 모여들었다.

"오늘 이렇게 모여주니 감사해요. 제가 최순선이예요. 뭐 특별한데는 없구요. 공산당 덕분에 사람이 됐지요."

최순선이 이렇게 허두를 떼자 좌중은 귀를 강구였다. 이날 그는 부녀해방문제를 담론했는데 남녀평등을 올바로 대할 것을 희망했다.

"남녀평등이라고 하여 먹을 것도 같이 먹고 입을 것도 같이 입는다는 것이 아니지요. 목적은 권리를 박탈하는 자본사회를 철저히 쳐부수기 위해서예요. 권리만 있으면 무슨 일이나 다 잘될 수 있지요. 봐요. 자산가의 귀부인들은 잘사는 것 같지만 남편에게서 일전도 빌려 써야 하는 처지지요. 우리는 자기 손으로 권리를 찾아야 해요…"

부녀들은 최순선의 말이 귀에 쏙쏙 들어온다고 야단이었다.

1934년 겨울, 연통라자 근거지가 파괴된 후 당, 단 조직과 여러 단체, 혁명군중들은 두황자를 거쳐 왕청현 금창으로 들어갔다. 이때의 최순선은 이미 중공당원이었다. 그는 금창에서 동북인민혁명군 제2군 독립사 제4연대(훈춘 4연대) 재봉대에 편입되었다. 1935년 겨울 일제의 대토벌이 우심해지자 2군 5사(왕청과 훈춘 2

개 현 항일유격대를 토대로 하여 조직됨)는 북만으로 전이하여 녕안의 제5군과 협동작전을 벌리게 되었다.

동북인민혁명군 제2군(후에 항일연군으로 재편성) 5사에는 여전사들이 적지 않았다. 5군에 여전사들이 수요 되었다. 최순선, 주신옥, 김정순(김백문) 등 훈춘적 조선족 여전사들이 5군에 편입되었고 제5군 부녀퇀(연대)의 여전사로 되었다.

제5군 부녀퇀이 언제 조직되었는가 하는 것을 밝힌 기록은 찾아보기 어렵다. 했으나 1936년 여름에 벌써 녕안 일대서 활동하고 있은 것은 사실이다. 부녀퇀의 대다수 전사들은 각 중대에 소속되어 활동하고 있었다. 이해 여름 제5군 군부가 녕안을 떠나 목릉 일대서 활동할 때 군부를 따라 행동한 부녀퇀의 여전사는 10여명이었다. 이 10여 명 중 책임자 왕옥환(조선족)을 제외하고는 모두가 2군 5사에서 넘어온 여성들이었다.

1936년 여름, 부녀퇀에 서은경이라고 부르는 중국인 여전사가 들어섰다. 그는 림구현에서 새로 입대한 동무였는데 말이 통하지 않아 무등 애를 먹었다. 게다가 재봉기 돌릴 줄도 몰랐다. 이때 부녀퇀의 조선족 여전사들이 너도나도 도와 나섰다. 최순선도 그러했다.

옷차림이 단정하고 곱게 생긴 최순선이 서은경 앞에 나타날 때마다 서은경은 기뻐하였다. 그도 그럴 것이 이 조선족 여전사가 생글거리며 그의 두 손을 잡고 서투른 한어로 곧살 이야기를 나누었기 때문이다. 서은경이 알아듣지 못할 때면 최순선은 손동작으로 표시했다. 손동작이 효과를 보지 못하니 종이에 몇 글자를 적기까지 하였다 했으나 서은경은 일자무식이었다. 최순선은 이 점을 미처 헤아리지 못했다. 그는 죄라도 지은 듯 안타까이 고개를 숙이었다. 한참 만에 순선이는 고개를 쳐들더니 서은경의 손을 자기 얼굴에 갖다 대었다.

"이제부터 내가 글을 가르치겠어요."

그때로부터 그들 둘은 무람없이 지냈다. 서은경이 처음 싸움터에 나서게 되었을 때 최순선이 어떻게 싸워야 하는가를 가르쳤고 휴식할 때면 재봉기 다루기, 군복 짓기, 글자 등을 가르쳤다. 행군할 때면 서은경의 배낭을 빼앗아 메기가 일쑤였다.

1936년 가을에 5군은 목단강 일대에서 정치군사 활동을 벌였다. 부대가 목단강반의 삼도통에 머무를 때었다. 강 서쪽은 우리 부대 주둔지고 강 동쪽에는 위만군이 도사리고 있었는데 위만군은 일제 놈들의 명령에 의해 늘 강을 건너와서 우리를 쳤다. 그때면 부대는 산에 올랐지만 먼저 총을 쏘지는 않았다. 전투가 벌어질 때면 부녀퇀의 최순선 등 여전사들은 앞장서 함화공작을 들이댔다.

"중국 사람은 중국 사람을 치지 않는다!"

"총부리를 돌리라!"

"위만군 형제들, 당신들은 집에 부모처자, 자매를 두고 누구를 위해 목숨을 바치는 건가?!"

함화공작이 활발해지자 위만군의 기세가 꺾였다. 위만군은 산에서 두어 고패 돌다가는 돌아섰다. 다른 놈들이 교대진공을 들이밀 때면 최순선 등은 함화공작을 벌리는 한편 항일가요도 부르고 정치선전을 들이댔다. 위만군은 처음엔 욕 소리가 높더니 나중엔 아예 입을 봉하고 말았다.

포로들은 교육하고 돌려보내거나 부대 야회에 참가시켰다. 그때면 최순선과 그의 전우들은 열성껏 돌아치면서 그들이 총부리를 돌려 항일의 성전에 나설 것을 선전하였다.

최순선 등 여전사들의 함화, 정치선전사업은 큰 효과를 보았다. 위만군은 다시는 우리 부대를 치지 않았을 뿐만 아니라 핍박에 의해 나서더라도 먼저 우리 측에 알리거나 헛총을 쏘고는 물러갔다. 일본군과 같이 나설 때면 먼저 사람을 띄워 편지형식으로 적군의 작전계획을 알려주었다. 하여 우리 부대는 강 이쪽에서 시름 놓고 군중선전공작을 내밀 수 있었다.

어느 날 군부에서 야회를 조직하였다. 야회에는 최순선, 주신옥 등 부녀퇀의 여전사들과 청년의용군 그리고 부대전사들과 외지서 온 혁명군중들이 참가하였다. 야회가 시작되자 청년의용군의 한 전사가 벌떡 일어섰다.

"우리는 중국의 남아입니다. 비록 어리긴 하지만 망국노가 되기를 원치 않습니다. 우리는 끝까지 항일할 것입니다."

부녀퇀의 조선족 여전사들도 만만치 않았다. 최순선이 말을 받았다.

"우리는 항일연군 부녀퇀의 여전사들입니다. 일제를 이 땅에서 몰아내지 않는 한 우리는 절대 싸움을 그만두지 않을 것입니다…"

군중들은 최순선 등이 조선 동지라는 것을 알고 감탄을 금치 못하였다.

새해를 앞두고 최순선 등은 군부의 넝렁을 받고 청년의용군과 함께 대판도저격전에 참가하였다. 얼마나 바라던 싸움이었던가, 최순선은 기쁜 나머지 어린애처럼 퐁퐁 뛰었다. 그들에게는 좀처럼 전투기회가 차례지지 않았던 것이다.

먼동이 틀 때 부대는 대판도에 이르렀다. 전투부대가 큰길 양

측 산에 진을 치고 부녀퇀과 청년의용군의 어린 전사들은 부근의 하마탕 산 위에 매복하였다. 그들의 임무는 군부의 수장들을 보위하고 도망치는 적들을 족치는 것이었다.

이윽고 북쪽 큰길에 적 척후병을 실은 마파리 7~8개가 나타났다. 마파리가 지나자 적의 대부대가 매복권내에 들어섰다.

"땅, 땅, 땅!"

세 발의 총성이 울리자 분노의 총탄이 일제히 적진에 쏟아졌다. 적진은 삽시에 수라장을 이루었다. 총 소리, 아우성 소리, 말 효용 소리가 한데 어울려 천지를 진동했다. 우리 군이 적진에 뛰어들자 적들은 삼대 넘어지듯 쓰러졌다.

최순선 등은 청년의용군과 함께 산 아래 싸움터수습에 떨쳐나섰다. 그들은 여기저기 숨은 적 20여 명을 끌어냈다. 이날 부대는 적의 마파리 200여 개, 입쌀, 밀가루, 통조림, 돼지고기, 사탕 등 많은 물자를 노획하였다.

대판도저격 전후 부녀퇀은 몇 차례 전투에 뛰어들었다. 며칠 후 부녀퇀은 부대밀영지로 향하였다. 그들의 과업은 노획한 물자를 후방에 가져가고 부상병들을 밀영에 호송하며 밀영에 후방병원을 꾸리는 것이었다.

5, 6일 만에 백 명 푼히 받아들일 수 있는 귀틀집-후방병원이 일어섰다. 이 며칠간 최순선 등은 시름 놓고 쉬지도 못하고 연속 돌아쳐야 했다. 그 뒤 그들은 또 군부의 지시에 따라 재봉대까지 일떠세웠다. 때는 1937년 2월경이었다.

며칠 후 천이 재봉대에 들어왔다. 헌데 흰 천이 아니면 하늘색이여서 염색을 하지 않으면 안되었다. 최순선 등이 솜씨를 보이었다. 그들은 동만 항일유격대 시기의 이름난 재봉대원들이어서

참나무껍질 등으로 염색하는 방법을 내놓았다.

온 산은 참나무껍질, 봇나무 껍질 등을 벗기는 전사들로 법석 끓었다. 재봉대 문 앞의 몇 개 큰 가마에 물을 붓고 나무껍질과 함께 삶으니 물은 재빨리 누른색과 초록색으로 번져졌다. 끓는 물에 불궈 낸 천들은 군복색으로 되어 햇볕 아래 눈부시었다.

한 묶음 또 한 묶음의 군복이 산 아래에 전해졌다. 5군 전사들은 기뻐 야단들이었다. 정신이 분발된 그들은 적들과 싸워 이기는 것으로 부녀퇀 동지들의 마음에 보답하겠다고 다지었다.

최순선은 군복 짓기 과업을 완수한 여가에 천 조각으로 군모를 만들고 군모에 붉은 오각별을 오려 박자고 제의하였다. 재봉기는 다시 부지런히 돌아갔다. 한 조박, 한 조박의 천은 숱한 군모로 바뀌어졌다. 붉은 오각별까지 박힌 군모—5군 전사들은 사기가 충천하여 원수격멸의 싸움터로 달려갔다.

그 후 최순선은 성위 비서처에서 사업하게 되었다. 새가 수풀을 그리워하듯이 그는 시간만 있으면 재봉대 전우들한테로 갔으며 글을 배워주지 않으면 노래를 배워주고 의복 씻기를 도와주었다.

어느 날 최순선은 중국인 신입전사에게 글을 가르쳤다. 그가 어려워하자 최순선은 노력만 하면 꼭 배워낼 수 있다고 고무해주었다.

"언니, 언니는 조선 사람인데 어떻게 우리 부대로 오게 되었나요?!"

중국인 여전사가 불쑥 이런 물음을 제기했다. 뜻밖의 물음에 최순선은 한동안 생각에 잠겼다가 이왕지사를 터놓기 시작하였다. 훈춘현 연통라자 근거지, 왕청현 금창, 제4퇀 재봉대, 5군 부녀퇀—최순선의 이야기는 중국인 신입전사를 심히 감동시켰다. 최순선은 다시 한자로 "중국공산당 만세!", "일본제국주의를 타도하자!", "소련", "사회주의", 그리고 늘 부르는 항일가요 등을 차례로 써 주고 한 글자, 한 글자 잘 가르쳐주었다.

그 후 이들 둘은 한시기 갈라졌다가 1939년에 제7군의 밀영에서 다시 만났다. 최순선은 북만성위를 따라 활동하다가 다시 5군 부대로 돌아왔다.

1940년 가을, 최순선과 원 부녀퇀의 여전사들은 5군의 장진화 사장이 이끄는 부대를 따라 보청 부근의 탄요산 일대에서 활동하고 있었다. 부대는 적들이 설치한 봉쇄선을 헤치고 지방의 군중들한테서 식량을 해결하며 투쟁을 견지하였다. 그러던 중 한차례 전투에서 온숙청이란 전사가 체포되어 변절하더니 부대와 군중의 연계지점이 드러났다.

어느 날 장진화 사장이 일부 전사들을 데리고 태양와붕 연계점으로 갔다가 적들의 돌연적 습격을 받았다. 몇 번이고 포위를 돌파하려 했으나 허사였다. 장진화 사장은 여러 곳에 중상을 입고 죽기내기로 전투를 지휘하였다. 최순선, 주신옥, 류영, 곽영순 등 6명의 여전사도 부상을 입었다. 그들은 장사장의 지휘하에 다른 전사들의 포위돌파를 엄호하다가 으슥한 곳에 몰케 들었는데 끝내는 적들의 수색에 걸려 보청현 감옥에 압송되었다.

최순선 등 여전사들이 심문실에 끌려들어 갔다. 그들의 발과 손에는 족쇄와 수쇄로 철컥 거렸다. 놈들은 우리 부대의 행방과 부대형편을 대라고 윽박지르다가 여전사들의 호된 견책을 당했다. 간담이 서늘해진 놈들은 주신옥이를 단독으로 끌어내고 시뻘건 쇠꼬챙이로 지지려고 했다. 이때 최순선 등이 앞을 막아 나섰다. 그들은 결사적으로 쇠꼬챙이를 빼앗아 가지고 놈들한테 달려들었다. 심문실은 수라장이 되었다. 낭패한 놈들은 비실비실 물러섰다.

놈들은 구두에 '협화복'을 차려입은 온숙청이 변절자를 내세웠다.

온숙청이 여전사들 감방문 앞에 나타나자 여전사들은 눈에 불이 일었다. 그들은 저마다 주먹을 부르쥐고 변절자를 노려보았다. 혼비백산한 온숙청은 권고 한마디 못하고 비실비실 물러났다.

적들은 실패했다. 혹형도, 유인술도 항일 전사들을 굴복시키지 못하였다. 야수성이 발작한 이 자들은 눈보라가 이는 어느 날 깊은 밤에 장진화 사장과 최순선, 주신옥 등 6명 여전사를 몰래 끌어냈다. 7명 동지는 눈보라 속에서 떳떳이 가슴을 내밀고 적기가를 불렀다.

민중의 기 붉은 기는
전사의 시체를 싼다
시체가 식어서 굳기도 전에
혈조는 기발을 물들인다
… … …

최순선과 그의 전우들이 함께 부르는 비장한 노래 소리는 눈보라를 뚫고 밤하늘에 메아리쳤다.

여 기관총 명사수

(1913-1940)

유례없이 간고했던 동북항일무장투쟁시기 북만의 항일연군 제5군엔 여전사들로 무어진 부녀퇀이 활동하고 있었다. 부녀퇀의 대부분 전사들은 동만의 2군에서 넘어간 조선족 여전사들인데 기관총명사수로 이름 높은 주신옥이도 그 가운데의 한 사람이다.

광복 후 장시기에 걸쳐 사람들은 주신옥이 어디 사람이라는 것을 시종 알지 못하였다. 지난 세기 80년대 초 필자는 주신옥이 훈춘현 밀강 사람이라는 단서를 쥐고 훈춘시민정국에 가서 열사자료를 뒤져서야 그의 생애의 전반 부분을 헤아리게 되었다.

열사자료에 의하면 주신옥은 1913년생으로서 훈춘현 밀강향 중강자 사람이다. 보통 키에 실이실이한 편이라 한다. 생활은 째지게 가난, 그래서 ‘9·18사변’ 전에 벌써 출가해야만 했단다. 그의 친정집이라야 어머니와 오빠, 올케 세 식구밖에 없었는데 어머니는 1931년 ‘9·18사변’ 전후 일제토벌에 희생되고 오빠도 일본 놈들에게 체포되었다. 후에 놓여나오긴 했으나 재차 체포되어 장렬히 희생되고 올케는 재가하고 말았다.

친정집은 이렇게 파탄되었다. 혁명자인 주신옥의 남편도 ‘9·18사변’ 시기 일제토벌에 희생되다보니 주신옥은 의지가지 할 데

없는 혈혈단신으로 되었다.

하지만 주신옥의 혁명열성은 조금도 식지 않았다. 그는 1932년에 입단하고 1934년에 입당했으며 훈춘현 유격대의 여전사로 되었다. 1934년 봄 이 유격대가 동북인민혁명군 제2군 제4연대로 개편되자 그는 4연대 연대부 작식대원으로 활약하였다. 1935년 겨울 동만의 항일 근거지들을 해산하고 남북만의 광활한 지역에 진출할 때 주신옥은 부대를 따라 북만에 진출하였다. 5군에 여전사들이 수요 되자 2군 5사에서는 주신옥, 최순선 등 한 패의 조선족 여전사들을 5군에 넘기었다.

이때가 1936년 초로 헤아려진다. 이해 봄에 동북인민혁명군 제2군과 제5군은 동북항일연군 제2군과 제5군으로 개편되고 제5군 내에 부녀퇀을 두었다. 주신옥 등은 부녀퇀의 첫 조선족 여전사로 되어 1936년 여름에 벌써 녕안 일대서 맹활동하였다.

이해 여름 제5군 군부는 녕안을 떠나 목릉 일대에서 활동하였다. 부녀퇀도 군부를 따라 움직이었는데 그때 여전사라야 10여명에 불과하였다. 책임자는 왕옥환이고 그 외는 모두가 2군에서 넘어간 조선족 여전사들이었다.

1936년 가을에 5군부대는 목단강 일대에서 활동하였다. 부대의 활동지는 목단강반의 삼도통이었다. 목단강을 사이 두고 강 동쪽은 위만군 주둔지인데 때때로 강을 건너와 우리 부대를 교란하였다. 그때마다 주신옥 능 부녀퇀의 조선족 여전사들이 앞장서 함화공작을 들이댔다.

함화공작과 함께 항일가요도 부르고 정치선전을 드세게 내밀었다. 위만군은 처음에는 욕설을 퍼붓다가 점차 목소리를 낮추었다. 포로를 돌려보내거나 부대야회에도 참가시키니 그들은 심히 감동

되었다.

함화－정치선전공작이 은을 냈다. 위만군이 다시는 집적거리지 않은데서 우리 부대는 강 이쪽에서 시름 놓고 군중선전사업에 나설 수 있었다.

새해를 앞두고 부녀퇀은 청년의용군과 함께 대판도저격전에 참가하였다. 주신옥은 날듯이 기뻤다. 그러나 군부의 안전을 보위하고 도망치는 적이나 답새기거나 싸움터 수습뿐이어서 주신옥은 통쾌히 싸워볼 수 없었다.

대판도저격 전후 수차의 전투가 있긴 하였으나 주신옥이 손을 펼 기회는 없었다. 주신옥 소속 부녀퇀은 명령을 받고 청년의용군과 함께 밤낮 하루 동안에 눈 덮인 180리 산길을 조여 후방밀영으로 가야 하였다.

밀영은 삽시에 기쁨으로 부글부글 끓었다. 밀영에 남았던 약간 명 부상병들과 부녀퇀 전사들의 얼굴에는 웃음꽃이 피어났다.

이튿날 병원설치 계획이 무르익었다. 밀영의 안전을 위해 나무를 먼 곳에 가서 베여야 했다. 며칠 후 아침 주신옥과 부녀퇀의 여전사들을 청년의용군전사들의 배동하에 톱과 도끼를 들고 10여 리 밖 송림 속에 가서 나무를 베 내었다.

첫날 주신옥은 걸싸게 해냈다. 수십 대의 홍송(잣나무)이 넘어졌다. 매 한그루의 홍송이 넘어질 때마다 주신옥 등 조선족 여전사들은 잣송이를 주워 모았다. 저녁에 송이를 들추니 잣이 대여섯 근은 실히 되었다. 등불 곁에 둘러앉아 부상병들과 같이 잣을 까먹는 재미 또한 별 재미였다. 그들은 전선의 소식, 10월 혁명, 사회주의 내일 등을 주고받으며 하루의 피로를 풀었다.

백 명은 푼히 용납할 수 있는 후방병원이 일떠선 것은 그로부터 며칠 후, 그들은 또 재봉대건설에 나섰다. 날이 따뜻해질 때 5군의 전사들이 전부가 새 군복을 떨쳐입도록 힘써야 한다니 그 임무가 자못 중하였다.

때는 1937년 2월경이다. 재봉대가 꾸려지자 부녀퇀의 전사들은 3명이 윤번으로 재봉기 한 대를 밤낮으로 다루었다. 한 전사가 재봉기를 돌릴 때면 다른 두 전사는 산비탈에 앉아 부지런히 군복 단춧구멍을 내는 일을 했다. 며칠이 지나지 않아 천이 거덜이 났다. 그 사이 그들은 지은 군복을 몇 리 떨어진 밀영의 초소에 날아갔다.

며칠 후 새 천이 재봉대에 이르자 주신옥 등은 또 일손을 부지런히 다그쳤다.

어느 날 후방병원에 한 패의 부상병들이 들이닥쳤다. 주신옥 등 10여 명 여전사들은 그들을 위문하는 한편 그들의 이불과 요, 의복을 냇물에 가져다 말끔히 빨고 기워주었고 병원안팎도 깨끗이 거두어놓았다.

저녁에 후방병원 문 앞에 우등불을 피우고 연환모임을 가졌다. 즐거운 노래 소리가 밤하늘에 울려 퍼졌다. 주신옥과 최순선 등 조선족 여전사들은 모닥불을 에워싸고 흥겹게 조선족 춤을 추어댔다. 밀영의 밤은 환락의 분위기에 잠겨 점점 깊어갔다.

밀영에 무더운 여름이 왔다. 7월의 어느 날 삼도통 강변에 가서 우리 부대에 의거하는 위만군 삼림경찰대를 맞이하라는 군부의 지시가 부녀퇀에 전해졌다. 이 경찰대는 700여 명에 달하는데 대장 리문빈의 영솔하에 7, 8명 일본교관을 죽이고 의거하는 판이었다.

이튿날 아침 주신옥 소속 부녀퇀은 군복을 가뜬히 차려입고 새 군모를 쓰고 밀영을 떠났다. 어스름이 깃들 무렵 부녀퇀은 삼도통 부근에 이르렀다. 군부의 부관과 청년의용군의 꼬마들이 마중 나왔다. 새로 온 자매들도 뛰어왔다.

7월 12일 점심직전에 리문빈이 병사들을 거느리고 강을 건너왔다. 5군 군장 주보중이 직접 마중 나갔다. 강안은 환영나간 부대와 군중들로 꽉 찼다.

5군 군부에서는 부녀퇀에 의거가족 50~60명을 맞이하라고 지시하였다. 의거가족은 우리 쪽이 산골인 것을 보고 배에서 내리기 싫어했다. 주신옥 등 조선족 여전사들은 전우들과 함께 나가서 설복하였다. 의거가족들이 삼도통에 배치된 후 주신옥 등 여전사들이 여러 모로 살뜰히 대해주었다. 처음 의거가족들을 정서파동이 커서 울며불며 야단질이더니 부녀퇀 전사들의 끈질긴 감화 밑에 차차 정서가 안정되어 갔다.

부녀퇀은 군부의 명령에 좇아 새 전사들을 이끌고 다시 밀영에 들어가 솜옷을 지었다. 안전문제로 아이를 가진 가족들도 밀영에 들어갔다. 부대가 늘어남에 따라 밤낮으로 재봉기를 돌려도 공급이 딸리는 형편이었다. 군부에서 새 전사를 보충해주어도 일손은 모자라기만 하였다.

그러던 하루 류영 등 의거가족 10여 명이 밀영에 찾아오더니 돌아가지 않고 부녀퇀 전사들과 함께 싸우겠다고 청들었다. 이때 중국인 전우들이 동을 달았다.

"응당 그래야지요. 어떤 조선족 여성들은 아이를 가진 몸이지만 부대를 따라 원수를 족치고 있답니다."

"앞으로 우리도 꼭 동무들처럼 싸우겠어요."

류영 등 의거가족들은 크게 감동되었다.

추기대토벌이 시작되었다. 적들은 밀영에 들어오진 못하고 비행기로 폭격하기가 일쑤였다. 그때마다 주신옥 등 부녀퇀의 전사들은 후방병원의 부상병들을 안전한 곳으로 전이시키고야 손재봉기를 안고 산속에 들어가 토벌대를 피하며 군복 짓기를 다그쳤다.

1937년 가을 주신옥 등은 밀영을 떠나 군부와 장진화 사장이 이끄는 기병사를 따라 회샤즈요거우 일대에서 행동하였다.

어느 날 당지 반일구국회의 동지들과 정찰원들이 왜놈의 정탐 몇 놈을 잡아왔다. 그들의 입에서 이 이틀사이에 벌리현의 왜놈들이 이 일대를 토벌하게 된다는 소식이 흘러나왔다. 5군 부대는 만단의 전투태세를 갖추었다.

어느 점심에 동북쪽 수림 속에서 과연 총 소리가 들려왔다. 군부에서는 부녀퇀더러 포병중대를 따라 남산으로 전이하라고 명령하였다.

"또 전이하라는 명령이야?!"

부녀퇀의 여전사들은 대뜸 뾰로통해졌다.

남산으로 움직일 때 자지러운 총 소리가 들려왔다. 이때 남산 아래서 왜놈을 박아 실은 여섯 대의 자동차가 나타났다.

대오는 걸음을 멈추고 왕옥환 대장을 바라보았다. 그 뜻은 불 보 듯 뻔했다. 왕옥환은 군부를 찾았다. 군부수장도 드디어 머리를 끄떡였다.

명령이 떨어지자 포병중대의 포탄이 선참으로 적의 자동차를 들 부셨다. 부녀퇀 전사들도 분노의 총탄을 발사하였다. 전군에 이름난 기관총수 주신옥은 백발백중이었다. 그의 기관총이 울부짖자 적들은 무리로 쓸어졌다.

뜻밖의 포격, 사격에 적들은 혼비백산했다. 대부분 적들이 죽어

뻐드러졌거나 부상 입고 넘어갔다. 살아남은 적들은 엄폐물을 찾아 죽기내기로 반격하였다. 이때 우리의 한 기병중대와 부분적 청년의용군전사들이 짓쳐왔다. 이때를 타서 주신옥 등 부녀퇀의 전사들은 산 아래로 달아가 적들을 무찔렀다.

전투는 세 시간에 걸쳐 결속되었다. 적들은 거의 다 황천객이 되다시피 하였고 20여 명이 포로 되었다. 적 자동차 여섯 대가 전부 파괴되고 총과 탄약 등 전리품은 기수부지였다.

통쾌한 전투였다. 부녀퇀의 전사들이 전투에서 위풍을 떨쳐보기는 처음이다. 주신옥은 이 전투에서 백발백중의 기관총사수로 크게 이름을 떨치었다.

1937년 가을 이후 부녀퇀의 전사들은 밀영을 떠나 군의 여러 부대에 분산되어 활동하였다. 투쟁환경은 험악했으나 그들은 부대를 떨어질세라 손에 총을 굳게 잡았고 북만의 눈보라 속을 헤치고 헤치었다.

그런 속에서 1940년 가을을 맞았다. 주신옥, 최순선, 류영 등 원 부녀퇀의 여전사들은 5군 장진화 사장의 부대에 편입되었다.

이해 가을 부대가 보청 부근의 탄요산 일대서 활동할 때 한 전투에서 온숙청이란 전사가 체포되었다. 그가 변절한 데서 부대의 행동이 드러났다. 어느 날 장진화 사장이 일부 전사들과 함께 태양와봉 연계점으로 갔다가 적들의 돌연적 습격을 받았다. 그들은 반격하다가 끝내는 적들에게 체포되어 보청감옥에 끌려갔다.

적들은 장진화 사장한테서 아무것도 알아내지 못하자 독수를 여전사들에게 뻗치었다.

주신옥 등 여전사들이 심문실에 불려갔다. 걸을 때마다 족쇄와 수쇄가 철컥철컥 무거운 금속성을 내며 감방의 구석구석에 쇠붙이 소리를 퍼뜨렸다. 적들은 여전사들을 살살 얼리다가 주신옥의 서릿발 찬 욕설에 눌리었다.

"우리 부대는 어디에나 다 있다. 네놈들이 있는 곳에는 우리의 부대가 있다. 우리는 너희들 야수, 살인귀들을 꼭 소멸할 것이다. 똑똑히 알려주마. 중조인민은 만만치 않다. 우리는 혈채를 꼭 받아내고야 말 것이다."

주신옥은 자기의 체구로 전우들을 막아서면서 계속 욕설을 퍼부었다.

"흉수, 야수들아, 네놈들은 실패했다. 네놈들은 우리의 항일결심을 꺾을 수 없다. 앞으로 그 어느 날, 우리는 네놈들과 이 혈채(血債)를 꼭 청산할 것이다. 네놈들 끝장이 오라지 않다."

"네놈들 끝장이 오라지 않다!"

여전사들이 목소리를 합치었다.

유인술에 실패하자 한풀 꺾인 놈들은 무슨 악다구니질인가며 주신옥이를 단독으로 끌어내고 시뻘건 쇠꼬챙이로 지지려고 서둘렀다. 이때 전우들이 주신옥의 앞을 막아 나섰다. 그들은 결사적으로 쇠꼬챙이를 빼앗아가지고 놈들한테 달려들었다. 여자들이라고 만만히 여기고 심문원 몇 만 파견한 적들이어서 심문실은 온통 난장판을 이루었다.

감방에 돌아온 후 주신옥은 전우들의 상처를 조심스레 닦으면서 말했다.

"우리가 하는 일이 옳아요. 응당 이렇게 해야 해요. 우리는 보통 사람이 아니라 항일연군 전사이며 공산당원이지요. 우리가 만만치 않다는 것을 적들이 똑똑히 알게 해야 합니다. 헌데 아직 투쟁이 끝나지 않았어요. 적들이 갖은 술책을 다 꾸며낼 수 있으니 경각성을 높이자요.”

전우들은 주신옥을 에워싸고 투쟁방법을 강구하였다.

과연 온숙청이 구두에 ‘협화복’ 차림으로 여 감방 문 앞에 나타났다. 주신옥과 그의 전우들은 두 주먹을 으스러지게 틀어쥐었다. 온숙청은 말도 걸어보지 못하고 물러났다.

유인술도, 형벌도 항일연군 전사들을 굴복시키지 못하였다. 눈보라가 기승치는 어느 날 밤중에 적들은 장진화 사장과 주신옥 등 6명 여전사들을 사형장에로 내세웠다. 그들은 손에 손 잡고 생명의 마지막 순간에 비장한 심정으로 적기가를 힘 있게 불렀다…

제6사 재봉대 책임자

(1909-1941)

　　10여성상에 걸친 항일무장투쟁의 피어린 나날 항일연군에는 한 패의 조선족 여전사들이 활약하고 있었다. 제2군에 비교적 많았는데 그 가운데서도 첫 자리에 꼽히는 여전사는 전우들로부터 누나, 언니라고 친절히 받들리 운 최희숙이다. 이지껏 최희숙은 연길현 봉림동 사람으로 알려졌지만 그의 본 남편 박원춘의 구술에 의하면 연길현 세린하 사람이다. 그는 1909년 12월 16일에 이 고장의 한 조선인 소작농의 딸로 인생의 첫 걸음마를 탔다. 이 이름 없던 한 시골 소작농의 딸이 후일 항일연군의 저명한 여전사로 자라나기까지 최희숙은 간고한 시련의 고개를 넘고 또 넘었다.

1

　　최희숙의 님편 박원춘의 증심에 의하면 희숙의 애명은 고분이다. 고분이가 세 살 때 그의 어머니는 나이 어린 딸애와 그의 손우 오빠 원호, 윤호를 남편한테 밀어 맡기고 병환으로 너무도 일찍이 저 세상으로 총망히 떠나갔다. 고분이는 아버지의 슬하에서 눈물겨운 동년을 보내다 나니 학교 문에도 들어가지 못하였다.

저들 또래들이 책보를 들고 학교로 갈 때면 먼발치에서 지켜보아야 하는 최희숙은 설음부터 앞섰다. 그는 잔뼈가 굳기도 전에 농사일에 깊숙이 파묻히며 쓰라린 인생의 고초를 겪어야 했다.

빈궁한 생활과 고된 노동, 갖은 멸시와 천대는 어린 소녀 고분에게서 기쁨과 활기를 앗아 갔고 반면에 과묵하고 신중하고 이악스러운 성격을 길러주었다.

때는 15살쯤이면 으레 시집 장가들어야 할 시절이라 고분이는 1926년 17살 되는 해에 그보다 두 살 어린 가난한 집 총각인 박원춘에게 시집을 갔다. 시집은 모아산 서쪽 아래의 용암동이었는데 가난한데다가 시어머니까지 중병으로 시름시름 앓다보니 생활은 내내 내리막 재주만 피웠다. 그런 속에서도 고분이는 언제 한번 얼굴을 찡그리거나 짜증내는 일이 없이 시어머니의 병구완을 극진히 하였다. 친어머니를 일찍 여인 연고로 친어머니처럼 받들며 모시던 시어머니라 시어머니가 병으로 돌아가자 하늘땅이 맞붙는 듯 하였다. 집에는 시아버지와 남편, 어린 것, 시동생 다섯이 남았지만 친정집이 세린하에서 용암동으로 이사 온데서 그는 다소 위안을 받기도 하였다.

그때 마을에는 조선인 초기 공산주의자들이 꾸리는 야학이 있었다. 야학선생은 리용국(열사, 훗날의 제4임 중공왕청현위 서기)이었다. 리용국은 서쪽 언덕너머 봉림동 사람으로서 1925년에 용정은진중학교를 졸업하고 학생운동에 종사하다가 마을에 돌아와 진보적 청년단체 '청년회'를 꾸리고 사립대동학교까지 세운 청년혁명가였다. 그의 도움 밑에서 고분이는 남편과 함께 야학에 다니었다. 야학은 명의상으로는 글을 가르치는 것이었으나 기실은 가난한 사람들에게 계급의식을 깨우쳐주는 혁명의 요람이었다.

어느 날 리용국이 야학실에서 선동연설을 하였다.

"망국노의 설음에 부대끼는 우리 조선 사람들은 중국 사람들과 마찬가지로 비참한 생활을 하고 있습니다. 살길을 찾아 두만강을 건너 간도 땅으로 들어와서도 여전히 등이 시리고 굶주리는 것은 무엇 때문이겠습니까? 운명 때문입니까? 아닙니다. 이것은 손 한 번 까딱이지 않고도 혼자만자 먹고 마셔대는 봉건통치배들과 일본제국주의자들이 우리를 억압하고 있기 때문입니다. 이 간악한 무리들을 없애지 않고서는 근심걱정 없이 살아보려는 우리들의 염원은 이룰 수가 없습니다."

리용국은 가슴을 치면서 열변을 토했다. 논리정연하고 설득력 있는 그의 연설은 최고분의 마음속에로 흘러들었다. 그는 야학에서 글을 배웠고 혁명의 도리를 깨달았다.

이때부터 고분이는 이름을 희숙이라고 고치고 리용국의 영향으로 비밀리에 봉림동으로 드나들며 선진청년들의 모임에 자주 참가하게 되었다. 마을에 농민협회, 소년회, 부녀회 등 군중단체가 조직되자 그는 황금선 등과 함께 선참으로 부녀회에 가입하였다. 부녀회 주요 활동의 하나가 반일삐라살포였다. 희숙은 부녀회골간들과 함께 늘 좁쌀죽을 멀겋게 쑤어 병에 넣어 가지고는 손에 부어 전선대에 쑥 올리 문지르고는 제꺽 포스터를 붙이었다. 마을에서는 집집이 문 열고 삐라를 들여보냈다. 그때면 부녀회에서는 마을과 주변 산늘에 보초를 세워 주위를 엄밀히 감시하군 하였다.

용암동 이 100여 세대 마을에서 투쟁의 불길이 세차게 타올랐다. 이에 간도일본총영사관에서는 1931년 봄부터 용암동에 대해 연속 수차의 검거를 진행하였다. 첫 검거가 있었던 1931년 음력 2월 희숙의 집에서 등사기 한대가 발견되었다. 집에 있던 남편 박원춘은 어쩔 사이 없이 체포되어 언덕 너머 세 전이벌 남단에 위치한 총영사관으로 끌려갔다가 서울 서대문형무소로 압송되었다. 이날 외지에 통신연락을 나갔던 희숙이가 집에 돌아왔을 때는 이미 남편이 끌려간 뒤였다. 일순 눈앞이 캄캄해났지만 희숙이는 이를 악물었다. 그는 비통과 울분을 가슴에 담고 더욱 열성스레 혁명사업에 뛰어들었다.

1931년 가을, 공산당이 지도한 군중적 추수투쟁이 동만(연변) 각지에서 맹렬히 일어났다. 이 여파가 용암동에서도 드센 격랑을 일으켰다.

그해 10월의 어느 날, 당 조직의 영향하에 있는 용암동의 100여 명 군중들이 농민협회의 직접적인 지도 밑에 노도마냥 당지와 주변의 지주 집으로 밀려갔다. 최희숙은 선두에서 구호를 불렀다.

"일본제국주의를 타도하자!"

"3·7제, 4·6제를 철저히 실시하자!"

구호 소리는 하늘땅을 뒤흔들었다. 덴겁한 지주들은 농민들의 요구에 할 수 없이 응했다. 그 뒤 최희숙 등 용암동의 혁명군중들은 봉림동, 물레거우, 동가지팡(류신), 소완자(인평) 등지의 군중들과 합류하여 소완자에 있는 악질 대지주 치광윤의 집으로 몰려갔다. 혼쭐이 난 치광윤은 뒷문으로 뺑소니를 치고 지주 집 사병들은 5연 발 총을 가지고도 맥을 추지 못하였다. 평시에 거들먹거리던 지주들은 농민들의 정당한 소작요구를 감히 거절하지 못하였다.

희숙이는 이 추수투쟁의 진두에서 싸웠다. 그는 추수투쟁의 관건적인 시각인 1931년에 중국공산당에 가입하였다.

봉림동과 마찬가지로 일찍부터 혁명의 불길이 세차게 타오른 용암동, 이 용암동을 눈에 든 가시처럼 여겨오던 일제 놈들은 혈안이 되어 미쳐 날뛰었다. 1932년 봄에 간도일본토벌대가 연변에 진주한 뒤 그해 음력 8월의 어느 날 용암동도 적들의 '토벌'을 당하였다. 이 토벌에서 놈들은 박원춘의 부친을 살해하였다. 용암동 부녀회책임 황금선도 희생되었다. 조직에서는 최희숙에게 부녀회책임을 맡기었다.

2

1932년 가을 최희숙은 조직의 부름을 받고 연길현 팔도구 항일 근거지 석인촌으로 들어갔다. 그때 석인촌에는 이해 봄에 있었던 적들의 대토벌에 의해 본 지방 사람들은 별반 없고 대부분이 횡도자, 영창동, 동구, 봉림동, 용암동, 삼봉동, 물레거우 등지에서 모여 온 동지들이었다. 그들은 여기저기 빈집이나 움막에 거처하면서 단합살림을 하였는데 최희숙은 김정숙, 려영준, 리군선, 김룡수, 박룡춘 등 동지들과 함께 단합호를 무었다.

그 뒤 최희숙은 인차 연길현 유격대에 가입하였다. 1933년 겨울에 그는 유격대를 따라 삼도만 근거지로 옮겨가서 유격대의 작식대원으로 되었다. 후에는 또 재봉대원으로도 활약하였다.

1935년 초에 최희숙 소속 연길 연대(연길현 유격대가 동북인민혁명군 제2군 독립사 제1연내로 개편됨)는 연길현 여러 항일 근거지의 혁명군중들과 함께 새로 개척된 안도현 처창즈 항일유격근거지로 전이하였다. 처창즈에서 희숙이는 재봉대와 작식대에서 사업하였는데 식량사정이 극도에 달하여 적지 않은 사람들이 굶어죽었다. 그러던 어느 날 그는 전우 김명화에게 자기 소감을 털어놓았다.

"명화, 우리 고향과 그 일대에는 기름진 논밭이 아주 많아, 이제 왜놈들을 쫓아내고 지주가 없어지는 날에는 인민들이 다가 이밥을 먹으며 행복을 누리게 되겠지. 그때가 되면 우리들은 정말 이 처창즈 생활을 옛말로 외우게 될 거야…"

1935년 봄 이후, 최희숙은 동북인민혁명구 제2군 독립사 제1퇀부대를 따라 안도현 미혼진으로 전이하여 밀영생활을 하였다.

1936년 3월에 북만 경박호에서 열린 '남호두회의' 결정에 의해 백두산 일대로 진출하게 된 김일성 일행이 미혼진에 들어섰다. 이어 김일성과 위중민, 왕덕태 등이 참가한 2군 지도간부회의 '미혼진회의'가 열리었다. 이 회의의 결정에 의해 동북인민혁명군 제2군은 동북항일연군 제2군으로 개편되고 최희숙은 김정숙 등 여전사들과 함께 새로 편성되는 제3사에 넘어가게 되었다. 이 3사가 몇 달 후에 제6사로 고쳐 부르게 되었다. 그때부터 최희숙은 6사 재봉대책임자로 활약하였다.

1936년 3월 '미혼진회의' 이후 최희숙은 6사 부대를 따라 무송 일대에서 활동하였다. 이해 8월 말에는 또 부대와 함께 무송－장백현계를 이루는 험준한 산맥－되골령을 넘어 장백지대로 진출하였다. 그는 이해 9월에 있은 장백 땅에서의 첫 전투－대덕수, 소덕수 전투로부터 수차에 걸치는 대소 전투들에 참가하여 여전사의 기백을 떨치었다. 그 뒤 그는 김정숙, 김확실 등 동무들과 함께 백두산 최후방기지인 횡산밀영에 들어가 맡은 바 직무에 충실하였다.

3

1937년 3월에 6사 사령부에서는 김정숙을 장백현 도천리에 파견하여 도천리를 거점으로 하강구 일대의 부녀사업을 지도하게 하였다. 김정숙은 활동범위를 도천리와 그 일대로부터 조선의 삼수지대에 까지 뻗쳐 강력한 지하조직망을 늘여가야 했는데 그 주요 활동지구는 압록강 대안의 조선 신파였다. 이에 사령부에서는 또 최희숙을 도천리에서 약 30리 떨어진 요방자에 보내어 김정숙의 신파공작을 뒤받침 해주게 하였다. 최희숙이 요방자에 틀고 앉아 도천리를 중심으로 한 하강구 일대의 부녀회, 청년회, 소년회 조직지도를 맡아 준데서 정숙은 시름 놓고 신파공작에 정력을 기울일 수 있었다. 그만큼 김정숙은 최희숙을 언니라 불렀는데 그들 사이의 우정은 남달랐다.

최희숙은 김정숙보다 8년 선배인데 서로 알게 된 것은 1932년 가을 이후 팔도구유격구에 들어갔을 때였다. 희숙이와 정숙이는 석인촌에서 같이 단합살림을 하였는데 단합호 책임자인 희숙은 그때 벌써 동지들로부터 누나, 언니로 불렸다. 그 후 희숙이와 정숙이는 처창즈 근거지에서도 같이 생활했고 1936년 봄 미혼진에서 같이 6사(처음은 3사로 불렸음) 부대에 가입하였었다.

김정숙 뿐 아니라 6사의 다른 여전사들도 최희숙을 언니라고 부르기 좋아하였고 남자선사들은 흔히 누나라고 불렀다. 이는 나이나 경력으로 보아도 연장자를 존중하는 원인도 있겠지만 주요한 것은 그가 일상생활과 임무수행에서 항상 남들의 모범이 되고 돋보였기 때문이다.

1938년 겨울 고난의 행군 때 있은 일이다. 이해 봄에 6사는 압록강 연안에서 춘기공세를 벌리면서 동에 번쩍 서에 번쩍하다가 장백지구를 떠나 몽강 일대로 전이하였고 몽강현 남패자에서 동북항일연군 제1로군 제2방면군으로 편성(7월)되었다. 이해 겨울 제2방면군은 몽강 남패자로부터 다시 장백에로의 고난의 행군을 시작하였는데 적들이 짓궂게 뒤를 물고 늘어지는데서 어떤 날에는 하루에도 몇 차례씩 적들과 싸움을 벌려야 했다.

전투는 그칠 새 없었다. 뒤에서는 적들이 추격하고 하늘에는 비행기가 돌아쳐 모닥불조차 마음대로 피울 수 없었다. 시름 놓고 밥해 먹을 겨를도 없었다. 최희숙과 그의 전우들은 생쌀을 씹으면서 길을 조여야 하였다. 그나마 식량이 거덜 나 노상 굶어야 하니 눈앞이 가물거려 발을 내디딜 맥조차 없었다. 설상가상으로 그해 따라 눈이 많이 내려 조금만 눈길을 헤쳐도 맥이 진해 헐떡거려야 했다.

하루는 7도구치기에 이르러 목재소를 치고 여러 필의 말을 끌어왔다. 말고기는 생기었는데 험악한 환경 속에서 소금도 없이 날것을 먹자고 하니 메스꺼워 넘기기 어려웠다. 그래도 최희숙은 남 먼저 말고기를 씹어 넘기었다. 그의 행동에 고무된 동무들도 그를 따라 눈을 찔끔 감고 넘기었다.

이렇듯 고난의 행군은 혹심한 추위와 식량난, 피로, 무서운 병마, 간악한 원수와의 유례없는 투쟁이었다. 최희숙은 남자전사들에 못지않게 이 모든 시련을 이겨내면서 남다른 의력과 모범을 보이었다. 그는 뭇별도 조으는 한밤중에도 모닥불에 언 손을 녹여가며 도정신하여 전우들의 꿰진 옷이나 신발을 기웠고 못 다한 일감이 있으면 마저 끝내고야 시름을 놓았다. 하기에 부대의 모든 지휘관들과 전사들은 그의 숭고한 의리와 신념, 인격적 매력에 끌리어 탄복한 적이 한두 번이 아니었다고 한다.

1939년 5월 18일, 항일연군 제2방면군은 장백의 5호 물동으로 압록강을 건너 조선 땅에 들어섰다. 최희숙은 부대와 함께 조선 무산지구 대홍단전투를 비롯한 일련의 진공작전을 성과적으로 수행한 후 5월 말에 두만강상류의 화룡현 광평 부근에서 감쪽같이 두만강을 건너섰다. 6월 6일에는 올기강 전투를 멋지게 벌려 뒤따르는 위만정안군 한개 중대를 요정 냈다. 그 후 부대는 그해 늦가을까지 화룡현 일대의 두만강상류지구에서 활동하면서 올기강 일대에 후방밀영을 설치하였다.

제2방면군 재봉대는 사령부가 있는 골짜기에서 퍽 올라간 올기강 밀림 속에 자리 잡고 있었다. 이해 마가을 재봉대는 한달 이내로 겨울군복 600벌을 지을 과중한 임무를 맡았다. 10여 명의 여전사로 말하면 아름찬 과업이었지만 최희숙은 여느 때와 마찬가지로 대장으로서 선뜻이 맡아 나섰다. 그는 재봉대의 편리를 위하여 동무들을 몇 개 조로 나누었다. 한 개 조가 도토리나무와 황경나무껍질을 벗겨다가 끓는 물에 광목천을 염색할 때 다른 조는 염색한 천을 햇볕에 말리었다. 그러면 최희숙은 다른 동무들과 손발을 맞추어가며 나머지 재봉대원들과 함께 천을 재단하면서 부지런히 동복을 만들었다.

재봉기는 낮에 밤을 이어 돌아갔다. 최희숙 등은 밤잠도 새우잠으로 에때우며 하더니 얼굴이 몹시 부었으나 누구하나 성스런 초소에서 물러나지 않았다. 한데서 그들은 단 20일 내에 600벌의 과업을 앞당겨 완수한 자랑찬 성과를 올릴 수 있었다. 제2방면군 총지휘는 최희숙의 드높은 책임성과 뛰어난 성과에 탄복한 나머지 그에게 금반지와 시계를 선물하였다. 이는 응당한 것이지만 최희숙은 "군복을 만드느라고 고생한 사람들이 한둘이 아닌데 나만 이런 특대를 받으면 …"하고 송구스러워 몸 둘 바를 몰랐다.

4

1940년 3월에 최희숙은 부대를 따라 화룡현 대마록구 삼림경찰대 습격전투와 홍기하 전투에 참가하였다. 그 뒤 그는 부대와 함께 안도, 돈화 일대에 진출하였다. 이해 가을 이후 제2방면군은 명령을 받고 여러 항일연군 부대들과 함께 소분대로 나뉘어 활동하다가 점차 소련 경내로 전이하게 되었다. 최희숙은 남창수가 지도하는 소부대에 소속되어 화룡현 오도양차 밀림에서 겨울을 나게 되었다.

그때 그들은 어려운 처지에 빠져들었다. 식량이 떨어진데다가 사령부와의 연계도 끊어졌다. 먹을 것이 없어 최희숙이 난감해할 때 남창수가 여러 모로 살뜰히 도와 나섰다. 그들은 서로 이해하고 받들던 데로부터 끔찍이 사랑하는 사이로 발전하였다. 최희숙의 본 남편이 서울 서대문형무소에 투옥된 후 종무소식이고 남창수 역시 두 번째 아내 리계순이 장백에서 장렬한 최후를 마친 후 홀몸으로 지내고 있었다.

1941년 2월경 최희숙 소속 항일연군 소부대 7~8명은 남창수의 인솔하에 중소 변경에 진출한 제2방면군사령부를 찾아 동으로, 동으로 움직이었다. 적들이 사처에 우글거리는 데서 그들은 낮에는 숨어 있고 밤에만 행군할 수밖에 없었다. 벌써 식량이 떨어진지 오랬다. 당년의 화룡현 용신구－오늘의 두만강변 용정시 백금향 송림촌 매대골 부근에 이르러서는 더 행군할 기력이 모자랐다.

식량을 얻어야만 하였다. 소부대 일행은 매대골의 한집에 들어가 식사를 청하고 감자굴에 숨었는데 누군가 당지 경찰분주소에 고발한데서 사태는 험악하게 번져갔다. 금방 하루가 지났는데 적들은 용정, 지신, 용신, 삼합, 백금 등지의 모든 역량을 동원하여 '만산토벌'에 내몰았다.

소부대는 인차 산속으로 깊숙이 숨어들었다. 그러자 적들은 여기저기에 풍막을 치고 자면서 포위진을 펼치었다. 최희숙 등이 가까스로 영 하나 넘는데 적들은 "투항하라!"고 고래고래 소리치면서 집요하게 뒤를 물었다. 송림 덧고래에 이르러서는 서로 접전이 벌어졌다.

맞불질은 치열하게 번져 가는데 최희숙이 다리에 심한 관통상을 입고 비칠거렸다. 게다가 임신한데서 그 자리에 풀썩 물앉았다. 한 전사가 제격 부축하는데 덧고래 아래 마을 말뚝에 백마 한 필이 매어 있었다. 이 전사는 급기야 백마를 끌고 와서 희숙이를 태우고 포위를 헤치려 했다.

이때 또 한 동지가 중상을 입고 쓰러졌다. 희숙이는 삶의 희망을 주저 없이 자기 동지한테 돌리었다. 백마는 중상자를 싣고 네 굽 안고 달리었다. 희숙이의 얼굴엔 미소가 어렸다.

적들은 계속 추격해왔다. 동지들은 희숙이를 업고 한 발자국, 한 발자국 간신히 옮겨놓았다. 걸음이 갈수록 떠지고 희숙이는 몸부림지면서 애원히였다.

"절 내려놓아요. 이러다간 모두가 잡혀요. 제발 절 내려놔요!" 했으나 동지들은 희숙이를 업고 걷고 또 걸었다. 적들은 점점 가까이 육박하고 적탄은 아츠러운 소리를 지르며 귀전을 스치었다. 어느덧 적들이 앞을 지르자 동지들은 오른쪽으로 꺾어들었다. 더 지체할 수 없었다. 희숙이는 또 모질음을 썼다.

"안 돼요. 동무들은 시급히 사령부를 찾아야 해요. 제발 저를 내려놓고 뛰세요!"

자기보다 동지들을 아끼는 절절한 부르짖음, 전우들의 가슴은 애절히 저려났다.

오른쪽에도 적들이 나타났다. 동지들은 희숙이를 한 바위 밑에 숨기고 적들을 맞받아 싸웠다. 희숙이는 맥이 풀려 동지들을 도와 적 한 놈이라도 요정내자 해도 생각뿐이었다. 다리에서 흐르는 피는 바짓가랑이를 흥건히 적시며 바위 밑의 눈을 새빨갛게 물들었다. 희숙의 가슴은 바질바질 타들었다. 상처의 아픔보다도 적들과 생사 판가리를 하지 못하는 것이 한스러웠다. 이럴 때 희숙이는 왼쪽에서 달려든 적들에게 발견되어 중과부적으로 체포되었다. 동지들은 적과 싸우기에 여념이 없는 데서 이를 알 리 만무했다.

적들은 희숙이의 몸에서 금반지와 회중시계까지 빼앗아 내니 기뻐 야단이었다. 희숙이는 가슴이 터지는 것만 같았다. 악착한 원수들에게 생포된 것도 가슴 아픈 일이지만 제2방면군 책임자로부터 받은 반지와 시계를 눈을 펀히 뜨고 빼앗기니 더욱 그러했다.

희숙에게 있어서 반지와 시계는 힘의 원천이었고 마음의 기둥이었다. 그토록 어려운 전투 환경 속에서도 흠이 질세라, 잃어버릴세라 소중히 간직하며 혈전의 길을 헤쳐 온 그였다.

"희숙 동무, 잘 싸웠소, 앞으로 더 잘 싸워주시오." 반지를 주실 때 하시던 말씀이 생생히 떠올랐다. 희숙이는 눈앞의 원수 놈을 쏘아보면서 이를 악물었다. 그의 눈은 공산당원 답게, 항일연군의 전사답게 싸울 비장한 경의로 이글거렸다.

5

희숙이는 적들에게 끌리어 가면서 모진 동통으로 이를 악물었지만 근심 나는 것은 애오라지 동지들이었다. 그는 동지들이 무사히 포위를 헤치기를 바라고 또 바랐다.

적들은 희숙이를 송림의 한 마을에 끌고 간 뒤 어느 집 뜰에 내동댕이치고 마을 사람들을 강제로 끌어왔다.

"'공산당'계집을 잡아왔으니 어떤 몰골인가 잘 보아라. 누구든 대일본제국을 반대하고 공산당을 따른다면 이런 꼴이 될 줄 알아라."

한 놈이 기고만장해서 한바탕 으름장을 놓았다. 다른 놈들도 좋은 기회를 만났다고 총박죽으로 희숙이의 배를 툭툭 치며 조롱하였다.

"배 속에 든 게 무어냐?"

"퉤, 더럽다. 몰라서 묻는 거냐? 낳으면 공산당을 낳지 너 따위 개 같은 놈들을 안 낳는다."

"히히, 입이 센데? 공산당이 아니면 어떨까?"

"공산당이면 공산당이지 또 뭐겠냐?!"

희숙이는 원수 놈들을 노려보며 불을 내뿜듯 쏘아붙였다. 그는 심한 갈증으로 전신을 태우다가 입술을 깨물고 결연히 일어나 앉았다.

"공산당원도 사람이냐. 구경할 것 없다 그러나 공산당원은 조국과 인민을 위해 일제를 타도하려는 애국자이다… 우리 공산당은 일제 놈들과 그 졸개들을 쳐부수고 나라를 다시 찾고야 말 것이다. 너희들은 침략자 일제 놈들을 할애비처럼 믿으며 개 노릇을 하지만 일제는 얼마 못가서 망하게 될 것이다!…"

희숙이는 또 모여온 군중들을 바라보며 연설하였다.

"여러 아버님과 어머님들, 오빠, 언니와 동생들, 힘을 내세요. 왜놈들을 이 땅에서 몰아내지 않고선 우린 한시도 잘 살수 없어요…"

놈들은 희숙의 입을 다물게 하려고 경황하게 날치었으나 심장의 메아리는 멈추게 할 수가 없었다. 급해난 놈들은 뜰에 모인 군중들을 억지로 해산시켰다.

점심을 처먹은 후 놈들은 희숙이를 달라자의 현경찰서로 압송했다. 그때까지만 해도 교통이 풀리지 못한데서 담가에 들고 가는 수밖에 없었다.

현경찰서에서 놈들은 희숙에게서 무언가 알아내려고 회유책을 쓰기도 하고 무지막지한 고문도 들이댔지만 종시 아무것도 얻어내지 못하였다. 들었다는 것이 고작 이런 말이었다.

"나는 네놈들과 말할 게 없다. 나에게서 뭘 얻어들으려니 생각도 말아라. 너들한테 굴복할 내가 아니다."

낭패상이 된 놈들은 희숙이를 용정에 있는 제2성립병원 2층 병실에 '입원'시켰다.

'입원' 기간에 놈들은 최후의 방법을 썼다. 그 방법이란 얼마 전에 귀순한 김재범을 데려다가 희숙이의 마음을 돌려세우는 것이었다.

김재범은 워낙 항일연군 제2방면군 7연대 정위이며 중공 남만성위 후보위원이었다. 1940년 9월 김재범 등 5명은 부대의 파견을 받고 연길현을 중심으로 적후공작에 나섰는데 역시 지방공작에 나섰다가 귀순한 원 1로군 경위려 3연대 연대장 김백산의 유혹하에 재범도 귀순하고 말았던 것이다.

그러나 적들은 철저히 실패했다. 제 딴에는 좋은 방법이라고 희망을 걸었으나 최희숙에게는 먹혀들지 않았다.

"비루한 반역자야, 빨리 물러가라! 진짜 공산당원은 백 번 죽어도 적 앞에 굴복하지 않는다!"

재범이는 별수 없이 물러가고 말았다. 그 후 놈들은 다시 심문을 들이댔으나 최희숙은 죽을지언정 굴하지 않았다…

며칠 후 최희숙은 놈들의 '입원'실에서 비장한 최후를 마치었다.

때는 1941년 2월경의 일이다.

　　최희숙 열사에 대한 여러 글들을 두루 살펴보면 적들은 최희숙의 두 눈을 도려내고도 부족하여 그의 젖가슴을 헤치고 수술칼로 심장까지 끄집어냈다고 한다. 이것은 드팀없는 기성사실로 되어버렸다. 필자도 처음에는 이를 그대로 받아들이었다. 하나 대학교시절에 봉림동과 용암동을 수차 답사하면서 필자는 견해를 달리하게 되었다.

　　1981년 5월 5일 필자는 모아산 서쪽 가에 자리 잡은 봉림동을 처음 찾았다. 그 뒤 5월 17일에 다시 찾았는데 최희숙의 본 남편인 박원춘 노인은 펄쩍 뛰는 것이었다.

　　"뭐라오? 내가 가서 펀히 뜬 눈을 내리 쓸어주었는데."

　　"예?!"

　　필자는 놀라도 엔간히 놀라지 않았다. 아래 5월 17일 오후 2시부터 3시 사이 있었던 회고담을 그대로 적는다.

　　"1941년에 용정서 통지가 왔소. 연필로 쓴 용정총영사관의 호출장이었지. 병원에서 희숙이를 만났는데 그가 먼저 손을 내미니 나도 손을 내밀어 악수하였다오. 헌데 후처 김현숙이 아이 업고 뒤따라와서 야단치는 판에 나는 어쩔 줄 몰랐소. 총각이라던 것이 무슨 처가 있느냐며 말이오. 그래도 희숙이가 어른이더구먼. 그는 나의 후처 보고 '나는 살지 못할 사람이니 떠들 필요까지야 있겠느냐'며 위안하는 것이었소. 그리곤 동태를 살피는 놈들을 욕하기 시작하는데 아주 견결하였소. 면회는 한 5분쯤 걸렸을까, 말도 별반 못하였소."

"그 후엔 어떻게 되었습니까?"

필자가 뒤를 묻자 원춘 노인은 긴 숨을 내쉬더니 말을 잇는 것이었다.

"3, 4일 만에 또 호출이 왔다오. 다시 가보니 희숙이는 이미 잘못되었는데 관을 사서 파묻으라고 하지 않겠소. 그때 보니 놈들은 희숙이한테 아래위 흰옷을 입혔던데 눈을 뜬 채로더구먼. 그래서 내가 내리 쓸어 감겨주었소. 헌 데 무슨 사람들이 두 눈을 빼고 심장까지 끄집어냈다고 하오. 당치 않을 소리지!"

박원춘 노인은 그때까지도 속이 내려가지 않은 모양이었다.

중요한 발견이었다. 필자가 이를 대학교 역사학부의 교수님들께 여쭈었더니 처음에는 웃고 마는 것이었다. 아마 정신이 바르지 못하다는 인상이 깊었던 모양이다.

참으로 맹랑하였다. 그래도 필자는 내키지 않아 봉림, 용암 등지의 노인들을 다시 방문했고 박원춘 노인의 취재기를 다시 확인하였다. 놀라운 것은 그가 말한 역사 사실, 시간, 지점이 모두 정확한 것이었다. 필자가 만날 때마다의 노인의 정신상태는 정상이었다. 노인은 모두들 내가 허튼 소리를 친다며 대단히 격분해했다.

그해 박원춘 노인은 71살이었다. 1990년 7월 19일 노인이 80살 되던 해에 필자는 그를 다시 방문하였다. 그의 기억력은 전과 다름없이 너무나 똑똑하였다…

그때부터 필자는 최희숙 열사에 대해 깊은 관심을 돌리고 찾을 수 있는 국내외의 여러 회상기와 자료들을 주의 깊게 살피며 해당 분들을 방문하였다. 지적하고 픈 것은 박원춘 노인의 구술이 그른 데 없다는 점이다. 연변대학 역사학부의 박창욱 교수님은 박원춘 노인의 말이 옳다고 긍정하여 주었다.

후에 최희숙 열사의 시신은 박원춘에 의해 용정의 공동묘지의 묻히었고 광복의 그날을 앞두고 다시 용암동에 옮겨졌다. 후에 연 길의 어느 부문에서 뼈를 가져갔다고 한다. 박원춘 노인의 말이다.

삼동포 여자

(1912-1933)

　당년 항일투쟁시기 화룡현 개산툰 후동(오늘의 용정시 개한툰진 후동촌)에는 삼동포라는 한 조선 이주민 마을이 있었다. 수십 세대의 인가 말짱 조선서 두만강을 건너온 사람들과 그들의 후손들인데 '삼동포 여자' 방주옥도 그들 가운데의 한 사람이다.

　필자가 삼동포 여자—방주옥이란 이름을 처음 들은 것은 지금부터 20여 년 전인 1981년 봄이다. 그때는 필자의 연변대학 3학년 시절이었다. 그해 4월 22일에 필자는 약혼녀 지금의 아내와 함께 용정에 계시는 항일 노간부 유영효와 그의 부인 차정희를 방문하게 되었는데 유영효는 당년 공청단 연길구위 서기였고 차정희는 당년 중공개산툰구위 부녀위원이었다. 하기에 그들은 국자가로 불리는 연길과 평강벌, 달라자, 개산툰 일대의 항일활동과 인물들에 대해 속속들이 알고 있었다. 그날 취재 중 필자는 후동의 삼동포에 대해 묻게 되었는데 두 분은 거의 이구동성으로 삼동포에는 '삼동포 여자'라고 불린 방주옥 여성이 있었다고 말씀하셨다.

　차정희 여사의 말씀에 의하면 방주옥 여성이 삼동포 여자로 불린 것은 그가 삼동포에 살고 있는 데도 기인되겠지만 개산툰 일대에 유명한 인물이었기 때문이란다. 필자는 이렇게 방주옥이란 이름을 처음으로 접하게 되었다.

방주옥은 얼굴이 동그스름하고 키가 작은 편이나 아주 단단하게 생긴 여자라고 한다. 그만큼 맵짜게 생겼다는 평판이다. 그러나 그곳 당지부지책임 그의 남편 리동원은 키가 훤칠하고 사나이답게 생긴 시원한 분인 모양이다.

외모로 보는 방주옥과 리동원이라 하겠다. 그런 방주옥이 개산툰 지구 항일투쟁이 가장 어려운 고비에 처했을 때 밤마다 후동의 뒷산에 가서 있다가 그만 선구무장자위단 놈들에게 포위되었다. 그는 포위를 돌파할 수 없음을 각오하고 획 돌아서서 비장한 선동 강연을 하고 장렬히 희생되었다 한다.

이것이 그날 두 분한테서 들은 방주옥에 대한 전부였다. 한 고장, 한 지구 사람들이 아니기에 반세기가 흐른 옛날의 형편을 자상히 소개한다는 것은 불가능한 일이었다. 그러나 방주옥 열사의 거룩한 형상은 필자의 마음을 크게 뒤흔들어 놓았다.

그 후 1982년에 필자는 연변대학을 졸업하고 일터에 나선 후 일터관계로 방주옥 열사 이름을 가끔 대하게 되었다. 그중 길림성 부녀연합회에서 1983년 5월에 펴낸 내부소책자 『길림성여열사영명록(吉林省女烈士英明彔)』 제27페이지에는 방주옥 역사 약력을 아래와 같이 소개하였다.

방주옥(1912-1933), 여, 연길현 팔도구 장신 사람, 조선족, 1930년에 혁명에 참가하고 1931년에 공청단에 가입, 연길현 반제동맹회원, 1933년 6월에 화룡현 광개촌 후동촌에서 희생, 유체는 광개촌에 안장.

방주옥은 삼동포 사람인데 어이하여 연길현 팔도구 장신촌 사람이라고 할까, 대뜸 의문부호가 생기었다. 후에 알고 보니 방주옥이 열사증을 받은 곳이 팔도구였다. 팔도구 장신촌에는 열사의 친척들이 생활하고 있었다.

화룡현 해당자료 1971년 9월 8일에는 방주옥 열사의 약력이 일목요연하게 그대로 소개되었다.

방주옥(方珠玉), 여, 조선족, 60세(1971년), 빈농, 원 삼동포 사람, 중공당원.

1929년에 혁명에 참가하고 1932년 1월에 중공 삼동포 지부 부녀책임을 맡음, 그해에 남양평 경찰들에게 체포되었으나 신분이 폭로되지 않음. 석방 후 계속 혁명에 참가. 1933년 음력 5월 4일(양력 5월 27일)에 후동 북쪽 산에서 선구무장자위단토벌에 희생됨. 열사로 추인.

여러 모로 되는 조사결과 이 자료의 약력이 사실과 어울리었다. 왜냐 하면 이 자료는 '문화대혁명'기간, '계급대오청리'시에 당년 개산툰, 달라자와 평강벌에서 활동했던 이른바 '귀순분자'들이 계급대오청리강습반에서 집단적으로 증실 한 것이기 때문이었다. 계급대오청리시기에 핍박하여 공술을 받은 것이어서 믿기가 어렵다고도 하는 사람들도 없지는 않았다.

마음속으로 의혹은 잘 풀리지 않았다. 그래서 당년 이른바 '계급대오청리'에 참가했던 항일 노선배들과 역사의 견증자들을 선후하여 10여 명 방문하여 보았다. 핍박, 공술이 아닐 뿐 아니라 한 건 한 건의 역사사실, 하나하나의 인물은 그대로 서술하였을 뿐이란다. 이에 토대하여 계급대오청리시기가 아닌 '문화대혁명' 전으로 자료들을 찾으니 보다 명랑해졌다.

당년 달라자나 개산툰 일대는 모두가 행정상 화룡현 구역이기에 20세기 60년대의 자료들인 『중공화룡현위원회 선전부 화룡현 지방당사조사자료』(1, 2, 3)와 『항일전쟁시기 혁명군과 혁명단체의 조직체계』 자료카드(1, 2)에는 당년 중공 삼동포 지부서기가 리동철이고 그의 방주옥과 동생 리동원이 지부당원이며 장주옥은 농민협회 개구위원회 간부였다고 적혀 있었다. 이른바 계급대오청리시의 열사의 약력을 시인하고도 남음이 있었다.

인젠 시름을 놓아도 될 것 같았다. 허나 이런 자료들에 보여주는 열사의 투쟁사실이 극히 단편적인 것이어서 열사전기로 이어놓기에는 어림도 없었다.

그 뒤 10년 세월이 흐른 후 필자는 여러 모로 수소문 끝에 방주옥 열사의 시동생이 용정시 동성용진 해란촌에 있다는 것을 알게 되었다. 뒤미처 열사 시동생과의 만남이 이루어졌고 그한테서 열사의 시댁 편과 열사의 투쟁사실에 대하여 자상히 취재할 기회를 가지었다. 열사의 시동생은 인제야 제 사람을 만나 아주머니가 햇빛을 보게 되었다면서 아들을 시켜 방주옥 열사의 생평을 적게 하고는 그 증실 자료를 필자에게 보내왔다. 그 덕분에 필자는 용정시 팔도구향 장신촌에 가서 열사의 친인들도 만나볼 행운을 지니었다 했으나 지난 세기 90년대 중반 이후는 항일투쟁에 대한 사람들의 이해와 인심이 따르지 못하는 시기여서 열사전기를 쉽사리 발표할 수가 없었다. 이러구려 다른 일에 쫓기다보니 방주옥 열사전기를 정리하지도 못하고 귀중한 열사자료를 분실한 유감을 남기게 되었다. 필자의 그 후의 소홀함은 방주옥 열사를 영원히 매몰시킬 비운을 안아왔다. 최근 연간에 수십 명 항일열사전기를 정리하면서 내내 필자를 가장 아프게 한 열사가 바로 방주옥이다.

그러던 차 이번에 필자가 정리한 조선족항일열사전기들이 여러 권으로 책으로 묶어질 기회가 마련되었다. 거듭되는 고려 끝에 전기로 이어질 수 없는 방주옥 열사에 대해 필자가 경과해 온 전후과정을 그대로 서술함으로써 당년의 이 '삼동포 여자'를 심산 속에 이름 없이 쓰러진 투사가 아닌, 생생이 살아 움직이는 인물로 재생시키려고 맘먹었다.

당년의 화룡현 개산툰 일대에 이름 짜한 방주옥 열사—이 열사를 항일의 대열 속에 떳떳이 세워주어 수많은 겨레 항일투사들과 더불어 후세에 길이 빛내려는 것이 필자의 소원이고 또 소홀함을 미봉하는 길일 것이다.

2003년 9월 18일(리광인)

『여성 편』[주요 참고문헌과 자료]

조선: 『빨찌산의 여대원들』 81페이지-92페이지

『중국 동북 조선족 여성과 항일투쟁』,연변대학출판사(1997. 5.)

『동북항일투쟁사총서』(2)(1984. 10.)

『연변 역사사건 당원 인물록』,연변인민출판사(1986. 6.)

『중국조선족인물전』(안순복 부분), 연변인민출판사(1992. 8.)

『조선족혁명열사전』(2) 료녕민족출판사(1986. 4.)

『불멸의 투사』 황옥청 부분, 213페이지-391페이지, 민족출판사(1982. 12)

『항일투쟁반세기』 안순복 부분, 료녕민족출판사(1995. 8.)

『항일무장투쟁전적지를 찾아서』, 조선노동당출판사(1960.)

『혁명투쟁회상기』(4) 연변인민출판사(1959. 7.)

김일성 『세기와 더불어』(4) 조선노동당풀판사(1993. 5)

김일성 『세기와 더불어』(7) 조선노동당풀판사(1996. 6)

『준엄한 시연 속에서』 려영준 구술, 연변인민출판사(1987. 2.)

『박춘일 항일회상기』, 연변인민출판사(1986. 4.)

『연길폭탄』(최현)

『길림신문』유골 평양이장소식,(1989. 7. 15.)

『연변녀성』(1995.3호) 전쟁과 여인, 김선 구술, 전신자 대필

『도라지』(1982.4호) 서버리하투에서(김운룡)

『지부 생활』(1957.8호) 항일열사 홍혜순(리상준)

『한국여성독립운동사』, 3·1운동 60주년 기념,(훈춘애국부인회)

『길림부녀운동사자료』(2)(1982. 11)

『길림성 여열사 영명록(英名錄)』 32페이지(1983. 5.)

『중국조선민족발자취총서』(2) 민족출판사(1985. 12.)

『중국조선민족발자취총서』(3) 민족출판사(1989. 12.)

『연변문예』(1980. 9호), 『영웅 어머니』(김운룡)

『리홍광의 이야기』(김운룡) 122페이지, 료녕인민출판사(1982. 2.)

『연변녀성』(1985. 4호) 『이름 모를 그 여인』,(말남)

『피어린 발자국』 81페이지, 료녕인민출판사(1983. 7.)

『흑룡강당사자료』 제1집, 제2집, 제3집(1985.)

연변조선족자치주 보관 서류관자료 3024

연변조선족자치주 보관 서류관자료 3029

연변조선족자치주 보관 서류관자료 3049

연변조선족자치주 보관 서류관자료 3059

연변조선족자치주 보관 서류관자료 3064

연변역사연구소자료 Ⅱ-C44 황정일 담화기록

화룡현 해당자료 1971. 1~9~8

화룡현 해당자료 1971. 1~1~8

화룡현 해당자료 제6권

화룡현 해당자료 1971. 1~1~12

화룡현 해당자료 1971. 1~1~10

화룡현 해당자료 1971. 제34권

화룡현 해당자료 1971. 3호 권종

화룡현 해당자료 1971. 제1권

화룡현 해당자료 1971. 제10권

화룡현 유격대자료(리광인)

화룡현 어랑촌 근거지 종합자료(리광인, 림선옥)

안도현 처창즈 근거지 종합자료(리광인, 림선옥)

화룡현 우복동 전투 종합자료(리광인, 림선옥)

화룡현 대구유격대 종합자료(리광인, 림선옥)

장백현 투쟁자료(리광인)

항일연군 제2군 6사 전투자료(리광인)

연화분개(分開) 해당자료(리광인)

대구항일 투쟁자료(리광인)

문두찬 열사 종합자료(리광인, 림선옥)

혼강시(오늘의 백산시) 해당자료(리광인)

조선공산당 해당자료(리광인)

『중공화룡현위 선전부 화룡현 지방당사조사자료』(1. 2)

항일 노선배 황정일 취재자료(리광인, 림선옥, 1988. 12. 4-12. 5)

항일투사 김창렬 취재자료(리광인, 1983. 1. 16, 1. 31.)

항일 노간부 차정희 취재자료(리광인, 1983. 10. 11.)

최인진 열사 친척 박명숙 취재자료(리광인, 1983. 11. 15.)

항일 노간부 차정희 취재자료(리광인, 1981. 3. 8.)

항일투사 손태극 취재자료(리광인, 1983. 3. 18.)

문창룡 열사의 여동생 취재자료(리광인, 1982. 2. 19.)

리구회 열사의 6촌 리승희 취재자료(리광인, 1982. 2. 19.)

항일투사 리영우 취재자료(리광인, 1982. 2. 19.)

항일 노간부 차정희 취재자료(리광인, 1981. 4. 22.)

항일 노간부 려영준 취재자료(리광인, 1991. 11. 17.)

항일투사 방정환 취재자료(리광인, 1983. 10. 13.)

항일투사 황순옥 취재자료(리광인, 1982. 11. 11.)

항일투사 홍춘산 취재자료(리광인, 1983. 3. 12.)

홍혜순 열사의 여동생 홍인순 취재자료(리광인, 1983. 2. 8, 3. 9.)

『화룡현역사견증자 좌담회』(리광인, 1983. 11. 3-11. 8.)

『연변부녀운동좌담회』(리광인, 1982. 3. 26.)

리화순 열사의 여동생 리구진 취재자료(리광인, 1984. 2. 25.)

항일투사 김승룡 취재자료(리광인, 1986. 12. 16.)

항일투사 류덕규 취재자료(리광인, 1983. 3. 14.)

항일투사 최영림 취재자료(리광인, 림선옥, 1984. 4. 25.)

항일투사 장은희 취재자료(리광인, 1983. 1. 13.)

항일투사 황순옥 취재자료(리광인, 1981. 2. 13-2. 14)

항일열사 박상활의 동생 박동활 취재자료(리광인, 1983. 1. 25.)

항일투사 황운룡 취재자료(리광인, 1983. 10. 13.)

항일투사 정창근 취재자료(리광인, 1981. 7. 22.)

▪ 후 기 ▪

선열들 찾아 천만리

열사전─『인물로 보는 조선족항일투쟁사』를 정리, 출판하는 것은 필자의 다년래의 오랜 염원이었다. 2003년 10월 15일, 전 4권으로 된 이 책의 타자와 교정을 마치니 가슴은 한없이 후련해 났다. 이 나날을 위한 노심초사는 그 얼마였던가, 돌이켜보면 『선열들 찾아 천만리』의 첫 발자국은 30년 전으로부터 시작된 것 같다.

1973년 1월, 고중시절을 마친 필자는 백두산 아래 두만강 상류에 위치한 화룡현 광평농장에 자리 잡았다. 얼마 안 되어 『광평농장사』를 편찬할 과업을 지니고 현 내 각지 답삿길에 올랐다. 갓 20살의 한창나이, 그때 필자는, 광평과 그 일대는 동북항일연군 제1로군 제2방면군이 활동했던 유서 깊은 고장이라는 것에 놀라움을 금치 못하였다. 우리 겨레가 걸어 온 피어린 항일투쟁사를 펴내려는 생각이 머리를 든 것도 아마 그 시기라 할까. 조선문 장편 『혁명열사시초』 등을 통하여 필자는 동북항일연군을 알고 양정우, 진한장, 주보중, 리조린을 알게 되었다.

그 뒤 필자는 소원 성취하여 연변대학 조문학부 78년 급 학생으로 되었다. 조선족항일투쟁역사를 공부하고픈 일념이 굴뚝같았다. 마침 중공당사를 가르치는 최후택 선생의 사심 없는 도움으로 필자는 중공만주성위자료와 항일연군자료 등 허다한 역사자료를 처음 접하게 되었고 하얼빈에 있는 '동북 열사기념관'을 견학하게 되었다. 이 열사기념관에서 필자는 조선족의 이름난 항일투사 김순희 열사를 알게 되었고 선색을 찾아 화룡현 약수동(오늘의 화룡시 투도진 약수동)에 가서 김순희 열사 투쟁사실을 취재하게 되었다.

때는 1980년 8월 3일이었다. 이를 시작으로 필자는 대학재학시절에 수십 명의 항일투사들을 방문, 취재하였고 수많은 역사자료들을 뒤지게 되었다. 이 기간에 필자에게 크나큰 도움을 주고 이끌어준 이는 연변주정협문사판공실의 항일 노간부 량환준 노인이었다. 한데서 필자는 1982년 12월에 100명 조선족 열사전을 펴낼 뜻을 세울 수 있었다. 대학을 마친 후 선후로 화룡현위 당사연구실, 연변일보사, 연변역사연구소에 근무하면서 상기 뜻을 펼치기 시작하였다. 『선열들 찾아 천만리』 본격적인 행정차로 필자는 지난 80년대 선후하여 북경, 천진, 산해관, 청도, 상해, 남경, 항주, 소주, 남창, 구강, 광주, 서안, 연안 등지와 하북성, 동북 각지 취잿길에 나섰고 연변의 산과 들은 물론 두만강, 압록강을 답사하고 여러 독립운동전적지와 항일 근거지, 전적지들을 답사하였다. 또 항일연군 제2군의 발자취를 따라 그제 날의 동만과 남만의 항일싸움터들을 두루 돌아보았다. 여러 해에 걸친 그 전반 노정은 수전수만리에 딜렸다. 이 가운데서 필자는 보관 서류관, 기념관, 박물관 등을 통한 역사자료 수집 작업을 제외하고도 선후 100여 명 항일투사와 역사의 견증자들을 찾아뵐 수 있었다. 이 가운데서 필자는 강렬한 사명감, 긴박감을 느끼지 않을 수 없었다. 필자가 정리하지 않으면 허다한 열사들은 영원히 햇빛을 보지 못할 수도 있고 이름조차 남길 수도 없게 된다. 이러한 사정은 필자를 항일열사정리에로 힘 있게 떠밀었다.

『선열들 찾아 천만리』 행정이 시작 된지도 어언 20년 세월이 지났다. 지금에 와서 80년대에 방문한 100여 명 항일투사들을 거의 다시 찾아볼 수 없는 실정이다. 그때 방문이 얼마나 다행인지 모르겠다. 이 기간 필자는 수차에 걸쳐 마침내 140명 항일열사전기를 정리해 내게 되었다. 아내 림선옥의 도움이 컸다. 연변대학 한 기 선배인 아내는 대학시절의 자료수집으로부터 자료정리, 투사들 방문, 열사전기정리에 이르기까지 살손을 대었는데 특히 항일 여 열사와 소년아동 열사의 허다한 정리는 아내가 맡아 나섰다. 쌍둥이 딸애들인 설이와 향이의 도움도 크다. 쌍둥이는 공부의 여가를 타서 근 100만 자에 달하는 전부의 타자를 맡아주었다. 아내와 쌍둥이 딸애의 도움이 없었더라면 『인물로 보는 조선족 항일투쟁사』(전4권) 출판은 상상하기도 어려웠을 것이다.

이 『인물전기』에 오른 항일열사들의 이야기 거개는 선열들의 발자취를 더듬으면서 널리 조사하고 정리해낸 것이다. 일부는 다른 사람들의 조사정리에 기초하여 새로 정리했거나 새 자료에 기초하여 다시 썼다. 밝히고 싶은 것은 열사전기들을 서술하면서 완전히 역사사실에 준하였다는 점과 『소년 아동편』에서 필요에 따라 소년 아동들의 항일이야기를 따로 가 아니라 한데 묶었다는 점이다. 조사, 수집의 실마리가 막히고 자료 등의 제한을 받아 마땅히 짚어야 할 열사들을 언급하지 못하고 부분적 열사의 똑똑한 연령, 초기 활동 등을 밝혀내지 못한 것을 자못 미안하게 생각한다.

이 계열책의 자료수집과 정리과정에 려영준, 량환준 등 항일투사들과 항일 노선배들, 항일유가족들, 최후택 등 교수, 학자님들

의 사심 없는 지지와 배려를 받았다. 더욱이 한국학술정보(주)에
서 인물전기 전 4권의 출판을 맡아 나선데 대하여 더없이 감사한
마음이다. 이제 곧 『선열들 찾아 천만리』를 집필, 출판하여 선후
로 방문한, 이미 세상 뜨신 허다한 항일투사들의 투쟁업적을 세
상에 널리 알릴 것을 감사한 여러 분들과 독자들에게 약속하는
바이다.

저　자

인물조선족항일투쟁사 제 3 권

• 초판 인쇄	2005년 10월 1일
• 초판 발행	2005년 10월 1일
• 지 은 이	림선옥·리광인
• 펴 낸 이	채종준
• 펴 낸 곳	한국학술정보㈜
	경기도 파주시 교하읍 문발리 526-2
	파주출판문화정보산업단지
	전화 031) 908-3181(대표) · 팩스 031) 908-3189
	홈페이지 http://www.kstudy.com
	e-mail(e-Book사업부) ebook@kstudy.com
• 등 록	제일산-115호(2000. 6. 19)
• 가 격	20,000원

ISBN　　89-534-3510-2 93810 (Paper Book)
　　　　　89-534-3511-0 98810 (e-Book)